당대 유명 시인 64인의 삶과 문학

당시, 그림을 만나다

최경진 저

제이앤씨
Publishing Company

서 문

소동파蘇東坡가 "일 년 중 가장 좋은 풍경은 등자나무 열매 황금빛으로 변하고, 귤 비취색으로 물드는 가을이리라.(一年好景君須記, 最是橙黃橘綠時.)"라고 읊었듯이, 사계절 중 가을이 최고의 계절이라 생각하는 사람들이 많다. 올해는 소동파만큼이나 가을을 기다렸다. 올여름은 실로 무더웠다. 무덥다 못해 뜨거웠다. 8월 들어 35도를 웃도는 날들이 계속되었다. 어서 가을이 오기를 고대한 것은 동파의 말대로 맹위를 떨치던 더위가 지나가면 온 들판에 오곡백과가 익어가기 때문이기도 했지만, 가을이 되면 뜨거운 여름을 뚫고 새로운 책이 그 모습을 드러내기 때문이기도 했다.

그동안 일반 독자 혹은 처음 중국 문학을 접하는 학생들을 대상으로 어렵게만 느껴지는 당시唐詩를 쉽게 이해시키고자 하는 작업을 계속해 왔다. 본서의 출간은 그동안 계속해온 작업의 일환이다. 이에 독자들로 하여금 당시에 쉽게 다가서게 하고자 당시와 관련된 그림을 덧붙이고, 아울러 가능한 한 상세하게 주석과 설명을 가하였다.

중국의 시가 왜 당대唐代에 들어 만개하였는가? 여러 요인이 있겠지만, 무엇보다도 먼저 당대의 시대 분위기를 들 수 있다. 당대는 정감이 논리보다 우선시되던 시대였다. 당대만큼 사상적인 금기와 제한이 없었던 시대는 드물었다. 이에 사상과 이론의 굴레와 통제에서 벗어난 시인들은 열정적이고 낙관적이며 진취적인 태도로 상상력이 풍부한 시를 써냈다. 자유분방한 시대 분위기가 문학의 융성을 가능케 했던 것이다.

이 책은 기존의 당시선집唐詩選集의 시 선정 기준에서 좀 벗어나, 역사의 큰 줄기에 닿아 있는 작품을 우선 뽑았다. 시를 통해 당시의 역사와 시대를 조망하자는 의도이다. 이 책은 수많은 당시 가운데 유명 시인 64명의 명시 264수를 가려 뽑았다. 그 중 초당시初唐詩는 16수, 성당시盛唐詩는 129수, 중당시中唐詩는 70수, 만당시晚唐詩는 49수로, 성당시가 거의 절반에 육박하고 있다. 이는 성당시가 중국 당시의 최고봉이라는 수많은 당시선집의 평가를 다시 확인해 주는 것이다. 그리고 당대 이후 수많은 평자에 의해 7언율시 중 최고의 시로 꼽히는 최호崔顥의 〈황학루黃鶴樓〉 시를 비롯하여, 최고의 5언율시라 평가받고 있는 두보杜甫의 〈등악양루登岳陽樓〉, 7언절구 중 가장 뛰어난 작품이라 여겨지고 있는 왕유王維의 〈위성곡渭城曲〉, 5언절구 중 최고의 걸작으로 사람들의 입에 오르내리는 왕지환王之渙의 〈등관작루登鶴雀樓〉 시가 모두 수록된 것과 당대 대표 시인들이라 할 수 있는 이백李白, 두보, 왕유, 맹호연孟浩然, 왕창령王昌齡, 이상은李商隱의 시가 상대적으로 많이 수록된 것 역시 일반적인 당시선집들의 선정 기준에서 크게 벗어나 있지 않다. 그러나 본서는 당대 변새시파邊塞詩派의 두 거두인 잠삼岑參과 고적高適의 시를 대거 수록했다. 인류의 역사는 곧 전쟁의 역사라고 말할 수 있을 정도로 전쟁만큼 인간들의 삶에 지대한 영향을 미친 것은 없다. 중국 역사를 통틀어 당대만큼 전쟁이 빈번했던 시대도 없다. 두 시인의 역사적 사실의 기록과 진솔한 경험의 토로는 이들 작품에 더욱 폭넓은 공감대를 형성하기에 충분한 것이기 때문이다.

　끝으로 시종 섬세한 손길로 훌륭한 책이 세상에 나오도록 애쓴 제이앤씨출판사 윤석현 사장님과 편집부 직원에게 깊은 감사의 말을 전하는 바이다.

2013년 9월

저자 최 경 진

목 차

당시, 그림을 만나다

당시, 그림을 만나다

1.

왕
적

王
績

■ **왕적**(585~644)

자字가 무공無功이고 호號는 동고자東皐子이다. 『전당시全唐詩』에는 왕적王勣으로
되어 있는데, 이는 잘못된 것이다. 강주絳州의 용문(龍門 : 지금의 산서성 河津縣) 사람
으로 수隋의 대학자였던 왕통王通의 동생이고, 초당初唐 시인 왕발王勃의 조부이
다. 당唐에 들어서 대조문하성待詔門下省에까지 올랐다가 관직을 버리고 고향에
은거했다.

그의 시는 수·당 교체기에 살면서, 방황과 고민으로 출구를 찾지 못하고 세속으
로부터 도피하여 명철보신하려는 소극적인 사상과 정서를 반영한 것이 대부분
이다. 이에 완적阮籍과 도잠陶潛의 시풍을 계승했다는 평가를 받고 있는데, 도잠과
병칭할 때 왕유王維보다 왕적을 포함해서 도왕陶王이라 부르는 것이 더욱 합당하
다고 주장하는 평자도 있다.

완적과 유령(劉伶) 당대 손위(孫位 : 생졸년 미상)가 그린 〈은자들(高逸圖)〉 중 일부이다. 세속적인 것을 혐오했던 완적과 술을 극히 좋아했던 유령의 특징을 세밀한 필치로 담아냈다. 45.2×168.7cm, 상하이박물관 소장

도잠 원대 하징(何澄 : 1217~1309?)이 그린 〈고향에 은거하는 도잠(歸莊圖)〉. 도잠이 관직을 내던지고 고향에 은거하던 당시를 묘사한 그림이다. 41×723.8cm, 지린성(吉林省)박물관 소장

들판에 서서 野望

동고에서 노을을 바라보노라니	東皋薄暮望[1]
배회하며 어디에 의지해야 하나?	徙倚欲何依[2]
나무란 나무는 온통 가을빛 완연하고	樹樹皆秋色
산이란 산은 노을에 물들었네	山山唯落暉[3]
목동은 송아지 몰고 돌아가고	牧童驅犢返
사냥말은 새 매달고 돌아가네	獵馬帶禽歸
사방 돌아보아도 아는 이 없으니	相顧無相識
고사리 캐던 백이와 숙제 그리워 노래 부르노라	長歌懷采薇[4]

■ 해설

이 시는 작자가 만년에 동고東皋에 은거했을 때 지은 작품이다. 묘사한 경치가 매우 아름다우나 적막한 정서가 극히 농후하여 도연명陶淵明의 시에서 볼 수 있는 고즈넉한 정취는 결여되어 있다. 하지만 순박하고 자연스러운 시풍은 초당에서 독보적인 위치를 차지하고 있다. 이 시는 심전기沈佺期, 송지문宋之問보다 60여년 앞선 작품이지만, 이미 대장對仗, 평측平仄 방면에서 율시의 체제를 완비하고 있을 뿐만 아니라, 제齊·양梁 궁체시의 한계를 극복하고 시가의 제재를 확대시켜, 초기 5언율시의 발전에 기여한 작품이라 할 수 있다.[5]

---

1 東皋(동고) : 작자가 은거했던 곳으로, 이 때문에 自號를 '東皋子'라 했다.
2 徙倚(사의) : 배회하다
3 落暉(낙휘) : 落日, 석양
4 采薇(채미) : 周의 武王이 殷의 紂王을 멸하려 하자, 伯夷와 叔齊는 신하로서 천자를 치는 것은 不忠이라고 하면서 首陽山에 들어가 고사리를 캐어 먹다가 굶어 죽었다. 작자는 이 사실을 인용하여, 자신도 세상을 피해 은거하고자 하는 바람이 있음을 피력한 것이다.
5 沈德潛, 『唐詩別裁集』 : 五言律前次失嚴者多, 應以此章爲首.

백이와 숙제 남송의 이당(李唐 : 1049~1130)이 그린 〈고사리 캐는 백이와 숙제(采薇圖)〉. 수양산에
서 고사리를 캐어 먹던 백이와 숙제의 강직한 성격을 생동감 넘치게 묘사하였다. 27×90cm, 베이징
(北京) 고궁(故宮)박물원 소장

2.

위
징
— 魏徵

■ 위징(580~643)

초당初唐의 정치가요 문학가로 자는 현성玄成이고, 시호는 문정공文貞公이다. 거록 (巨鹿: 지금의 하북성 邢台市 거록현) 출신이다. 수나라 말 혼란기에 이밀李密의 수나라 조 정에 반대하는 투쟁에 참가하여 격문 쓰는 일을 담당하다가 당의 고조高祖에게 귀순하여 고조의 장자 이건성李建成의 유력한 측근이 되었다. 황태자 건성이 동생 세민(世民: 후의 太宗)과의 경쟁에서 패하였을 때 위징의 인격에 끌린 태종의 부름 을 받아 간의대부諫議大夫 등의 요직을 역임한 후 재상으로 중용되었다. 특히 굽힐 줄 모르는 직간이 유명하며, 주周, 수隋 등의 정사 편찬사업과『유례類禮』,『군서치 요群書治要』등의 편찬에도 큰 공헌을 하였다. 이 중『군서치요』는 경서 뿐 아니라 정사와 제자서에서 위정자가 수양을 쌓는 데 참고가 될 만한 대목들을 발췌하여 한데 모은 책이다.『전당시』에는 그의 시 1권 35 수가 전하고 있는데, 황제의 명 에 의해 시를 지은 응제시應製詩나 다른 사람의 시에 창화唱和한 봉화시奉和詩가 대 부분이다. 유독〈술회述懷〉시만은 기세가 웅혼하여 초당 시단에서 이채로운 작품 으로 평가 받고 있다.

위징 당 고조의 장자인 이건성(李建成)의 유력한 측근이었는데, 그의 인격에 끌린 태종의 부름을 받아 간의대부(諫議大夫) 등의 요직을 역임한 후 재상으로 중용되었다. 특히 굽힐 줄 모르는 직간이 유명하였다. 『중국역대명인화상보(中國歷代名人畫像譜)』(海峽文藝出版社, 2003)

당 태종 이세민 그는 형제를 죽이고 아버지를 내쫓고 황제에 오른 것에 대해서는 도덕적 비난이 따랐지만, 그의 치세에 대해서만큼은 역사학자들의 긍정적인 평가를 받아왔다. 『중국역대명인화상보(中國歷代名人畵像譜)』(海峽文藝出版社, 2003)

보련(步輦)을 탄 당 태종 토번(吐蕃)의 찬보(贊普)인 손첸감포(松贊幹布)가 문성공주(文成公主)를 모셔가기 위해 파견한 사신을 당 태종이 접견하는 모습을 그린 그림이다. 염립본(閻立本: 601?~673)의 〈보련을 탄 당 태종(步輦圖)〉. 38.5×129cm, 베이징 고궁박물원 소장

술회 述懷

중원에서 처음 천하를 다툴 때	中原初逐鹿[1]
붓을 던지고 전쟁에 나섰노라	投筆事戎軒[2]
책략이 채택되지 않았지만	縱橫計不就[3]
강개한 뜻은 여전하네	慷慨志猶存
말 달려 천자를 알현하고	杖策謁天子[4]
말 몰아 관문을 나서네	驅馬出關門
말 가슴걸이 청하여 남월왕을 묶고	請纓繫南粵[5]
수레 횡목에 기대어 동번을 항복시키노라	憑軾下東藩
굽이굽이 험한 산을 오르는데	鬱紆陟高岫[6]
평원은 보이다 말다 하네	出沒望平原
고목엔 겨울 철새 울고	古木鳴寒鳥
빈 산엔 밤 원숭이 울음소리 들려오네	空山啼夜猿
천 리 멀리 눈에 닿는 풍경은 서럽고	旣傷千里目
여러 차례 좌절하는 혼에 놀라네	還驚九逝魂
어찌 험한 길 두렵지 않으리오마는	豈不憚艱險
국사로 대우하는 은혜를 깊이 생각했노라	深懷國士恩[7]

---

1 逐鹿(축록) : 鹿은 정권을 비유하는 말로, 逐鹿은 천하를 쟁패한다는 의미다.
2 投筆(투필) : 東漢 때 붓을 던지고 종군했던 班超. 그는 어려서부터 무척 책을 좋아하였고 포부 또한 컸다. 소년 시절부터 張騫을 흠모하여 이역에서 큰 공을 세워보겠다는 야망에 불타고 있었는데, 어느 날 글을 열심히 쓰고 있다가 흉노가 자주 변경에 침범하여 백성을 살상한다는 이야기를 듣고는, "대장부로 태어나 마땅히 장건을 본받아 이역에서 공을 세워 봉후의 자리에 오르는 것이 떳떳한 일이거늘, 어찌 편안히 집에 앉아 붓과 먹만을 벗하는 것만을 일삼겠는가?"라고 하며 스스로 무장을 갖추어 竇固를 따라 흉노를 토벌하는 데에 큰 공을 세웠다.(『後漢書 · 班超傳』)
3 縱橫(종횡) : 합종책과 연횡책, 여기에서는 천하를 경영하는 책략을 말한다.
4 策(책) : 채찍.
5 請纓(청영) : 西漢의 終軍이 南越王을 설복시키라는 명령을 받고 남월왕을 묶을 긴 끈을 요청하여 가서 임무를 완수한 일.
6 鬱紆(울우) : 산길이 꼬불꼬불한 모양.
   陟(척) : 오르다.
7 國士(국사) : 국가의 유능한 인사

계포는 두 번 승낙을 한 적이 없고　　　　　　季布無二諾[8]
후영은 한마디 말을 중히 여겼네　　　　　　侯贏重一言[9]
인생에서 의기를 느끼는데　　　　　　　　　人生感意氣
공명을 누가 다시 따지리오?　　　　　　　　功名誰復論

■ 해설

이 시는 수·당 교체기의 격렬한 전쟁의 와중에 붓을 던지고 종군하여 국가에 헌
신하고자 하는 염원을 서술한 작품이다. 격조가 질박하고도 힘이 있어 형식주의
가 풍미하던 초당시단에서는 보기 드문 걸작이라 할 수 있다.[10]

8　季布無二諾(계포무이락) : 황금 백 근을 얻는 것보다 계포의 승낙을 얻는 것이 훨씬 어렵다는 말에
　　서 나온 것이다.
9　侯贏重一言(후영중일언) : 후영이 신의를 지키기 위해 스스로 목숨을 끊은 것을 이른다.
10　沈德潛, 『唐詩別裁集』 : 氣骨高古, 變從前纖靡之習, 盛唐風格, 發源于此.

3.

노조린 ─ 盧照隣

■ 노조린(634?~686?)

자는 승지昇之, 호는 유우자幽憂子이다. 유주幽州 범양(范陽 : 지금의 하북성 涿州市) 출신이다. 어려서부터 경서와 역사서 등을 힘써 공부하여 일찍부터 명성을 떨쳤다. 하지만 20대 중반에 악질에 걸려 신도위新都尉 자리를 물러나 태백산太白山에 은거하였고, 은거할 때 단약을 복용하였다가 중독되어 수족이 마비되었다. 이후 하남성河南省 우현禹縣의 구자산具茨山에 은거하여 투병생활을 계속하였으나, 효험이 없자 영수潁水에 투신자살하였다.

왕발王勃, 양형楊炯, 낙빈왕駱賓王과 함께 '초당사걸初唐四傑'로 꼽히는 시인으로 7언 가행에 뛰어났다. 시에는 벼슬길에서의 좌절감과 신병으로 인한 우울함이 교차하고 있으며, 통치자의 사치와 음락을 일삼는 행위를 폭로한 시도 눈에 띈다. 그중 〈장안고의長安古意〉는 봉건 귀족의 사치스런 생활을 폭로하고 있는데, 초당 시풍의 변혁에 촉진제가 되었다. 현재 『유우자집幽憂子集』에 90여 수의 시가 전하고 있다.

중구절에 현무산에 올라 九月九日登玄武山旅眺[1]

9월 9일 멀리 산천을 바라보며	九月九日眺山川
고향 가고픈 마음을 일렁이는 연기에 신노라	歸心歸望積風煙
타향에서 함께 모여 국화주 마시고	他鄕共酌金花酒[2]
만 리 밖에서 기러기 날아가는 하늘 보며 슬퍼하노라	萬里同悲鴻雁天

■ 해설

중구절重九節을 맞아 소대진邵大震, 왕발王勃과 함께 현무산玄武山을 유람하며 지은 시이다. 소대진에게는 〈구월구일등현무산여조九月九日登玄武山旅眺〉 시가 있고, 왕발에게도 〈촉중구일등현무산여조蜀中九日登玄武山旅眺〉 시가 전하고 있다. 고종 때 왕발은 투계대회를 성토하는 격문을 지었다가 추방을 당하여 검남劍南 지방을 떠도는 길에 현무산에 올라 시를 지었다. 당시 작자는 인근 신도新都의 현위縣尉직에 있었기에 왕발의 시에 창화할 수 있었던 것이다. 이 시는 7언절구 초기의 작품이지만 이미 체제가 갖추어져 성당시와 별 차이가 느껴지지 않는다.

■ 참고

王勃, 〈蜀中九日登玄武山旅眺〉
九月九日望鄕臺, 他席他鄕送客杯.
人今已厭南中苦, 鴻雁那從北地來.

邵大震, 〈九月九日登玄武山旅眺〉
九月九日望遙空, 秋水秋天生夕風.
寒雁一向南飛遠, 游人幾度菊花叢.

1 玄武山(현무산) : 지금의 四川省 中江縣 동쪽에 있는 산으로, 赤雀山, 宜君山이라고도 한다.
2 金花酒(금화주) : 국화주. 음력 9월 9일은 '9'가 중복되었다고 重九節이라 하는데, 漢代에 생긴 명절이다. 吳均의 『續齊諧記』에 따르면, 汝南 땅의 桓景이 費長房을 스승으로 모시며 배울 때, 비장방이 환경에게 "9월 9일 자네의 집에 큰 재난이 닥칠 것이니 빨리 집으로 돌아가 집안 사람들에게 붉은 주머니에 茱萸를 넣어 어깨에 메고 높은 산에 올라 국화주를 마시면 이 재난을 면할 것이다."라고 하였다. 환경이 그 말을 따라 높은 산에 올랐다가 집으로 돌아와 보니 집안의 가축들이 모두 죽어 있었다. 이 때문에 9월 9일이면 수유를 머리에 꽂고 국화주를 마시는 풍습이 생겼다. 또한, 중양떡을 먹기도 한다. 명대에 북경에서는 이 날을 '女兒節'이라 하여 시집간 딸을 친정으로 불러 꽃떡을 먹이는 풍습이 있었다.

청대 화가 허곡(虛谷 : 1823~1896)이 그린 〈추영도(秋英圖)〉 국화의 생기 넘치는 절개가 느껴진다.
중구절인 9월 9일에는 국화주를 마시는 풍습이 있었다. 25×34cm, 개인 소장

4.

낙빈왕 ― 駱賓王

■ **낙빈왕**(622?~684)

자가 관광觀光으로 무주婺州 의오(義烏: 지금의 절강성 義烏) 사람이다. 총명하여 어려서
부터 시를 잘 지었는데, 그가 7세 때 지은〈거위咏鵝〉시는 지금도 어린이에게 가장
많은 사랑을 받는 시이다. 장안長安의 주부主簿였을 때 여러 번 상소한 일로 측천
무후則天武后의 노여움을 사서 임해(臨海 : 지금의 浙江省 台州市 임해시)의 승丞으로 좌천
되었다. 그래서 낙임해 또는 낙승駱丞으로도 불렸다. 얼마 후 자신의 뜻을 펼칠 수
없는 데 불만을 품고 사임하였다가, 서경업徐敬業이 양주揚州에서 측천무후에 반
란을 일으키자, 이에 가담하고 서경업을 대신하여 무후의 죄목을 신랄하게 성토
하는 격문을 기초하였는데, 그의 뛰어난 문장은 무후조차도 칭찬했다고 한다.
왕발王勃, 양형楊炯, 노조린盧照隣 등과 함께 시문이 뛰어나 '초당사걸'로 일컬어지
고, '왕양노락王楊盧駱'으로 불리기도 한다. 육조六朝의 시풍을 계승하면서도 격조
가 맑고 고왔고, 특히 노조린과 함께 7언가행에 능하였다.

측천무후 (624~705) 낙빈왕은 측천무후에게 반기를 든 서경업의 군사 행동에 적극적으로 가담하여 측천무후의 죄목을 격렬하게 비판하는 격문(檄文)을 쓰기도 했다. 당시 자신을 격렬하게 매도했던 낙빈왕의 격문을 읽고 당사자인 측천무후조차도 칭찬했다고 하니 낙빈왕이 얼마나 문장에 능했는가 짐작할 수 있다. 『중국역대명인화상보(中國歷代名人畵像譜)』(海峽文藝出版社, 2003)

거위 咏鵝

꽥, 꽥, 꽥	鵝, 鵝, 鵝
목을 구부려 하늘을 향해 노래 부른다	曲項向天歌
하얀 깃털이 푸르른 물 위에 떠다니고	白毛浮綠水
붉은 물갈퀴는 맑은 물결을 헤치고 있다	紅掌撥清波[1]

■ 해설

이 시는 쉬우면서도 리듬감이 뛰어난 작품이다. 예닐곱 살짜리 어린이가 지은 시라고는 도무지 믿기지 않을 정도로, 대상에 대한 섬세한 관찰과 생동감 넘치는 묘사가 예사롭지 않다.

역수 가에서 易水送別[2]

이곳은 연나라 태자 단과 이별한 곳	此地別燕丹[3]
장사의 머리털은 관을 뚫었도다	壯士髮衝冠
당시의 인물들은 이미 죽고 없건만	昔時人已沒
오늘도 강물은 여전히 차도다	今日水猶寒

■ 해설

이 시는 당 조로朝露 원년(679)에 작자가 출옥 후 임해승으로 부임하기 전에 지은 것이다. 이때 작자는 역수를 지나 북쪽 변방으로 종군하였는데, 고대 영웅인 형가荊軻의 기개를 빌어 자신의 애국에 대한 열정을 강개하게 표출하고 있다.

---

1 撥(발) : 헤치다.
2 易水(역수) : 河北 易縣에서 발원하는 강으로, 戰國시대 燕나라 남쪽에 있었다.
3 燕丹(연단) : 燕나라 태자 丹이 秦始皇에게 복수하기 위해 자객 荊軻를 역수에서 전송하였다. 형가의 친한 친구인 高漸離가 筑을 치며 전송하자, 이에 형가는 다음과 같이 화답하였다. "바람은 쓸쓸하고 역수는 차구나, 대장부 한번 떠나면 다시 오지 않으리.(風蕭蕭兮易水寒, 壯士一去兮不復返.)"

청대 화가 운수평(惲壽平 : 1633~1690)이 그린 거위떼(鵝群) 27.5×35.2cm, 베이징 고궁박물원 소장

진시황 (BC259~BC210) 중국 역사상 최초의 중앙집권 체제의 국가를 건국한 후 군현제를 실시하고, 법률과 한자, 그리고 도량형을 통일하여 집권 통치를 강화하였다. 명대(明代)『삼재도회(三才圖繪)』각본(刻本)

5.

왕발
王勃

■ **왕발(649~676)**

왕발은 자가 자안子安으로 강주絳州 용문(龍門 : 지금의 산서성 河津縣) 사람이다. 그는 유명한 학자인 왕통王通의 손자로 여섯 살 때 이미 문장을 잘 지었다. 인덕麟德 1년에 유상도劉祥道가 표를 올려 그의 재능을 추천하였고, 이에 왕발은 과거에 응시하여 뛰어난 성적으로 급제하여 스무 살도 되지 않아서 조산랑朝散郎을 제수받았다. 이후 패왕沛王[1]은 왕발을 불러 왕부의 수찬修撰직에 임명하였는데 당시 여러 왕들이 닭싸움을 즐겨 투계대회를 열자, 왕발은 이를 희롱하여 영왕英王[2]의 닭을 성토하는 격문을 지었다. 고종高宗은 이 말을 듣고 크게 노하여 그를 패왕부에서 추방하였다. 왕발은 파직당한 후 검남劍南을 유랑하며 산에 올라 강개한 의기로 제갈량諸葛亮의 공적을 생각하며 시로 정회를 드러내기도 했다. 이후 사형당할 죄를 지은 관노를 숨겨주었다가 일이 탄로 날까 두려워 그를 죽인 일이 있었다. 이 일이 발각되어 사형당할 처지가 되었으나, 곧 사면되어 사형은 면할 수 있었다. 아버지 왕복치王福時는 이 일 때문에 교지交趾[3]의 령으로 좌천되었다. 왕발은 아버지를 뵈러 가다가 남창南昌을 지나게 되었다. 마침 당시 도독都督이던 염백서閻伯嶼가 새로 등왕각滕王閣을 수리하여 낙성하고는, 9월 9일 빈객들을 많이 모아 놓고 자신의 사위에게 등왕각기滕王閣記를 짓게 하여 이 성대한 일을 경축하게 할 참이었다.

1 沛王(패왕) : 高宗의 여섯 째 아들
2 英王(영왕) : 高宗의 일곱 째 아들로 후에 中宗에 즉위하였다.
3 交趾(교지) : 지금의 베트남 하노이 서북쪽

왕발이 도착하여 배알하자 도독은 그의 재능을 알아보고 그에게 문장을 짓도록 청했다. 왕발은 많은 사람들 앞에서 유쾌하게 붓을 들어 〈등왕각서〉를 단숨에 완성하고는 한 글자도 수정하지 않자 자리를 가득 메운 모든 사람들이 크게 놀랐다. 술에 한껏 취해 이별을 고하자, 염공은 합사로 짠 비단 백 필을 그에게 주었고, 왕발은 곧 배를 타고 떠났다. 남방 지역에 이르러 배가 바다에 다다랐을 때 풍랑을 만나 물에 빠져 죽었는데 그때 그의 나이 스물여덟이었다.

왕발은 문장을 화려하게 지었는데, 그에게 글을 부탁하는 사람이 많아 항상 금은 보화와 비단이 집안에 가득했다. 이에 마음을 쓰고 글을 써서 의식을 해결했다고 할 수 있다. 그는 글을 쓸 때, 그다지 많이 생각을 가다듬지 않고 우선 먹물을 많이 갈아 놓은 후 흠뻑 술에 취해 이불을 끌어당겨 얼굴을 덮고 자다가, 문득 일어나서 붓을 휘둘러 문장을 지어내고도 한 글자도 바꾸지 않았는데, 이에 사람들은 그를 '복고腹稿'[4]라고 불렀다.

양형楊炯, 노조린盧照隣, 낙빈왕駱賓王 등과 함께 '초당사걸'이라 불린 그는 종래의 유약하고 화려하기만 한 육조시六朝詩의 풍격을 타파하고, 참신하고 건전한 정감을 읊어 성당시의 선구자가 되었다. 특히 그는 5언절구와 5언율시에 뛰어났고 풍격은 청신하고도 수려하여, 그를 '초당사걸' 중 으뜸으로 치는 데 이견이 전혀 없다.[5]

---

4 腹稿(복고) : 뱃속에 원고가 들어 있다.
5 陸時雍, 『詩鏡總論』 : 王勃高華, 楊炯雄厚, 照隣淸藻, 賓王坦易, 子安其最傑乎.

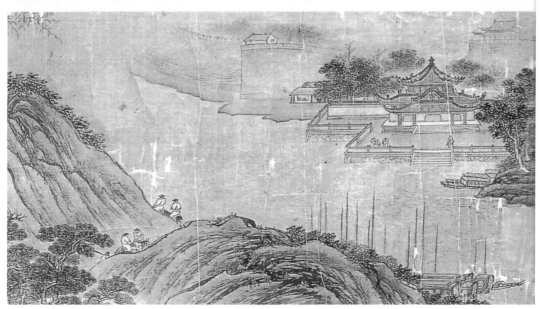

청대 화가 왕항(王恒: 생졸년 미상)이 그린 등왕각 왕발의 〈등왕각서〉 중 "등왕각에 있던 왕자는 어디 가고, 난간 밖 강물만 부질없이 흘러가네.(閣中帝子今何在, 檻外長空自流)"라는 경계가 잘 묘사되어 있다. 『명가회당시화보삼백수(名家繪唐詩畵譜三百首)』(上海古籍出版社, 2001)

두소부를 촉천으로 보내며 送杜少府之任蜀川[6]

장안은 삼진 땅으로 둘러싸여 있는데	城闕輔三秦[7]
안갯속에서 오진을 바라보네	風煙望五津[8]
그대와 헤어지는 쓰라린 마음	與君離別意
우리 모두 떠다니는 벼슬아치인 때문일세	同是宦游人[9]
세상에 나를 알아줄 친구만 있다면	海內存知己
하늘 끝이라도 이웃 같으리니	天涯若比鄰
이제 헤어지는 갈림길에 섰지만	無爲在歧路[10]
아녀자처럼 눈물짓진 말게나	兒女共沾巾

■ 해설

이 시는 두소부가 촉천으로 부임해 가는 것을 전송하며 쓴 송별시이다. 송별시임
에도 불구하고 작자의 발랄한 기상으로 정조가 용솟음쳐 올라 조금도 감상적인
기분이 들지 않는다. 이 작품은 이미 제량 궁체시의 음란한 내용과 화려한 형식
으로부터 벗어나서, 건전한 내용과 근엄한 형식으로 나아가고 있음을 확인할 수
있다. 이 시는 송별시 중 가작으로 알려진 王維의 〈送元二使安西〉, 王昌齡의 〈芙蓉
樓送辛漸〉, 高適의 〈別董大〉 시들에 겨루어도 전혀 손색이 없는 걸작 중의 걸작으
로 평가받고 있다.

---

6 蜀川(촉천) : 지금의 四川省
7 三秦(삼진) : 項羽가 秦을 멸한 후 그 땅을 雍, 塞, 翟 3국으로 나누었는데, 이 3국을 합하여 '삼진'이
   라 칭했다.
8 五津(오진) : 四川의 岷江에 있는 5개의 나루터인 白華津, 萬里津, 江首津, 涉頭津, 江南津을 가리킨
   다. 여기에서는 蜀川을 지칭하는 말이다.
9 宦游(환유) : 객지에서 벼슬살이 노릇하다.
10 無爲(무위) : …하지 마라

산 속에서 山中

장강을 보니 오래 묶여 있는 내 신세 서러워	長江悲已滯[11]
만리타향에서 돌아갈 날만 생각하네	萬里念將歸
하물며 가을바람 부는 저녁	況屬高風晚[12]
산마다 누런 낙엽 흩날리는 때에랴	山山黃葉飛

■ 해설

이 시는 작자가 21세 무렵 촉 지방을 떠돌 때 지은 것이다. 장강이 동쪽으로 세차게 흘러가는 것을 보고 고향을 떠나 만 리 밖 촉 땅에 머물러 있어야 하는 자신의 처지를 애달파하고 있는데, 고향으로 돌아가고픈 심정과 자연 경물을 교묘하게 결합해 효과를 배가시키고 있다.

11 已滯(이체) : 오랫동안 막혀 있다.
12 高風(고풍) : 가을바람

6.

양형
― 楊炯

■ **양형**(650~693?)

　화음華陰 : 지금의 섬서성 渭南市 華縣 사람으로 12세에 신동과神童科에 급제하여 홍문관
대제弘文館待制가 되었다. 상원上元 3년(676) 교서랑校書郞이 되었으며, 이후 무주婺州
영천(盈川 : 현재의 절강성 衢州 영천)의 현령에 이르렀다가 그곳에서 세상을 떴는데, 평
소 가식으로 가득한 관료들을 업신여겨 조정 선비들의 미움을 사는 일이 잦았다.
'초당사걸' 중 한 사람인 그는 현재 33수의 시가 전해지고 있는데, 대부분 문사가
화려할 뿐 내용은 빈약하여 여전히 전대의 좋지 못한 시풍을 떨쳐버리지 못하고
있다. 그러나 〈종군을 염원하며從軍行〉, 〈출새出塞〉 등 변새시는 풍격이 매우 웅장
하고 국가를 위해 공을 세우고자 하는 애국심이 충만하다.

종군을 염원하며 從軍行

봉화가 장안을 비추니	烽火照西京[1]
마음속 편치 않네	心中自不平
대장군은 병부 받고 궁궐을 떠나고	牙璋辭鳳闕[2]
철갑 두른 기병은 용성을 에워싸네	鐵騎繞龍城[3]
눈발 자욱하여 깃발 흐릿하게 보이고	雪暗凋旗畵
바람 심하여 북소리도 어지럽네	風多雜鼓聲
차라리 하급관리라도 되어 전쟁에 나서는 것이	寧爲百夫長[4]
한낱 서생으로 있는 것보다는 나으리라	勝作一書生

■ 해설

당 고종 대에 이르러 국력이 강성해지면서 대외 전쟁이 빈번해지고 이를 통해 애국하고 공을 세워 입신하려는 풍조가 만연하였다. 이 시는 국가를 위해, 자신의 공명 성취를 위해 종군하고자 하는 작가의 염원을 표현한 시로 성당 변새시 흥성의 서막을 연 작품으로 평가받고 있다.

---

1 西京(서경) : 장안
2 牙璋(아장) : 군대의 출동을 명령할 때 쓰는 兵符
  鳳闕(봉궐) : 궁궐
3 龍城(용성) : 한대 匈奴의 지명으로 흉노는 매년 5월 이곳에 추장들이 모여 하늘에 제사를 지냈다.
4 百夫長(백부장) : 백 명을 통솔할 수 있는 졸병 우두머리, 하급 무관

7.

소미도 ─蘇味道

■소미도(648~705)

조주趙州 혁성(奕城 : 지금의 하북성 石家莊市 奕城縣) 출신으로 어려서부터 문학적 재능이 뛰어나 아홉 살 때부터 시를 쓰고 부를 짓기 시작하였다. 그는 진사에 합격한 후 함양위咸陽尉로 관직 생활을 시작했는데, 깊고 해박한 학문에다 문장력이 뛰어나 이내 봉각시랑鳳閣侍郎이 되었다. 그러나 뜻밖의 소송에 휘말려 감옥에 들어가게 되었고 출옥한 후 집주(集州 : 현재의 사천성 巴中市 南江縣)의 자사刺史로 좌천되었다가, 몇 년 후 조정에서 그를 다시 불러 천관시랑天官侍郎에 임명하였고 곧 봉각시랑의 관직도 회복하게 되었다. 그의 생애는 굴곡이 심했기 때문에 항상 마음이 위축되어 일을 처리하면서도 자신감이 없었다. 그는 늘 책상 모서리를 만지작거리며 한나절이 지나도 결정을 내리지 못할 때가 잦았다. 이러한 날이 계속되다 보니 사람들은 그에게 모서리를 만지작거리는 사람이라는 뜻의 '모릉수摸棱手'라는 별명을 붙여 주었다. 어떤 사람들은 아예 이름 대신 그를 '소모릉蘇摸棱'이라고 불렀다. 중종中宗 신룡神龍 원년(705) 장역지張易之 형제에게 아첨했다는 죄목으로 미주(郿州 : 현재의 사천성 眉山)의 자사로 폄적되었다가 그곳에서 세상을 떴다.

소미도는 어려서부터 같은 고향 시인인 이교李嶠와 함께 이름을 날려 사람들은 그들을 '소이蘇李'라고 불렀으며, 이교, 최융崔融, 두심언杜審言 등과 함께 '문장사우

文章四友'라고도 불렸다. 현재 전하는 시 16수는 대부분 영물시로 내용이 빈약하고 진부하기 짝이 없는 것들이다. 그러나 〈정월 십오일 밤正月+五夜〉 등 5언율시는 높은 평가를 받고 있다.[1]

정월 십오일 밤 正月十五夜

불 같은 나무와 은 같은 꽃이 활짝 피니	火樹銀花合
칠성교 문을 활짝 여네	星橋鐵鎖開[2]
자욱한 먼지 말 따라 달려가고	暗塵隨馬去
밝은 달 사람 따라 다가오네	明月逐人來
가기들은 화려하게 차려입고	游妓皆穠李[3]
모두 매화락 곡조를 부르며 지나가네	行歌盡落梅[4]
금위군도 통행금지 하지 않고	金吾不禁夜[5]
옥시계도 재촉하지 않네	玉漏莫相催

■ 해설

이 시는 정월 십오일 원소절元宵節 저녁에 나무마다 등이 내 걸린 풍경과 와자지껄한 분위기를 묘사하고 아울러 통치 계급의 호사스런 생활 등을 반영하고 있는데, 언어가 소박하고 평이하여 후대에 높은 평가를 받고 있는 작품이다.

1 方回, 『瀛奎律髓』: 古今元宵詩少, 五言好者殆無出此篇矣.
2 星橋(성교) : 七星橋
3 穠李(농리) : 桃李처럼 화려하게 차려입다.
4 落梅(낙매) : 梅花落 곡조
5 金吾(금오) : 禁衛軍

8.
두심언 — 杜審言

■ **두심언(645?~708)**

호북성 양양襄陽 출신으로 어릴 때 부친을 따라 낙주洛州 공현(鞏縣 : 지금의 河南省 鞏縣)으로 옮겨가 살았다. 자는 필간必簡으로 진晉의 명장이자 학자였던 두예杜預의 자손이며, 성당盛唐의 대시인 두보杜甫의 조부이다. 함형咸亨 원년(670) 진사시에 급제하여 습성현(隰城縣 : 지금의 山西省 汾陽縣 서쪽)의 현위와 낙양승洛陽丞을 지냈다. 성력聖歷 원년(698) 사건에 연루되어 길주사호참군吉州司戶參軍으로 좌천되었을 때, 주의 사마司馬인 주계중周季重 등의 모함으로 투옥되어 사형당할 위기에 처했는데, 당시 16살에 불과한 두심언의 아들 두병杜幷은 부친을 위하여 주계중을 살해하고 자신도 죽임을 당하였다. 무후武后는 두병의 효심을 찬탄해 마지 않으며 두심언을 불러 저작좌랑著作佐郎에 임명하였다. 이후 그는 국자감주부國子監主簿, 수문관직학사修文館直學士의 벼슬에까지 올랐다.

두심언은 젊어서부터 문필로 명성을 떨쳐 이교李嶠, 최융崔融, 소미도蘇味道와 함께 '문장사우文章四友'라 불렸다. 시 43수가 전하는데, 비록 응제시와 증답시가 대다수이나 이교나 소미도의 시에 비해 형상이 선명하고 시어가 질박하다는 평가를 받고 있다. 그는 만년에 심전기沈佺期, 송지문宋之問과 창화하면서 근체시의 형성에 커다란 공헌을 하였으며, 특히 5언율시에서 뛰어난 성과를 거두었다.[1]

---

1 胡應麟, 『詩藪』: 初唐五言律, 獨有宦游人第一.

진릉 육현승의 '이른 봄놀이'에 화답하며

和晉陵陸丞早春游望[2]

홀로 외지에서 벼슬살이하는 몸이라	獨有宦游人
기후에 따른 경물의 변화에 특히 민감하네	偏驚物候新[3]
붉은 안개는 새벽 바다에서 피어오르고	雲霞出海曙
매화와 버드나무는 봄 강을 건너오네	梅柳渡江春
온화한 기운은 꾀꼬리를 부추기고	淑氣催黃鳥[4]
따사로운 햇빛은 개구리밥을 더욱 푸르게 하네	晴光轉綠蘋[5]
문득 고풍스러운 그대의 시를 듣노라니	忽聞歌古調[6]
고향 생각에 눈물만 수건을 적시네	歸思欲沾巾

■ 해설

이 시는 작자가 현승縣丞이던 육씨와 봄놀이를 하며 육씨의 시에 창화한 시로 봄
과 봄기운의 아름다움을 묘사하였는데, 언어의 구사가 청신하고 격률이 엄정하
여 5언율시의 성숙과 발전에 많은 공헌을 하였다.

---

2 晉陵(진릉) : 당시의 晉陵郡으로 현재의 강소성 상주시(常州市)
3 物候(물후) : 절기에 따른 경물의 변화
4 淑氣(숙기) : 봄의 온화한 기운
5 蘋(빈) : 개구리밥. 줄기 끝의 작은 잎 4개가 마치 田자 형태를 하고 있어 '田字草'라고도 한다.
6 古調(고조) : 육승의 시를 이름

〈봄 연못가의 버드나무(春塘柳色)〉 원대(元代) 주숙중(朱叔重: 1350년대 활동)의 작품으로 봄날의 만물이 소생하는 연못가 풍경과 물오른 버드나무를 세밀한 필치로 묘사했다. 41×55.3cm, 타이베이 고궁박물원 소장

9.

심전기 — 沈佺期

■ 심전기(656~715)

자는 운경雲卿이고 상주相州 내황(內黃 : 지금의 하남성 安陽市) 사람이다. 고종 상원上元 2년(675) 진사에 급제하여 협률랑協律郞에 임명되었으며 이어서 여러 관직을 역임하다가 장역지張易之에게 아첨한 죄로 환주(驩州 : 지금의 베트남 북부)로 유배되었다. 이후 태자소첨사太子少詹事 벼슬을 끝으로 은퇴하였는데, 이 때문에 '심첨사沈詹事'라 불렸다.

송지문宋之問과 함께 '심송沈宋'이라 불리며 초당사걸의 뒤를 계승하여 율시의 형성과 발전에 커다란 공헌을 했다. 그는 특히 7언율시에 뛰어나 왕유王維 이전에 가장 성취도가 높은 작가로 평가받고 있다. 〈즉흥시雜詩〉와 〈교지지에게古意呈補闕喬知之〉 시는 종군한 남편을 그리워하는 아내의 그리움을 묘사하고 있는데, 내용이 애절하여 읽는 이의 가슴을 쥐어뜯게 한다.

즉흥시 雜詩

듣자하니 황룡의 수자리에서	聞道黃龍戍[1]
몇 해 동안 병사를 풀어주지 않는다네	頻年不解兵
가엾어라 규방에서 보았던 달이	可憐閨裏月
오랫동안 당의 진영을 비추고 있노라	長在漢家營
젊은 아낙 지금 봄을 앓고 있는데	少婦今春意
수자리 남편 역시 어젯밤 몸부림쳤으리라	良人昨夜情[2]
그 누구일까 군대 이끌고 가서	誰能將旗鼓[3]
단번에 용성을 빼앗을 이가	一爲取龍城[4]

■ 해설

이 시는 전쟁이 빨리 끝나기를 바라는 일반 백성들의 바램을 함축적으로 묘사하고 있는데, 서정성이 매우 풍부하다.

---

1 黃龍戍(황룡수) : 지금의 遼寧省 開原市 서북
2 良人(양인) : 고대 처자들의 남편에 대한 호칭
3 將旗鼓(장기고) : 군대를 지휘하다.
4 龍城(용성) : 漢代 匈奴族들이 모여 하늘에 제사를 지내던 곳

교지지에게 古意呈補闕喬知之

노씨댁 젊은 아낙 방은 울금향 가득한데	盧家少婦鬱金香
바다제비 한 쌍 바다거북 장식 들보에 사네	海燕雙棲玳瑁梁[5]
구월의 차가운 다듬이 소리 낙엽을 재촉하니	九月寒砧催木葉[6]
요양으로 십 년째 수자리 간 남편을 생각하네	十年征戍憶遼陽
백랑하 소식도 끊기고	白狼河北音書斷
단봉성 남쪽의 가을밤은 길기도 하네	丹鳳城南秋夜長[7]
누가 말했던가, 그리움 머금고는 홀로 보지 못하리라고	誰爲含愁獨不見
더욱이 밝은 달이 유황 비단 비추는 것을	更教明月照流黃[8]

■ 해설

이 시는 규방 아낙네의 입을 빌려 당의 변방 정책을 비판하고 있다. 10년 전에 종군한 남편을 그리워하는 아낙네가 밤을 홀로 지새야 하는 고통이 여과 없이 전달된다. 명대 전칠자前七子의 영수였던 하경명何景明은 이 시가 최호崔顥의 〈황학루黃鶴樓〉를 능가하는 당대 최고의 7언율시라 평한 바 있다.

5 玳瑁梁(대모량) : 玳瑁로 장식한 대들보. 玳瑁는 열대 지방에 사는 바다거북
6 砧(침) : 다듬잇돌
7 丹鳳城(단봉성) : 長安의 建章宮 동쪽에는 鳳闕이 있는데, 漢武帝가 銅鳳 두 마리를 만들어 그 위에 두었기 때문에 이렇게 불렸다. 여기에서는 長安을 가리킨다.
8 流黃(유황) : 황갈색의 비단

청대 화가 화암(華嵒: 1682~1756)이 그린 **금곡원** 금곡원에서 녹주의 피리 연주를 듣고 있는 석숭을 묘사하였다. 교지지는 생명을 바쳐 사랑을 지킨 석숭과 녹주를 녹주원(綠珠怨) 시에서 칭송한바 있다. 상하이박물관 소장

10.

송지문 ─ 宋之問

■ 송지문(656~713)

자는 연청延淸으로 산서성 분주(汾州 : 지금의 汾陽市)에서 태어났다. 고종高宗 상원上元 2
년(675) 진사에 급제하였고 무후武后 천수天授 원년(690) 측천무후의 눈에 들어 양형
楊炯과 함께 습예관習藝館에 임명된 것이 벼슬길에의 첫발이었다. 무후가 낙양洛陽의
용문龍門을 유람하며 수행하던 신하들에게 시를 짓도록 하였을 때, 좌사左史이던 동
방규東方虬가 시를 무후에게 바치자 무후는 그에게 상으로 면포綿袍를 하사하였는
데, 곧이어 송지문이 시를 바치자 무후는 그의 시를 찬탄해 마지 않으며 동방규에
게 내렸던 면포를 빼앗아 그에게 다시 하사했다는 이야기는 유명한 일화이다. 그
후, 장역지張易之에게 아첨한 죄로 좌천당했다가 도망하여 장중지張仲之라는 사람
의 집에 숨어 살 때, 장중지가 무삼사武三思를 암살하려 한다는 사실을 미리 알고
밀고하여 무삼사에 의해 발탁되는 등 파렴치한 행실이 많았다.

그는 심전기沈佺期와 시 창작을 경쟁하여 '심송沈宋'이라 불렸다. 특히 5언율시와 5언
배율에 뛰어난 재능을 보여 당대 율시의 발전에 지대한 공헌을 하였다. 그의 시는
치밀한 형식 속에 자연의 정취를 담는 데 성공했다는 평가를 받고 있다.[1]

---

1 吳喬, 『圍爐詩話』: 宋之問大庾領云, 明朝望鄕處, 應見隴頭梅. 賈島云, 無端更渡桑乾水, 却望并州是故
鄕. 景意本同, 而宋覺優游, 詞爲之也. 然島句比之問反爲醒目, 詩之所以日趨于薄也.

대유령을 넘으며 題大庾嶺北驛[2]

10월 남쪽으로 날아온 기러기는	陽月南飛雁
여기까지 내려왔다가 돌아간다네	傳聞至此回[3]
나의 유배 생활은 아직 끝나지 않았으니	我行殊未已
언제 다시 돌아갈 수 있으리	何日復歸來
강은 고요한데 조수 빠지기 시작하고	江靜潮初落
숲은 어둑한데 장기 흩어지지 않네	林昏瘴不開[4]
내일 아침 고향 바라볼 수 있는 곳에서	明朝望鄕處
매화꽃을 볼 수 있으리라	應見隴頭梅

■ 해설

이 시는 작자가 장역지에게 아첨한 죄로 상주(瀧州: 지금의 廣東 羅定)로 폄적당하는 도중 대유령을 넘으면서 감상을 서술한 것이다. 유배 생활로 인한 향수와 고통을 표현하고 있는데 서사와 서정이 결합하고, 정경이 합일하며 격조가 매우 함축적 이다.

---

2 大庾嶺(대유령) : 지금은 江西省과 廣東省의 접경지대로 당대에는 내지에서 광동 지방으로 들어 가는 요지였다. 매화가 많아서 梅嶺이라 불리기도 했다.
3 至此回(지차회) : 전설에 기러기는 大庾嶺까지 날아와 봄이 되기를 기다렸다가 북쪽으로 다시 날 아간다고 한다.
4 瘴(장) : 남방의 기온과 습도가 높은 지역의 나쁜 기운

11.

진자앙 — 陳子昂

■ 진자앙(659~700)

자가 백옥伯玉으로 재주(梓州 : 현재 사천성) 사홍(射洪 : 현재의 遂寧市 사홍현)에서 출생하였다. 집안에 돈이 많은 것을 믿고 방탕한 생활을 하다가 18세 때 잘못을 뉘우치고 고향에서 가까운 금화산金華山에 들어가 고전에 파묻혀 살았다. 예종睿宗 문명文明 원년(682) 진사에 급제하여 무후武后에 의해 인대정자麟臺正字로 발탁되었다. 얼마 후 좌보궐左補闕이었던 교지지喬知之를 따라 서북의 변방으로 종군을 하고 돌아온 후 우습유右拾遺에 올랐다. 698년 부친이 세상을 뜨자 고향에 돌아와 부친의 묘 옆에 자그마한 집을 짓고 살았는데, 무삼사武三思의 사주를 받은 현령 단간段簡이 진자앙에게 돈이 많다는 사실을 알고 그를 위협하여 거액을 가로채고, 그것도 모자라 그를 투옥시키는 바람에 옥에서 세상을 떴다.

초당初唐의 시는 여전히 육조六朝의 궁정시宮廷詩를 계승하여 수사에 편중하는 경향이 있었는데, 진자앙은 한위漢魏 이래로 문장의 도가 없어진 지 500년이 되었다고 말하면서 한위의 '풍골風骨'을 회복할 것을 주장하였다. 그는 현실을 반영한 시를 지을 것과 강건하고 사실적인 시를 지을 것을 주장하여 초당에서 성당盛唐으로 넘어가는 시풍 전환에 커다란 영향을 끼쳤다. 그의 대표작〈감우시感遇詩〉38수는 그의 시론을 실천한 작품으로 양梁, 진晉 이래의 화려하기만 한 시풍을 일소하여 시어가 매우 질박했으며, 위로는 완적阮籍의〈영회시詠懷詩〉를 계승하고 아래로는 이백李白의〈고풍古風〉에 영향을 미쳤다.

유주대에 올라 登幽州臺歌[1]

앞으로는 옛사람 만날 수 없고	前不見古人
뒤로는 오는 사람 만날 수 없네	後不見來者
천지의 무궁함을 생각하며	念天地之悠悠[2]
홀로 슬피 눈물 흘리네	獨愴然而涕下[3]

■ 해설

만세萬歲 통천通天 원년(696) 작자는 거란契丹을 치기 위한 정벌에 건안왕建安王 무유의武攸宜를 따라나서 여러 계책을 올리지만, 무유의는 일개 서생의 의견이라 받아들이지 않고 도리어 다른 직으로 옮기도록 하였다. 이때의 울분을 연燕의 소왕昭王의 자취가 남아 있는 유주대幽州臺에 올라 토해내고 있다.

---

1 幽州臺(유주대) : 薊北樓라고도 했는데, 지금의 북경 서남쪽에 위치하고 있다.
2 悠悠(유유) : 무궁하다
3 愴然(창연) : 슬퍼하는 모양

노장용에게 薊丘覽古贈盧居士藏用詩[4]

남쪽 갈석관에 올라	南登碣石館[5]
멀리 황금대를 바라보네	遙望黃金臺[6]
구릉에는 교목이 가득한데	丘陵盡喬木
연 소왕은 지금 어디에 있는가	昭王安在哉
웅대한 계획은 이미 지난 애기	霸圖今已矣
말을 몰고 다시 돌아오노라	驅馬復歸來

■ 해설

현사를 대우했던 연 소왕의 유적을 돌아보며 자신의 재능을 알아보고 천거해 줄 사람을 만나지 못한 감개가 사무친다.[7]

4 薊丘(계구) : 薊門이라고도 하며, 지금의 北京市 德勝門 밖 土城關
5 碣石館(갈석관) : 연의 소왕이 鄒衍을 스승으로 삼은 후 그에게 만들어 준 궁궐로, 소왕은 그곳에서 항상 추연의 가르침을 받았다.
6 黃金臺(황금대) : 연의 소왕이 만든 누대로 그곳에 황금 천근을 놓고 樂毅 등 천하의 현사를 초빙하였다.
7 唐汝詢,『唐詩解』: 意謂世有燕昭, 則吾未必不遇也.

악의 처음에는 조(趙), 위(魏)에서 벼슬을 했는데 연 소왕에게 발탁되어 한 (韓), 조, 진(秦), 위, 연 등 다섯 나라의 병사를 이끌고 제(濟)를 치는데 공을 세 웠다. 『중국역대명인화상보(中國歷代名人畫像譜)』(海峽文藝出版社, 2003)

12.

상관완아 ─ 上官婉兒

■ 상관완아(664~710)

하남성 섬현陝縣 출신으로 당대 유명한 여류시인이다. 고종 때 재상을 지낸 상관
의上官儀의 손녀이기도 하다. 조부 상관의 역시 당대 유명한 시인이었는데, 고종
을 위해 무측천武則天을 폐위시키고자 하는 조서를 작성한 후 무측천의 미움을 사
아들 정지庭芝와 함께 죽음을 당하였다. 졸지에 시아버지와 남편을 잃은 상관완
아의 어머니 정씨는 노비가 되어 아직 강보에 싸여 있던 상관완아를 데리고 궁궐
에 들어가 고단한 삶을 살아가야 했다. 궁궐에 들어간 상관완아는 어린 나이에
아침부터 저녁까지 쉬지도 못하고 온갖 허드렛일을 하는 것으로 하루하루를 보
내야 했다. 그러던 중 그녀의 나이 14살 때 문학적 재능이 무측천의 눈에 띄어 발
탁된 후로는 조서의 초안을 작성하는 일을 담당하게 되었다. 무측천을 이어 중종
이현李顯이 다시 황제로 즉위한 후에도, 미모에 문학적 재능을 겸비한 그녀는 황
제의 신임을 받아 계속 조서를 작성하는 일을 담당하게 되었고, 급기야는 중종의
사랑까지 받게 되어 첩여婕妤로 책봉되었다. 곧이어 그녀는 소용昭容에까지 봉해
졌고 어머니 정씨 또한 패국부인沛國夫人으로 책봉되었다. 황제의 사랑을 받고 지
위 또한 올라가게 되자, 상관완아는 위황후韋皇后와 안락공주安樂公主 등과 결탁하

여 정치적으로 세력을 키워 권력을 농단하려다가 훗날 황제가 되는 현종玄宗 이융기李隆基에게 제거당하였다.

상관완아를 제거한 현종이건만 그는 그녀의 시문을 모아 문집을 만들 것을 명령할 정도로 그녀의 재능을 안타까이 여겼다. 이에 문집 20권을 편찬하고 시인 장열張說이 서문을 썼으나, 이 책은 현재 전해오지 않고 〈전당시〉에 그녀의 시 32수가 전해지고 있을 뿐이다.

그대에게 보내는 편지 彩書怨

동정호 가의 낙엽이 지매	葉下洞庭初
만 리 밖 그대를 생각하노라	思君萬里餘
이슬 짙어지니 금침 더욱 차갑고	露濃香被冷
달 지니 비단 병풍조차 허허롭네	月落錦屛虛
강남곡 연주하려다	欲奏江南曲
계북에 있는 그대 생각나 편지 쓰고 싶어지네	貪封薊北書
편지에는 다른 내용 없고	書中無別意
다만 그대와의 이별이 오램을 슬퍼할 뿐이라 했네	惟悵久離居

■ 해설

그녀는 여류시인이었던 동시에 궁궐 안에서 권력을 차지하기 위해 갖은 음모와 술수로 일세를 뒤흔들며 역사의 중앙에 서있던 여장부이기도 하다. 그러나 그녀의 대표시라 할 수 있는 〈그대에게 보내는 편지彩書怨〉 시를 보면, 세상의 음모와 술수가 일체 섞여 들어갈 틈이 보이지 않을 정도로 맑고도 순수하다. 특히 마지막 두 구절은 편지를 사랑하는 사람에게 빨리 부치고 싶은 조급한 마음에 그대와 이별한 지 오래되어 슬플 뿐이라고만 지극히 간단하게 적고 있지만, 이별의 서러움과 그리운 이에 대한 그리움이 흘러넘치고도 남음이 있다.

上官昭容

상관완아 『명각역대백미도(明刻歷代百美圖)』(톈진인민미술출판사, 2003)

13.

장열 ─ 張說

■ **장열**(667∼730)

자가 도제道濟 혹은 열지說之로 낙양洛陽 사람이다. 영창永昌 원년(689)에 현량방정
과賢良方正科에 합격하여 태자교서랑太子校書郎을 시작으로 여러 관직을 역임하였
다. 경운景雲 2년(711) 재상으로 임명되었다가 요숭姚崇과의 불화로 상주(相州 : 현재
의 하남성 安陽)의 자사와 악주(岳州 : 현재의 호남성 岳陽)의 자사로 폄적당했으며, 개원開
元 9년(721) 다시 재상으로 복귀하여 관직이 상서좌승상尚書左丞相에까지 이르렀
다. 그는 평생 3차례 재상을 역임하면서 문학을 30여 년 간 관장하여 국가의 중요
한 문서는 거의 그의 손에서 나왔다고 해도 과언이 아니었다.

그의 시는 소박하면서도 힘이 있었는데, 악주로 폄적된 후에 서글픔이 더해져서
더욱 훌륭해졌다. 이에 장열은 시를 창작할 때 폄적된 곳의 강산에 도움을 많이
받았다는 평가를 받기도 한다.

촉도에서 지체하여 蜀道後期

나그네 마음 일월과 다투니   客心爭日月

오고 가는 일정이 예정된 때문이네   來往預期程

가을바람은 기다려 주지 않고   秋風不相待

제 먼저 낙양성에 이르네   先至洛陽城

■ 해설

작자는 촉蜀에서 낙양洛陽으로 돌아가면서 예정된 날짜를 맞추지 못해 더욱 커지는 고향으로의 상념에 대해 적고 있다.

청대 화가 나빙(羅聘: 1733~1799)
이 그린 검각도(劍閣圖) 촉도의 검
각은 중원(中原)에서 촉을 오고 갈
때 반드시 거쳐야만 했던 유일한
육로였다. 100.3×27.4cm, 베이징
고궁박물원 소장

14.

왕한 — 王翰

■ **왕한(?~?)**

자는 자우子羽. 병주 진양(井州 晉陽 : 지금의 산서성 太原) 사람이다. 어려서부터 대범하고 어느 것에도 얽매이지 않는 자유분방한 성격의 소유자였다. 예종睿宗 경운景雲 원년(710) 진사에 합격한 후로 병주장사井州長史였던 장열張說의 인정을 받아 창락현위昌樂縣尉가 되었고, 장열이 중앙의 요직으로 영전하자 함께 중앙으로 나가 가부원외랑駕部員外郞에 등용되었다. 그러나 지나친 자부심과 자유분방한 성격으로 인해 인심을 잃어, 721년 장열의 실각과 동시에 여주장사汝州長史로 좌천되었고, 이어 선주별가仙州別駕, 다시 도주사마道州司馬로 밀려났는데, 여주와 선주에서는 주로 조영祖咏 등과 창화하며 문학을 논하기도 했다.

그의 시는 전해지는 것이 14편에 지나지 않으나, 변새의 생활을 묘사한 변새시는 장려한 풍격으로 유명하다.

전쟁터에서 涼州詞

야광 술잔에 맛있는 포도주	葡萄美酒夜光杯[1]
마시려는데 말 위의 비파가 길을 재촉하도다	欲飮琵琶馬上催
취하여 전쟁터에 누웠나니 그대 비웃지 말게나	醉臥沙場君莫笑[2]
예로부터 전쟁에 나간 사람 몇이나 돌아왔던고	古來征戰幾人回

■ 해설

당대 7언절구 중 걸작으로 꼽히는 이 시는 전쟁터에 나간 장정들의 심정을 여실
하게 표현하고 있으며, 전쟁의 비참함을 해학적으로 묘사하고 있다.[3]

---

1 夜光杯(야광배) : 甘肅省 경내에는 아름다운 옥이 많이 생산되었는데, 당시 사람들은 이것으로 술
  잔을 만들었다.
2 沙場(사장) : 사막의 전쟁터
3 施補華,『峴傭說詩』: 作悲傷語讀便淺, 作諧謔語讀便妙.

15.

왕
만 一 王灣

■ **왕만(?~?)**

낙양洛陽 사람으로 현종玄宗 선천先天 연간(712~713)에 진사에 급제하여 개원開元 초에 형양주부滎陽主簿가 되었다. 이후 개원 5년부터 9년까지 『군서사부록群書四部 錄』의 편찬에 참여하였다가 책이 완성된 후 낙양위洛陽尉로 부임하였는데, 이후의 행적은 자세하지 않다.

그는 『신당서新唐書』와 『구당서舊唐書』에 전기가 없을 뿐만 아니라 현재 전해오는 작품도 『전당시』에 시 10수가 전할 뿐으로, 생전의 명성은 그다지 높지 않았다. 그의 명성이 지금까지 전해지는 것은 오로지 〈북고산 아래에서의 하룻밤次北固山 下〉 시의 경련頸聯에 힘입은 바 크다 하겠다.

북고산 아래에서의 하룻밤 次北固山下[1]

나그넷길은 푸른 산 밖으로 휘돌아 나 있고	客路青山外
강 위의 배는 푸르른 물 위를 헤쳐나가네	行舟綠水前
조수 가득 차서 양 기슭 넓어지고	潮平雨岸闊
바람 순조로워 한 개의 돛만 달았도다	風正一帆懸
바다의 해는 밤 끝자락을 이어 떠오르고	海日生殘夜[2]
강의 봄은 한 해가 가기도 전에 벌써 오도다	江春入舊年
고향에 부칠 편지 어떻게 보낼까	鄉書何由達
기러기는 낙양으로 돌아가는데	歸雁洛陽邊

■ 해설

이 시는 작자가 배를 타고 동쪽으로 향하면서 북고산 아래에 배를 대고 한 해를
또 보내는 감개를 적은 것으로, 수미가 서로 호응하여 구성이 정연한 작품이라
평가받고 있다.[3]

---

1 北固山(북고산) : 지금의 江蘇省 鎭江市에 삼면이 長江과 맞닿아 있는 해발 53M의 야트막한 산으
로, 산기슭 성벽에는 南朝 梁武帝의 '天下第一江山'이라는 글씨가 새겨져 있다.
2 殘夜(잔야) : 날이 막 밝으려 할 때
3 胡應麟, 『詩藪』: 盛唐句如海日生殘夜, 江春入舊年, 形容景物, 妙絕千古.

16.

장약허 — 張若虛

■ **장약허**(660?~720?)

양주(揚州 : 지금의 강소성 양주시) 사람으로 연주병조連州兵曹를 역임하였다. 신룡神龍 연간(705~707)에 하지장賀知章, 만제융萬齊融, 하조賀朝, 포융包融 등 오월吳越 출신의 인사들과 함께 장안에서 문명을 날렸는데, 특히 하지장, 장욱張旭, 포융 등과 함께 '오중사사吳中四士'라 칭해졌다.

그의 시는 대부분 산일되어 『전당시』에 2수만이 전할 뿐이나, 그 중 한 수인 〈봄 강에 어둠이 깔리고春江花月夜〉는 천고의 명시로 평가받고 있다.

봄 강에 어둠이 깔리고 春江花月夜

봄 강물은 아득히 먼 바다와 닿아있고	春江潮水連海平
바다 위엔 밝은 달이 물결 따라 솟아오르네	海上明月共潮生
반짝이는 달빛은 물결 따라 천만리	灩灩隨波千萬里
어느 강물에 이 달빛 비추지 않을까	何處春江無月明
강물은 굽이굽이 푸른 들 돌아 흐르고	江流宛轉繞芳甸[1]
꽃숲 위의 달빛은 싸락눈같이 희기만 하네	月照花村皆似霰[2]
서리 같은 달빛 땅에 깔리어	空裏流霜不覺飛
강가 흰 모래와 구분이 되질 않네	汀上白沙看不見
강과 하늘은 한가지 색으로 티끌 하나 없는데	江天一色無纖塵[3]
하이얀 하늘에는 외로운 달 하나	皎皎空中孤月輪
강가에서 저 달을 누가 처음 보았을까	江畔何人初見月
저 달은 언제 사람을 처음 비췄을까	江月何年初照人
인생은 대를 이어 끊임없고	人生代代無窮已
강 위에 달도 해마다 다르지 않네	江月年年望相似
저 달은 누구를 기다리는지 알 수 없는데	不知江月待何人
다만 흐른 물 보내는 아득한 강만 보이네	但見長江送流水
흰 구름 소리 없이 떠가니	白雲一片去悠悠
청풍포에서는 시름 이길 수 없네	青楓浦上不勝愁[4]
조각배 위의 나그네 그 누구이고	誰家今夜扁舟子
어디메 다락 아낙네는 그리움에 지쳐 있는가	何處相思明月樓
가련해라 다락 위의 배회하는 달이	可憐樓上月徘徊
이별한 사람의 경대를 비추리라	應照離人粧鏡臺
비단 칭문 발 걷어도 띠니지 않고	玉戶簾中卷不去

1 宛轉(완전) : 굽이굽이
  芳甸(방전) : 봄의 들판
2 霰(산) : 싸락눈
3 纖塵(섬진) : 티끌
4 青楓浦(청풍포) : 지금의 湖南省 瀏陽縣에 있는 포구

쫓아도 다듬잇돌 위로 다시 오네	搗衣砧上拂還來
서로 바라보아도 아무런 기척 없으니	此時相望不相聞
달 따라가 그대 있는 곳 비추고 싶어라	願逐月華流照君
기러기 멀리 날지만 달빛 따라가지 못하고	鴻雁長飛光不度
물고기도 깊이 숨어 물에 무늬만 만드네	魚龍潛躍水成文
지난밤 꿈속에서 못가에 지는 꽃 보았는데	昨夜閑潭夢落花
가련하게 봄이 지나도 돌아오지 않네	可憐春半不還家
강물도 봄 따라 다 가려 하고	江水流春去欲盡
강과 못의 달도 서쪽으로 지려 하네	江潭落月復西斜
기우는 달은 어두운 바다 안개에 잠기고	斜月沈沈藏海霧
갈석에서 소상까지 머나먼 길	碣石瀟湘無限路[5]
저 달 따라 몇 명이나 고향에 갔는가	不知乘月幾人歸
지는 달만 쓸쓸한 마음 흔들어 강가 숲 채우네	落月搖情滿江樹

■ 해설

이 시는 다양한 내용과 풍부한 서정성이 어우러진 가작으로, 작자는 끝이 없는 바람과 달, 그리고 영원한 강산을 보고 자기 존재의 유한함을 느껴 철리적인 탄식을 풀어놓고 있다.

---

5 碣石(갈석) : 지금의 河北省 昌黎縣에 있는 산으로 해발 695m이고 발해와의 거리가 15km에 불과해 바다를 바라보기에 좋은 곳이다. 秦始皇, 漢武帝, 曹操 등이 이곳에 올라 망망대해를 바라보았다는 기록이 보인다.
瀟湘(소상) : 湘江은 湖南省 零陵縣 서쪽에서 瀟水와 합류하기에 瀟湘江이라 불린다.

〈소상강도〉 오대(五代) 화가 동원(董源: ?~962?)이 그린 소상강이다. 상강이 호남성 영릉현 서쪽에서 소수와 합류하기에 소상강이라 불렸다. 동원은 강남의 아름다운 산수를 평담하고도 몽롱하게 그려냈다. 50×141.4cm, 베이징 고궁박물원 소장

17.

하지장 — 賀知章

■ 하지장(659~744)

자는 계진季眞 혹은 유마維摩라고 했다. 호는 사명광객四明狂客으로 월주越州 영흥(永興 : 현재의 절강성 항주시 蕭山) 출신이다. 어려서부터 문장으로 이름이 높았으며, 성격이 막힌 곳이 없는 데다 해학을 좋아하여 세상 사람들은 그를 '청담풍류清淡風流'라고 불렀다. 무후武后 증성證聖 원년(695)에 진사에 합격하여 국자사문박사國子四門博士를 제수받았고, 이어 태상박사太常博士로 옮겼다. 개원 10년(722) 장열張說의 추천으로 여정전수서麗正殿修書에 들어가『육전六典』과『문찬文纂』을 편찬하는 데 참여했다. 개원 12년(725) 예부시랑禮部侍郎, 이듬해 공부시랑工部侍郎, 이어 태자빈객겸비서감太子賓客兼秘書監을 역임하였으며, 천보 3년(744) 도사가 되기를 원하는 글을 상소하고 귀향한 후 경호鏡湖에 천추관千秋觀을 지어 은거했다가 병사하였다. 서예에 능하기도 했던 그는 풍류 시인으로 이름이 높아 두보杜甫의〈음중팔선가飮中八仙歌〉에도 등장한다. 일찍이 장안長安에서 이백李白을 만나 그의 재능을 칭찬하면서 자신이 허리에 띠고 있던 금거북을 풀어 술로 바꿔오게 하여 같이 마신 일화는 유명하다.

현재 전하는 시는 20수인데 대부분 조정의 제사시나 응제시로 그다지 볼만한 것이 없으나, 절구인〈늙어 고향에 돌아와回鄕偶書〉는 통속적이고 평이한 소재를 가지고도 형상이 선명히 드러나도록 묘사하여, 당시 가운데서도 걸작으로 꼽히고 있다.

하지장 이백의 작품을 보고 하늘에서 귀양온 신선임에 틀림없다고 하며, 그를 조정에 추천했던 인물이다. 명(明) 『삼재도회(三才圖繪)』 각본

명대 두근(杜菫 : 생졸년 미상)이 그린 하지장 두보는 하지장을 "그가 말 탄 모습은 마치 배를 탄 듯하고, 취한 눈으로 우물에 떨어져도 물속에서 잠을 잔다."라고 묘사한 바 있다. 28×1079.5cm, 베이징 고궁박물원 소장

늙어 고향에 돌아와 回鄉偶書

젊어서 집을 떠나 늙어서 돌아오니	少小離家老大回
고향 사투리는 변함없는데 내 머리털만 하얗게 세었네	鄉音無改鬢毛衰[1]
아이들은 나를 보고 알아보지 못하고	兒童相見不相識
어디서 온 나그네인가 웃으며 묻네	笑問客從何處來

■ **해설**

이 시는 천보天寶 3년(744) 작자가 86세에 병으로 벼슬을 내놓고 고향에 돌아와 지은 작품으로, 소박하고 인정미가 넘친다.

---

1 鄉音(향음) : 고향의 사투리
  鬢毛(빈모) : 귀 밑에 난 머리털, 살쩍.

18.

장구령 — 張九齡

장구령(678~740)

자는 자수子壽 혹은 박물博物로 소주韶州 곡강(曲江 : 현재 광동성 韶關市) 사람이다. 경룡景龍 원년(707) 진사에 등과하여 교서랑校書郞에 임명되었다. 이후 뛰어난 문학적 재능으로 문인 재상 장열張說의 눈에 띄어 중서사인中書舍人과 중서시랑中書侍郞을 역임했다. 이어 개원 21년(733)에 재상이 되었고, 이듬해 중서령中書令으로 옮겼다. 사람됨이 어질고 정직하였으며 조정의 중대한 정책의 시행에 참여하여 개원 연간의 저명한 재상으로 이름을 날렸을 뿐 아니라 문학 방면에서도 당시 사람들의 추앙을 받았다. 개원 24년(736) 그가 이임보李林甫에게 미움을 받아 재상 자리에서 쫓겨난 후로 조정은 날로 부패하여 '개원지치開元之治'는 종말을 고하게 되었다. 이듬해 형주장사荊州 長史로 폄적당했다가 몇 년 후 세상을 떴다.

젊었을 때 그의 시는 시어와 수사가 화려하여 대각체臺閣體의 기풍이 여전히 남아 있었으며 내용상으로는 응제시가 많았다. 그러나 친구에게 증답한 〈달에 그리움을 띄워 보내며望月懷遠〉 같은 시는 정취가 깊고 의경이 그윽하며 격조가 청신하여 많은 사람에게 사랑을 받는 시이다. 만년에 정치적 좌절을 겪으면서 그의 시풍은 크게 변하여 소박하고 강건한 쪽으로 나아갔다. 이 당시에 지은 〈감우感遇〉 시는 비흥의 수법을 운용하여 함축적이면서도 감개가 심원하여 진자앙陳子昻의 〈감우感遇〉와 병 칭되고 있다. 초당의 5언고시 대부분은 육조六朝의 유습을 벗어나지 못했는데, 장구 령과 진자앙만이 직접 한위漢魏의 전통을 계승한 것으로 평가받고 있다.

장구령 개원 연간에 재상을 지낸 시인으로, 그의 "바다 위로 떠오른 밝은 달을 하늘 끝에서 임도 보겠지(海上生明月, 天涯共此時.〈望月懷遠〉)"같은 구절은 정취가 깊고 의경이 그윽하며 격조가 청신하여 천고의 명구가 되었다. 明『삼재도회(三才圖繪)』각본

감우4 感遇四

2

난초잎 봄에 무성하고	蘭葉春葳蕤[1]
계수나무 꽃 가을에 깨끗하네	桂華秋皎潔
무성하고 왕성한 이 생기	欣欣此生意[2]
저절로 좋은 계절이네	自爾爲佳節
누가 알리오, 숲 속에 사는 은자들이	誰知林棲者[3]
바람 냄새 맡으며 좋아하는 것을	聞風坐相悅
초목도 본성이 있거늘	草木有本心
어찌 미인이 꺾어주기를 바라리오	何求美人折[4]

■ 해설

이 시는 자신의 처지에 느낀 바가 있어 지은 것이다. 여기에서 작자는 자신을 난초와 계수나무의 고결함에 비유하여 시세에 영합하지 않고 고결함을 견지하고자 하는 의지를 표명하고 있다.

1 葳蕤(위유) : 초목이 무성한 모양
2 欣欣(흔흔) : 초목이 무성하고 생기가 있는 모양
3 林棲者(임서자) : 숲 속에 사는 은자
4 美人(미인) : 고결한 품성의 소유자. 여기에서는 은자를 가리킨다.

계수나무 꽃(桂華) 계수나무 꽃의 향은 진하다. 중국 사람들은 '沁人肺腑'라는 말로 계수나무 꽃의 향을 표현하는데, 향기가 가슴 속까지 파고들어 스며든다는 의미다.

달에 그리움을 띄워 보내며 望月懷遠

바다 위로 떠오른 밝은 달을	海上生明月
하늘 끝에서 임도 보겠지	天涯共此時
그리운 임은 긴 밤 원망하며	情人怨遙夜[5]
밤이 다 가도록 나만 생각하리라	竟夕起相思[6]
촛불 끄고 방 안 가득한 달빛 즐기다가	滅燭憐光滿[7]
걸친 옷 이슬에 젖음을 느끼노라	披衣覺露滋
손에 가득 담아 임에게 보낼 수도 없으니	不堪盈手贈[8]
다시 잠들어 꿈속에서나 만나야 하리	還寢夢佳期

■ 해설

이 시는 무한한 그리움의 정을 밝은 달에 기탁하고 있다. 구체적이고도 선명한 예술 형상을 동원하여 독자를 감동시키는 힘이 커서 5언율시 중 이소離騷라는 평가를 받기도 한다.[9]

5 遙夜(요야) : 긴 밤
6 竟夕(경석) : 밤이 다 가도록
7 憐(연) : 즐기다, 좋아하다.
8 不堪(불감) : …할 수 없다.
9 姚鼐, 『今體詩抄』 : 是五律中離騷.

청대 화가 여집(余集: 1738~1823)
이 그린 〈매화 아래에서 달을 감상
하다(梅下賞月圖)〉 매화나무 아래에
서 달을 바라보며 상념에 젖은 모습
을 묘사하였다. 65.2×31cm, 상하이
박물관 소장

19.

왕지환 ─ 王之渙

■ **왕지환**(688~742)

자는 계릉季凌으로 진양(晉陽 : 현재의 산서성 太原) 사람이다. 어려서부터 총명하여 스무 살도 되지 않아 문장에 정통했다. 처음 기주冀州의 형수주부衡水主簿로 부임했으나, 모함을 받아 벼슬을 내놓고 황하黃河의 남북을 두루 유력했다. 개원 20년(732) 계문薊門에서 고적高適과 교류한 기록이 보이며, 만년에 문안현(文安縣 : 지금의 하북성 廊坊市 문안현)의 현위로 부임하였는데, 청백리로 이름이 높았다. 천보 원년(742) 55세의 나이로 임지에서 세상을 떴다.

그의 시는 강개하면서도 호방하여 성당盛唐의 저명한 변새시인邊塞詩人 중 한 사람으로 손꼽힌다.『전당시』에 절구 6수가 전하는데, 모두 인구에 회자하는 가작이다.

관작루에 올라 登鸛雀樓[1]

해는 서산에 기대어 지고	白日依山盡
황하는 바다로 흘러들어 가네	黃河入海流
천 리 밖까지 보고자	欲窮千里目[2]
다시 누각 한 층을 더 오르노라	更上一層樓

■ 해설

이 시는 작자가 관작루에 올라 멀리 조망한 정경을 묘사하고 있는데, 내용이 철학적인 계시를 담고 있을 뿐 아니라 형식미 또한 뛰어나 5언절구 중 최고의 걸작으로 꼽히고 있다.

관작루에 올라 시를 지은 시인들이 많으나 작자와 더불어 이익李益, 창당暢當만이 그 경치를 잘 묘사한 것으로 평가받고 있다.[3]

---

1 鸛雀樓(관작루) : 唐代 河中府(지금의 山西省 永濟市 浦州鎭)에 있던 누각으로 北周 때 浦州의 守將이었던 宇文護가 건립하였다. 동남쪽으로는 中條山의 봉우리가 보이고, 서쪽으로는 黃河가 내려다보인다.
2 窮(궁) : 끝까지 하다.
3 沈括,『夢溪筆談』: 河中府鸛雀樓三層, 前瞻中條, 下瞰大河. 唐人留詩者甚多, 惟李益王之渙 暢當三篇能狀其景.
　李益,〈同崔邠登鸛雀樓〉: 鸛雀樓西百尺檣, 汀洲雲樹共茫茫. 漢家簫鼓空流水, 魏國山河半夕陽. 事去千年猶恨速, 愁來一日即爲長. 風煙併起思歸望, 遠目非春亦自傷.
　暢當,〈登鸛雀樓〉: 迥臨飛鳥上, 高出世塵間. 天勢圍平野, 河流入斷山.

종군 出塞[4]

황하는 멀리 흰 구름 사이로 흘러가고	黃河遠上白雲間
외로운 성은 만 길 산 위에 있네	一片孤城萬仞山[5]
어찌 오랑캐 피리의 '절양류' 소리를 원망하리오	羌笛何須怨楊柳
봄바람은 옥문관을 넘지 못하는데	春風不度玉門關[6]

■ 해설

이 시는 서북 변방의 광활하고 황량한 경색을 묘사하고 아울러 종군한 병사들에
대한 동정을 표현하고 있다.

4 제목을 〈凉州詞〉라고도 했다.
5 孤城(고성) : 여기에서는 玉門關을 가리킨다.
6 玉門關(옥문관) : 지금의 甘肅省 敦煌縣 서쪽. 西域으로 통하는 요지였다.

옥문관 서역으로 통하는 요지였다. 감숙성 여행국(甘肅省旅游局) 자료

20.

맹호연 ― 孟浩然

■ 맹호연(689~740)

양주襄州 양양(襄陽 : 지금의 호북성 襄樊) 사람으로 젊어서 절개와 의리를 좋아했다. 일찍이 녹문산鹿門山에 은거했는데, 이곳은 한대漢代 방덕공龐德公이 은거했던 곳이었다. 마흔 살 때 장안長安으로 가서 많은 명사와 교류하며 시적 재능을 인정받은 바 있다. 그러나 현종에게 밉보여 평생 벼슬살이를 하지 못하고 울분을 가슴 가득 안고 살아야 했다. 개원 28년(740) 그의 나이 52세 되던 해, 왕창령王昌齡이 양양襄陽에 왔는데, 그때 맹호연은 종기를 앓고 있다가 병이 막 다 나아갈 즈음이었다. 재회로 너무 기쁜 나머지 주연을 한껏 즐기다가 맹호연은 생선을 먹고 병이 재발하여 세상을 떴다. 그 후 왕유王維는 영주郢州에 맹호연의 초상을 그리고 호연정浩然亭이라는 정자를 지었는데, 함통咸通 연간에 이곳의 자사였던 정함鄭誠이 현자의 이름을 직접 거론할 수 없다고 하여 '맹정孟亭'이라 이름을 고쳤다.

맹호연은 초당과 성당의 교체기에 도연명陶淵明과 사령운謝靈運의 전원시, 산수시의 전통을 계승 발전시킨 시인으로, 『맹호연집孟浩然集』에 약 200수의 시가 전한다.

맹호연 그는 초당과 성당의 교체기에 도연명과 사령운의 전원시, 산수시의
전통을 계승 발전시켰다. 『중국역대명인화상보(中國歷代名人畵像譜)』(海峽
文藝出版社, 2003)

도연명 그의 청신하고 질박한 시 풍격은 당대 자연시파에 지대한 영향을 끼쳤다.. 『중국역대명인화상보(中國歷代名人畫像譜)』(海峽文藝出版社, 2003)

맹호연은 양양 사람이다. 젊어서 절개와 의리를 좋아했으며 오언시에 뛰어났다. 녹문산에 은거했는데, 이곳은 한대 방덕공이 은거했던 곳이다. 마흔 살 때 장안으로 가서 많은 명사들과 교류했다. 많은 시인들과 모여 비서성에서 연구를 지은 적이 있는데, 맹호연이 "옅은 구름 은하수에 깨끗하고, 보슬비 오동나무에 떨어지네."라고 짓자, 많은 사람들이 탄복해 마지 않았고, 장구령과 왕유도 극력 그를 칭찬했다. 왕유가 금란전에서 명령을 기다리고 있다가, 하루는 사사로이 맹호연을 금란전으로 불러들여 작시에 대해 논하고 있었다. 갑자기 현종이 당도하리라는 전갈이 있자, 맹호연은 놀라 침상 밑에 숨었다. 왕유는 더 이상 숨길 수 없음을 알고 황제에게 아뢰었다. 황제는 기뻐하며 말하기를, "나는 평소에 그 사람에 대해 얘기를 들었는데, 아직 만나보지는 못했다." 맹호연에게 나오도록 명령하자, 맹호연이 나와서 재배하였다. 황제가 묻기를, "그대는 시를 가지고 왔는가?" 대답하기를, "공교롭게도 가져오지 않았습니다." 그러자 현종은 최근에 지은 작품을 읊도록 명령했다. 맹호연이 "재주가 없으니 명군이 나를 버리고, 병이 많으니 친구와도 멀어졌네."라는 구절을 읊조리자 황제는 탄식하며 말하기를, "그대가 관직을 구하지 않았지, 내가 언제 그대를 버린 적이 있는가? 어찌 나를 무고하는가?" 이어 황제는 맹호연을 남산으로 추방할 것을 명령했다. 후에 장구령은 맹호연을 종사에 임명했다. 개원 말년에 왕창령이 양양에 오는데, 그때 맹호연은 병이 막 다 나아갈 즈음이었다. 재회로 너무 기쁜 나머지 주연을 한껏 즐기다가, 맹호연은 생선을 먹고 병이 재발하여 세상을 떴다.[1]

---

1 浩然, 襄陽人. 少好節義, 詩工五言. 隱鹿門山, 卽漢龐公棲隱處也. 四十游京師諸名士間. 嘗集秘省¹聯句, 浩然曰, 微雲淡河漢, 疏雨滴梧桐. 衆欽服, 張九齡王維極稱道之. 維待詔金鑾, 一旦私邀入, 商較風雅, 俄報玄宗臨幸, 浩然錯愕, 伏匿床下, 維不敢隱, 因奏聞. 帝喜曰, 朕素聞其人, 而未見也. 詔出, 再拜, 帝問曰, 卿將詩來耶. 對曰, 偶不賫. 卽命吟近作, 誦至, 不才明主棄, 多病故人疏之句, 帝慨然曰, 卿不求仕, 朕何嘗棄卿, 奈何誣我. 因命放還南山. 後張九齡署爲從事. 開元末, 王昌齡游襄陽, 時新病起, 相見甚歡, 浪情宴謔, 食鮮疾動而終. (『唐才子傳·卷二』)

세모에 남산에 돌아와 歲暮歸南山

조정에 상서하는 것 그만두고	北闕休上書
남산의 초가로 돌아가리라	南山歸敝廬[2]
재주 없어 명군 날 버리시고	不才明主棄
병 많아 친구와도 소원해졌네	多病故人疎
백발은 늙는 것을 재촉하는데	白髮催年老
봄이 되면 또 세밑을 몰아내겠지	青陽逼歲除[3]
온갖 수심으로 잠 못 드는데	永懷愁不寐
소나무에 걸린 달만이 밤 창가에 허전하네	松月夜窗虛

■ 해설

나이 40이 넘어서도 부름을 받지 못하는 현실에 대한 절망감이 묻어 나온다.[4]

동정호를 바라보며 장승상께 臨洞庭湖贈張丞相[5]

8월의 호수는 잔잔하여	八月湖水平
허공을 담아 하늘에 섞고 있네	涵虛混太清[6]
수증기는 운몽호를 삶고	氣蒸雲夢澤[7]
물결은 악양성을 흔드네	波撼岳陽城[8]
건너려 해도 배와 노가 없고	欲濟無舟楫[9]

2 南山(남산) : 孟浩然의 고향인 襄陽에 있는 峴山

3 青陽(청양) : 봄

4 沈德潛, 『唐詩別裁集』: 時不誦臨洞庭湖贈張丞相而誦歲暮歸南山, 命實爲之, 浩然亦有不能自主者耶.

5 張丞相(장승상) : 당시 재상이던 張九齡

6 太清(태청) : 하늘

7 雲夢澤(운몽택) : 洞庭湖 북쪽에 있는 2개의 호수로 雲澤은 長江의 북쪽에 있고, 夢澤은 長江의 남쪽에 있었는데, 후에 모두 육지로 변했다.

8 撼(감) : 흔들다.
  岳陽城(악양성) : 지금의 湖南省 岳陽市로 洞庭湖의 동쪽에 위치하고 있다.

9 楫(즙) : 노

한가로운 삶이 군주께 부끄럽도다   端居恥聖明[10]

앉아서 낚시꾼들을 바라보다   坐觀垂釣者[11]

부질없이 물고기가 부러워지네   空有羨魚情

■ 해설

장구령張九齡이 형주荊州로 폄적당했을 때, 작자는 동정호洞庭湖에 있었는데 장구령이 자신을 들어 써주기를 바라면서 이 시를 쓴 것이다. 동정호를 바라보며 이러한 뜻을 기탁하고 있는데, 교묘하고도 함축적이어서 구차하게 바라는 느낌이 전혀 배어 나오지 않는다.

악양루를 소재로 한 시 가운데, 杜甫의 〈登岳陽樓〉에 필적할만한 작품성을 지녔다고 할 수 있다.

밤에 녹문산에 돌아와 夜歸鹿門山歌

산사의 종소리에 날은 벌써 저물고   山寺鍾鳴晝已昏

어량 나루엔 배 타려는 사람들로 떠들썩하네   漁梁渡頭爭渡喧

사람들은 모래 언덕 따라 강촌으로 가고   人隨沙路向江村

나는 배 타고 녹문산으로 돌아가네   余亦乘舟歸鹿門

녹문산의 밝은 달은 나무 끝 안개를 걷는데   鹿門月照開煙樹

홀연 방공이 숨어 살던 곳에 이르렀네   忽到龐公棲隱處[12]

바위문과 소나무 오솔길은 여전히 고요한데   巖扉松徑長寂寥

은자만이 홀로 밤에 오고 가고 있네   惟有幽人自來去[13]

---

10 端居(단거) : 한가로이 살다.

11 垂釣者(수조자) : 낚시하는 사람. 여기에서는 벼슬살이하는 사람을 비유하는 말이다.

12 龐公(방공) : 後漢의 龐德公으로 荊州刺史이던 劉表의 거듭된 요청을 뿌리치고, 처자를 데리고 鹿門山에 은거했다.

13 幽人(유인) : 은자. 작자 자신을 지칭한다.

■ 해설

이 시는 밤에 양양襄陽에서 녹문산鹿門山으로 돌아가며 지은 시로, 황혼녘 녹문산의 정경, 녹문산의 밤 풍경, 그리고 은사의 생활이 맑고 그윽하게 다가선다.

친구 집에 들르니 過故人莊[14]

친구가 닭 잡고 기장밥 지어놓고	故人具雞黍[15]
집으로 나를 불렀네	邀我至田家[16]
푸른 나무는 마을을 둘러싸고	綠樹村邊合
푸른 산은 성곽 바깥에 비껴 있네	青山郭外斜
창문 열고 마당과 채마밭 바라보며	開軒面場圃[17]
술잔 들고 누에치기와 길쌈 이야기하네	把酒話桑麻[18]
중양절이 오면	待到重陽日[19]
다시 와서 국화를 감상하리라	還來就菊花[20]

■ 해설

이 시는 작자가 녹문산鹿門山에 은거하고 있을 때 친구의 초청으로 친구 집에 갔던 것을 묘사하고 있는데, 산촌 풍경과 친구와 어울리는 광경이 한 폭의 풍경화처럼 느껴진다.

14 過(과) : 방문하다.
15 具(구) : 준비하다.
　　雞黍(계서) : 닭과 기장밥. 『論語·微子』에 "자로를 머물게 하고는 닭을 잡고 기장밥을 지어 먹이고 그의 두 아들을 보게 했다. 다음날 자로가 떠나와서 공자께 아뢰니, 공자께서 '은자이시다.' 하시고, 자로로 하여금 돌아가 만나보게 하셨는데, 도착해보니 떠나가고 없었다.(止子路宿, 殺雞爲黍而食之, 見其二子焉. 明日, 子路行以告. 子曰, 隱者也. 使子路反見之. 至則行矣.)"라는 뜻에서 借用한 것이다.
16 邀(요) : 초대하다, 부르다.
　　田家(전가) : 시골 집
17 軒(헌) : 창문
　　場圃(장포) : 타작하는 마당과 채마밭
18 話桑麻(화상마) : 농사에 대한 이야기를 나누다.
19 重陽日(중양일) : 옛 사람들은 9를 陽數라 여겨 음력 9월 9일을 '9'가 중복되었다고 重陽節이라 했다. 이날 국화를 감상하는 풍습이 있었다.
20 就(취) : 나아가다. 여기에서는 '감상하다'의 뜻

왕유와 이별하며 別王侍御維

쓸쓸히 무엇을 기다려야만 하나	寂寂竟何待
날마다 홀로 헛되이 돌아오노라	朝朝空自歸
방초 우거진 산으로 돌아가려니	欲尋芳草去
그대와 헤어짐이 서글퍼라	惜與故人違[21]
조정에서 누가 날 이끌어줄까	當路誰相假[22]
나를 알아주는 친구 세상에 드물어라	知音世所稀[23]
다만 원래의 적막한 생활 지키려	祗應守寂寞
돌아가 고향집 사립문을 닫고 지내리라	還掩故園扉[24]

■ 해설

이 시는 작자가 장안을 떠나면서 왕유王維에게 보낸 시이다. 당시 장구령張九齡이 재상으로 있었고 왕유는 좌습유左拾遺로 있었지만, 맹호연은 세상에 자기의 재능을 알아주는 사람인 지음知音이 없음을 한탄하며, 고향으로 은거하고자 하는 생각을 읊은 시이다.

21 違(위) : 헤어지다.
22 當路(당로) : 권력자, 권세가
23 知音(지음) : 자신을 이해해주는 친구로 중국 춘추시대 거문고의 명수 伯牙와 그의 친구 鍾子期와 의 고사에서 비롯된 말이다. 이 말은 『列子·湯問』에 나오는 말인데, 백아가 거문고를 들고 높은 산에 오르고 싶은 마음으로 이것을 타면 종자기는 옆에서, "참으로 근사하다. 하늘을 찌를 듯한 산이 눈앞에 나타나 있구나"라고 말하였다. 또 백아가 흐르는 강물을 생각하며 거문고를 타면 종자기는 "유유히 흐르는 강물이 눈앞을 지나가는 것 같구나"하고 감탄하였다. 종자기가 죽자 백아는 거문고를 부수고 줄을 끊은 다음 다시는 거문고를 타지 않았는데, 이 세상에 다시는 자기 거문고 소리를 들어줄 사람이 없다고 생각하였던 것이다.
24 還掩(환엄) : 還은 집에 돌아오다, 掩은 문을 닫는다는 의미다.

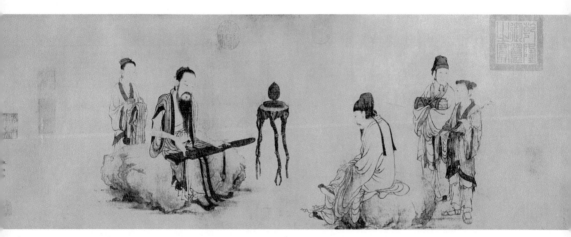

백아와 종자기 원대 왕진붕(王振鵬: 생졸년 미상)의 백아와 종자기의 고사를 그린 〈비파를 타는 백아(伯牙鼓琴圖)〉. 31.4×92cm, 베이징 고궁박물원 소장

초겨울 강가에서 早寒江上有懷

나뭇잎 떨어지니 기러기는 남으로 날아가고	木落雁南渡
북풍에 강물은 차가워라	北風江上寒
우리 집은 양수가 굽이지는 곳	我家襄水曲²⁵
멀리 초나라 구름 끝에 떨어져 있도다	遙隔楚雲端²⁶
고향 그리는 눈물 객지에서 다 흘렸고	鄉淚客中盡²⁷
외로운 돛단배 하늘 끝에 보이네	孤帆天際看
나루터 가는 길 잃어 물으려 하니	迷津欲有問²⁸
잔잔한 바다에 저녁놀만 아득할 뿐	平海夕漫漫²⁹

■ 해설

집으로 돌아가고픈 심정을 그린 것으로, 시어가 자연스럽고 담담하며 감정이 진지한데, 작자가 인생길에서 길을 잃은 창망함이 안타깝게 다가온다.

---

25 我家襄水曲(아가양수곡) : 당시 孟浩然의 집은 襄陽에 있었고 襄水가 襄陽을 거쳐 흐른다.

26 楚(초) : 襄陽은 옛날 楚나라 지역이었다.

27 鄉淚(향루) : 고향을 생각하며 흘리는 눈물

28 迷津欲有問(미진욕유문) : 『論語 · 微子』에 "長沮와 桀溺이 함께 밭을 가는데 孔子께서 지나가시다가 子路를 시켜 나루터 가는 길을 묻게 하셨다. 장저가 말하기를 '수레 고삐를 잡고 있는 분이 누구인가?' 하자, 자로가 '丘이십니다.' 하고 답하였다. 그가 '이 분이 魯나라의 孔丘인가?' 하고 다시 묻자, '그렇습니다.' 하고 대답하니, '그 사람이라면 나루터 가는 길을 알 것이오.' 하였다. … 그는 말하기를 '도도한 것이 천하가 모두 이러하니, 누구와 더불어 변화시키겠는가? 또 그대는 사람을 피하는 선비를 따르는 것이 세상을 피하는 선비를 따르는 것만 하겠는가?' 하고는 씨앗 덮는 일을 그만두지 않았다.(長沮桀溺耦而耕, 孔子過之, 使子路問津焉. 長沮曰, 夫執輿者爲誰. 子路曰, 爲孔丘. 曰是魯孔丘與. 曰是也, 曰是知津矣. … 曰滔滔者天下皆是也, 而誰以易之. 且而與其從辟人之士也, 豈若從辟世之士哉. 耰而不輟.)"라고 한 전고를 사용하여 자신의 고향에 은거하고자 하는 심정을 설명하고 있다.

29 漫漫(만만) : 아득한 모양

자로가 나루터 가는 길을 묻다(子路問津圖) 명대 구영(仇英 :1498~1552)이 『논어』속의 자로가 나루터 가는 길을 묻는 고사를 그린 그림. 41.1×33.8cm, 베이징 고궁박물원 소장

건덕강에서 묵으며 宿建德江[30]

물안개 자욱한 모래톱에 배를 대니	移舟泊煙渚[31]
지는 석양에 나그네 수심 새롭네	日暮客愁新
들판 드넓어 하늘은 나무보다 낮고	野曠天低樹
강물 맑아 달은 내 곁에 다가와 있네	江清月近人

▪ 해설

이 시는 작자가 오월吳越 지방을 떠돌 때 지은 것으로, 고향에 대한 그리움을 읊고 있다.

봄 새벽 春曉

봄 잠에 날 새는 줄 몰랐더니	春眠不覺曉[32]
여기저기 새 지저귀는 소리 들려오네	處處聞啼鳥[33]
간밤에 비바람 소리 요란하더니	夜來風雨聲
꽃잎은 얼마나 떨어졌을까?	花落知多少

▪ 해설

이 시는 봄에 밤비 내린 후의 새벽 경치를 그리고 있는데, 시어가 통속적이고 간결한데도 의경이 심원하여 색다른 정취를 느끼게 한다.

30 建德江(건덕강) : 錢塘江 상류인 建德縣(지금의 浙江省 建德市)을 지나는 강
31 煙渚(연저) : 煙은 물안개, 渚는 물 가운데의 모래톱
32 不覺曉(불각효) : 날이 밝은 것도 모르다.
33 啼鳥(제조) : 지저귀는 새소리

〈봄 새벽(春曉)〉 시의도. 『명청화보힐수(明淸畵譜擷萃)』, (中國文聯出版公司, 1997)

사공에게 물으니 問舟子

저녁 배를 타고 뱃사공에 묻기를	向夕問舟子[34]
앞으로 얼마나 더 가야 하는가	前程復幾多[35]
물가에 배를 대고 하룻밤 묵는 것이 나으리라	灣頭正堪泊[36]
회수에는 풍랑이 크게 일고 있으니	淮裏足風波

■ 해설

이 시는 작자가 개원 초부터 개원 12년경까지 장열의 막부를 여러 차례 드나들지만, 만족할만한 성과를 거두지 못하고 오월吳越 지방을 떠도는데, 이 시는 변수汴水에서 회수淮水로 배를 타고 들어가며 지은 것으로, 문답체의 형식을 빌어 뱃길여행의 어려움을 표현하고 있다.

절강을 건너며 묻다 渡浙江問舟中人[37]

썰물로 강물 잔잔하고 바람 일지 않는데	潮落江平未有風
조각배 타고 그대와 함께 건너네	扁舟共濟與君同[38]
때때로 고개 빼들고 하늘가 바라보며	時時引領望天末[39]
저 푸른 산 어디가 월중 땅이런가?	何處青山是越中[40]

■ 해설

이 시 역시 오월 지역을 떠돌 때 지은 시인데, 월산越山에 대해 직접적으로 평가를 내리지 않고, 같은 배에 타고 있는 사람에게 질문하는 형식을 빌어 월산의 아름다움을 앙모하는 심정을 드러내고 있다.

34 舟子(주자) : 뱃사공
35 幾多(기다) : 얼마나
36 灣頭(만두) : 물굽이의 언저리
37 浙江(절강) : 지금의 錢塘江.
38 濟(제) : 건너다.
39 天末(천말) : 하늘가
40 越中(월중) : 지금의 浙江省 紹興 일대. 錢塘江 북쪽 지역은 옛날 吳나라 지역이고 이남 지역은 越나라 지역으로, 작가는 越나라 지역으로 빨리 들어가고픈 바람을 피력하고 있는 것이다.

21.

최
호 ― 崔
顥

■ **최호**(704?~754)

변주(汴州 : 지금의 하남성 開封市) 출신으로 개원 11년(723) 진사에 급제하였다. 개원
후기에 대주代州 도독都督이던 두희망杜希望의 문하에서 직책을 맡은 적이 있었고,
천보 초기(742~744) 입조하여 태복사승太僕寺丞을 지냈으며 상서사훈원외랑尙書
司勳員外郎을 끝으로 은퇴하였다. 그는 젊은 시절엔 술과 도박을 좋아하고 방약무
인한 성격으로 악명이 높았다.

풍부한 경력과 사방을 유력한 경험으로 그의 시풍도 많은 변화가 있었다. 젊었을
때의 시는 그의 기질의 영향으로 다소 경박했으나, 만년의 시는 강개하였다. 그
의 〈황학루黃鶴樓〉 시는 성당 최고의 7언율시로 평가받고 있다.

황학루 黃鶴樓[1]

옛사람은 이미 황학 타고 떠나	昔人已乘黃鶴去[2]
이곳에는 쓸쓸히 황학루만 남아 있네	此地空餘黃鶴樓
황학은 한번 떠나 다시 돌아오지 않고	黃鶴一去不復返
흰 구름은 천 년 동안 부질없이 떠도네	白雲千載空悠悠[3]
맑은 물 건너 한양의 나무들 또렷하고	晴川歷歷漢陽樹[4]
앵무주엔 방초 무성하네	芳草萋萋鸚鵡洲[5]
해 저무는데 내 집은 어디인가?	日暮鄉關何處是
물안개 자욱한 강 물결이 수심을 자아내네	煙波江上使人愁

■ 해설

당대 7언율시 중 최고의 걸작으로 손꼽히는 이 시는 삼국시대 비문위費文褘라는 사람이 황학을 타고 신선이 되어 날아갔다는 전설과 눈에 보이는 경물을 빌어 향수를 표현하고 있다.[6]

---

1 黃鶴樓(황학루) : 南昌의 滕王閣, 岳陽의 岳陽樓와 더불어 강남 3대 명루로 많은 시인과 문인들이 그 아름다움을 시로 읊었다. 황학루는 삼국시대에 건축된 후로 당·송·원·명·청에 이르기까지 계속 변형되어왔다. 현재의 황학루는 武漢 장강대교 건설 때 철거된 청나라 때의 황학루를 모델로 삼은 것이다. 다만, 청나라 때는 3층이었는데 지금은 5층이다. 황학루에 관한 전설도 유명한데, 주막집에 온 비문위라는 노인이 술값 대신 벽에 황학을 그렸다. 그 황학은 손바닥만 치면 춤을 추었는데, 이에 주막은 늘 손님으로 붐볐다. 10년 뒤 그 노인은 다시 와서 황학을 타고 흰 구름에 싸여 날아갔다. 주인 辛씨는 거기에 기념으로 누각을 세워 황학루라 했다 한다.
2 昔人(석인) : 옛사람. 여기에서는 비문위를 이름.
3 悠悠(유유) : 기간이 오랜 모양.
4 歷歷(역력) : 또렷한 모양.
5 萋萋(처처) : 무성한 모양.
　鸚鵡洲(앵무주) : 〈鸚鵡賦〉의 작가인 禰衡이 이곳에 묻혔기에 이렇게 불렸다고 한다.
6 嚴羽, 『滄浪詩話』: 唐人七言律詩, 當以崔顥黃鶴樓爲第一.

원대 화가인 하영(夏永: 생졸년 미상)이 그린 〈황학루도(黃鶴樓圖)〉 24×24.7cm, 미국 Metropolitan
Museum of Art 소장

22.

이
기
─
李
頎

■ **이기**(690?~753?)

영양(潁陽 : 지금의 하남성 登封縣 서쪽) 사람으로 대략 천수天授 원년(690) 전후에 태어나
서 천보 12년(753)에서 천보 14년(755) 사이에 세상을 떠난 것으로 추정된다.
이기는 청년 시절에 집안이 부유하여 유협 생활을 하며 권세 있는 무리와 교유하
기도 했지만, 곧 그들에게 버림을 받고는 돌연 공명에 대해 집착하게 되어 왕유王
維 같은 유명한 시인들과 교유를 맺기도 했다. 이때의 교유로 이기는 시문에서 매
우 빠른 발전을 이룰 수 있었고, 그가 훗날 시명을 날리는데 견실한 기초를 다지
는 계기가 되었다.
개원 17년(729), 이기는 영양을 떠나 장안長安과 낙양洛陽을 유랑하였는데, 유명한
인물들과의 폭넓은 교유를 꾀하고자 했던 때문이며 다른 한편으로는 과거에 응
시하고자 하는 생각 때문이었다. 개원 23년(735)이 되어서야 진사에 급제한 그는
신향현위新鄕縣尉에 부임하였다가 개원 29년(741) 여름에 신향현위를 사직하고
낙양으로 돌아와, 천보 연간 초기를 줄곧 이곳에서 생활하면서 문사들의 연회에
참가하여 많은 문인과 어울려 증수시贈酬詩를 지었다. 청년기부터 활발했던 그의
교유는 이즈음에 더욱 왕성해졌다. 그가 시작을 통해 당시 교유했던 사람들을 살
펴보면, 고적高適을 비롯하여 왕유, 왕창령王昌齡, 기무잠綦毋潛, 최호崔顥, 배적裵迪,
황보증皇甫曾과 같은 시인들과 서예가 장욱張旭, 음악가 동정란董庭蘭에 이르기까
지 매우 광범위하였다. 청년기에 이미 유명한 문인들과 어울리며 시명을 날렸

던 그가 비록 높은 지위에는 오르지 못했더라도, 자신의 시적 재능을 발휘하여 많은 문인과 빈번한 교류가 있었음은 쉽게 짐작할 수 있는 일이다.

그의 시는 내용이 매우 풍부하였는데, 자유분방하고도 격앙된 정서를 표현하고 있는 변새시에서 특히 뛰어난 성과를 거두었다.

종군 古從軍行

낮에는 산에 올라 봉화대를 바라보고	白日登山望烽火
황혼녘엔 교하에서 말에 물을 먹인다	黃昏飮馬傍交河[1]
병사들의 조두 소리 모래바람 속에 음산하고	行人刁斗風沙暗[2]
오손공주의 비파소리는 애처롭다	公主琵琶幽怨多[3]
만 리 구름 아래 내성과 외성은 보이지 않고	野雲萬里無城郭[4]
눈발만 어지러이 사막까지 흩날린다	雨雪紛紛連大漠[5]
변방의 기러기 애처롭게 울며 날아가니	胡雁哀鳴夜夜飛[6]
오랑캐 병사들도 두 줄기 눈물 흘린다	胡兒眼淚雙雙落
옥문관이 아직 막혀 있다 하니	聞道玉門猶被遮[7]

1 交河(교하) : 唐代의 西州 交河郡. 지금의 新疆 투루판 서쪽.
2 刁斗(조두) : 구리로 만든 솥 같은 기구로 군중에서 낮에는 음식을 만들고 밤에는 이것을 두드려 경계하는 데 썼다.
3 公主琵琶(공주비파) : 漢代 武帝 때 실크로드를 안정시켜 한나라의 무역 이익을 확보하기 위해 烏孫과의 화친이 시도되었다. 이에 한나라의 공주를 오손의 왕인 昆彌와 정략적으로 결혼시키고자 江都의 왕인 劉建의 딸 細君이 지목되었는데, 長安에서 사막지대와 험준한 天山산맥을 넘어서 문화와 습속이 다른 나라로 시집을 가는 세군의 여정은 애달프기 짝이 없었다. 이때 여정 중 연주할 악기를 악공에게 만들도록 하여 비파라 이름 붙인 것이다.
4 城郭(성곽) : 내성을 城이라 하고 외성을 郭이라 한다.
5 紛紛(분분) : 어지러이 날리는 모양
6 胡(호) : 여기에서는 서북쪽의 변방을 가리킨다.
7 玉門猶被遮(옥문유피차) : 玉門은 玉門關으로, 漢武帝 때 李廣利가 페르가나 원정(BC 104~BC 103)을 개시하기 전까지는 관문이 敦煌의 동쪽 교외에 있었고, 黃河 부근에서 서쪽으로 연장된 長城의 맨 끝에 있었으나, 원정 결과 둔황의 오아시스가 군사기지로 발전함에 따라 서쪽 교외로 옮겨져 陽關과 함께 西域으로 통하는 중요한 관문이 되었다. 이후 宛을 공격하던 이광리가 식량이 떨어져 병사들의 사기가 저하되자 정벌을 그만둘 것을 무제에게 상소하였으나, 무제는 옥문관을 막고 옥문관을 넘어들어오는 병사를 죽이도록 명령한 바 있다.

목숨 걸고 장군을 따라야 하리라　　　　　　應將性命逐輕車[8]
해마다 병사들의 뼈는 변방에 묻히건만　　　年年戰骨埋荒外
포도는 조정으로 실려 들어간다　　　　　　空見葡萄入漢家[9]

■ 해설

시의 전반부는 전쟁의 고통을 묘사하는 가운데 민족적 편견을 극복한 작자의 시
각을 엿볼 수 있고, 후반부는 역사 사실을 인용하여 당의 대외 정책을 비판하고
있다.

---

8 輕車(경거) : 漢代의 輕車 장군. 여기에서는 당시의 지휘관을 가리킨다.
9 葡萄(포도) : 서양의 포도는 漢武帝 때, 서역에 파견된 張騫 혹은 그의 부하에 의하여 들여온 것으
　로 추정되고 있다.

장안으로 가는 위만과 헤어지며 送魏萬之京[10]

아침에 그대의 이별 노래 들으려	朝聞游子唱離歌[11]
어젯밤엔 옅은 서리가 처음으로 강을 건너왔는가 보다	昨夜微霜初度河
기러기 소리 근심 때문에 차마 들을 수 없었는데	鴻雁不堪愁里聽[12]
하물며 구름 산을 나그네 되어 넘어야 하네	雲山況是客中過
관성의 나무 색깔은 겨울을 재촉하고	關城樹色催寒近[13]
궁궐 정원의 다듬이 소리는 저녁 되자 잦아지네	御苑砧聲向晚多[14]
장안이 놀기 좋은 곳이라 하여	莫見長安行樂處
허송세월하지 말게나	空令歲月易蹉跎[15]

■ 해설

이 시는 이기의 7언율시 중의 명작으로, 처량하고 쓸쓸한 이별 분위기에 상대방을 격려하는 적극적인 배려가 돋보인다.

---

10 魏萬(위만) : 博平(지금의 山東에 속함) 사람으로 王屋山에 은거하여 自號를 王屋山人이라 했다. 上元 연간 초에 진사에 급제했으나, 벼슬에는 관심을 보이지 않고 유랑하기를 좋아하여 江東의 명산을 유람했다.
   之京(지경) : 長安으로 가다.
11 游子(유자) : 나그네. 여기서는 위만을 이름.
12 不堪(불감) : 차마 …하지 못하다
13 關城(관성) : 함곡관 성루.
14 砧聲(침성) : 다듬이 소리.
15 蹉跎(차타) : 허송세월하다.

23.

왕창령 — 王昌齡

■ **왕창령**(698~756)

　자는 소백少伯으로 무후武后 성력聖曆 원년(698)에 경조부(京兆府 : 지금의 西安)에서 태어났다. 개원 15년(727)에 진사시에 급제하여 사수(汜水 : 현재의 河南省 成皐縣)의 현위를 제수받았고, 다시 교서랑校書郞으로 옮겼다. 교서랑에 임명되어 몇 년을 근무하던 그는 개원 25년(737) 영남嶺南으로 폄적 당하는데, 이것이 그에게 있어 세 차례의 폄적 가운데 첫 폄적이었다. 개원 27년(739), 사면을 받아 이듬해 장안으로 돌아오게 된 왕창령은 얼마 후 다시 강령승江寧丞으로 폄적 당하였다. 강령에서 7년을 보낸 왕창령은 다시 용표(龍標 : 지금의 湖南省 黔陽縣)로 폄적되었다. 이후 안녹산의 난으로 고향으로 돌아갔지만, 호주자사濠州刺史인 여구효閭丘曉에게 죽임을 당하였다.

　그의 시는 구성이 긴밀하고 구상이 청신하며, 특히 7언절구에서 뛰어난 작품이 많아 '칠절성수七絶聖手'라 칭해지기도 한다. 여인의 사랑의 비탄을 노래한 〈장신궁의 가을長信秋詞〉, 〈규방의 근심閨怨〉, 변경의 풍물과 병사들의 향수를 노래한 〈변방으로 나아가며出塞〉, 〈종군從軍行〉이 유명하다.

〈문원도(文苑圖)〉 왕창령이 강령승으로 폄적 당했을 당시 현아(縣衙) 옆의 유리당(琉璃堂)에서 이백, 고적과 함께 연회를 하며 시문을 논하던 광경을 오대 주문구(周文矩)가 그린 그림이다. 37.4×58.5cm, 베이징 고궁박물원 소장

변경에서 塞下曲

가을 저녁 물가에서 말에게 물을 먹이는데	飮馬渡秋水
물은 차갑고 바람은 칼처럼 날카롭다	水寒風似刀
끝 모를 사막에 해는 아직 지지 않아	平沙日未沒
침침하게 임조 땅 바라보인다	黯黯見臨洮[1]
그 옛날 장성의 전투에서	昔日長城戰
병사들의 의기는 하늘을 찌를 듯했다네	咸言意氣高
누런 모래 예나 지금이나 가득한데	黃塵足今古[2]
백골은 들풀과 뒤엉켜 있다	白骨亂蓬蒿[3]

■ 해설

변방 이족을 침략하는 불의의 전쟁에 대한 반대 입장을 확고히 밝히고 있다.

종군 從軍行

2

비파소리에 춤출 때 새 곡조로 바뀌는데	琵琶起舞換新聲
한결같이 관산의 오랜 이별의 아픔을 노래하네	總是關山舊別情
수심으로 그 곡조 다 들을 수 없는데	撩亂邊愁聽不盡
높이 솟은 가을 달만 장성을 비추네	高高秋月照長城

4

청해호에 뒤덮인 구름으로 설산은 어둑해지고	青海長雲暗雪山
외로운 성에서 옥문관을 멀리 바라보네	孤城遙望玉門關

---

1 黯黯(암암) : 어둑어둑한 모양.
  臨洮(임조) : 지금의 甘肅省 岷縣.
2 足(족) : 가득하다.
3 蓬蒿(봉호) : 쑥, 들풀.

| 사막의 계속되는 전투로 철갑까지 뚫렸지만 | 黃沙百戰穿金甲 |
| 적군을 쳐부수지 못하면 돌아가지 않으리라 | 不破樓蘭終不還⁴ |

5

끝없는 사막에 모래바람 일자 하늘도 어둑어둑	大漠風塵日色昏
붉은 깃발 반으로 접힌 채 원문을 나서네	紅旗半捲出轅門
선발대는 조하 북쪽의 야간 전투에서	前軍夜戰洮河北
이미 토욕혼 병사를 사로잡았다고 알려오네	已報生擒吐谷渾

■ **해설**

〈종군從軍行〉은 전 7수로 되어 있다. 작자는 악부시의 옛 제목을 사용하여 여러 방면에서 변방의 모습을 비장하게 그리고 있다.⁵

부용루에서 신점을 전송하며 芙蓉樓送辛漸⁶

겨울비 강에 가득 내리는 밤에 오 땅으로 들어온 그대	寒雨連江夜入吳⁷
새벽녘에 그대 보내려 하니 초산도 외로워 보이네	平明送客楚山孤⁸
낙양의 친구들 내 안부 묻거든	洛陽親友如相問
얼음 같은 마음이 옥 항아리에 담겨 있다고 하게나	一片冰心在玉壺⁹

---

4 樓蘭(누란) : 漢代 서역에 있던 나라. 여기에서는 서북 변방의 오랑캐.
5 鍾惺,『詩歸』: 語亦悲壯.
6 芙蓉樓(부용루) : 唐代 潤州(지금의 江蘇省 鎭江市)의 서북쪽에 있는 누각으로 晋代 王恭이 건축했다.
7 오(吳) : 옛 吳나라 지역. 여기에서는 潤州 일대를 가리킨다.
8 平明(평명) : 새벽.
  楚山(초산) : 楚는 吳와 같은 지역을 가리키는 말이다. 吳나라 지역이 후에 楚나라 지역이 되었다.
9 玉壺冰은 일찍이 南朝의 鮑照와 당대 재상이었던 姚崇이 먼저 썼던 표현인데, 이를 왕창령이 차용하여 천고의 절창이 되었다.

자신이 공명과 이록에 물들지 않은 고결한 품덕의 소유자라는 자부심이 가득하다. 특히 3, 4구는 후인들이 자신의 심지心志가 고결한 것을 말하고자 할 때 즐겨 인용하는 명구가 되었다.

규방의 근심 閨怨

규방의 어린 아낙네 근심을 모르다가	閨中少婦不知愁
봄날 예쁘게 화장하고 누대에 올랐네	春日凝妝上翠樓[10]
문득 길가의 수양버들 물오른 것 보고는	忽見陌頭楊柳色[11]
낭군에게 공명 찾아 떠나게 한 것을 후회하네	悔敎夫婿覓封侯

■ 해설

작자는 젊은 아낙네가 누대에 오른 후의 심리 변화를 순간 포착하여 아낙네의 심적 갈등을 성공적으로 드러내고 있다. 규원閨怨을 묘사한 수많은 당시 중 최고라는 평가를 받기에 조금도 손색이 없다.

미앙궁의 봄 春宮曲

어젯밤 봄바람에 우물가 복사꽃 피고	昨夜風開露井桃
미앙궁 앞에는 밝은 달 높이 떠 있네	未央前殿月輪高[12]
평양의 가무가 새로이 사랑받아	平陽歌舞新承寵[13]
주렴 밖 봄 추위 시샘하자 비단 솜옷 내리시네	簾外春寒賜錦袍

10 凝妝(응장) : 화장하다.
11 陌頭(맥두) : 길가.
12 未央殿(미앙전) : 漢代의 궁전 이름
13 平陽歌舞(평양가무) : 漢武帝의 皇后인 衛子夫. 위자부는 원래 한무제의 누이인 平陽公主의 歌妓였는데, 한무제가 평양공주의 집에 들렀다가 위자부에 반해 궁궐로 들어오게 한 후 아들을 낳고 황후가 되었다. 당시 陳皇后는 위자부가 사랑을 받고 있다는 얘기를 듣고는 거의 분통이 터져 죽을 지경에까지 다다랐다.

■ 해설

한무제가 위자부를 총애하고 진황후를 버렸던 사실을 인용하여, 당대 황제들의
행태를 풍자하고 있다.

장신궁의 가을 長信秋詞

새벽 궁문 열리면 비 들고 정원 쓸고	奉帚平明金殿開[14]
둥근 부채 들고 배회하네	且將團扇共徘徊[15]
옥 같은 얼굴 까마귀 검은색만도 못하네	玉顔不及寒鴉色[16]
까마귀는 오히려 소양전의 햇빛 받을 수나 있는데	猶帶昭陽日影來[17]

■ 해설

총애를 잃은 궁녀의 고통과 그들에 대한 동정을 표현한 작품이다.

14 奉帚(봉추) : 班婕妤가 趙飛燕 자매로 인해 총애를 잃고 長信宮으로 옮겨 가서 비를 들고 청소를 하
   던 일.
   平明(평명) : 새벽.
   金殿(금전) : 여기에서는 長信宮을 이름.
15 將(장) : 들다.
   團扇(단선) : 원형 부채.
16 玉顔(옥안) : 옥 같이 아름다운 얼굴.
17 昭陽(소양) : 한나라 성제가 총애하던 조비연이 거처하던 궁.

조비연(趙飛燕) 그녀는 한 성제의 황후로 오현(吳縣: 지금의 蘇州) 사람이다. 처음에는 궁궐의 하녀였으나 성제의 눈에 들어 황후에까지 올랐다. 호리호리한 몸매에 날쌘 제비와 같이 춤을 춘다 하여 '비연'으로 불렸다. 『중국역대명인화상보(中國歷代名人畵像譜)』(海峽文藝出版社, 2003)

반첩여(班婕妤) 　그녀는 조비연 자매의 교만과 투기 때문에 궁궐에 더 남아
있으면 위기가 자기에게 닥칠까 걱정하여 장신궁에서 황태후를 모실 것을
청하여 이를 허락받았다. 『중국역대명인화상보(中國歷代名人畫像譜)』(海峽
文藝出版社, 2003)

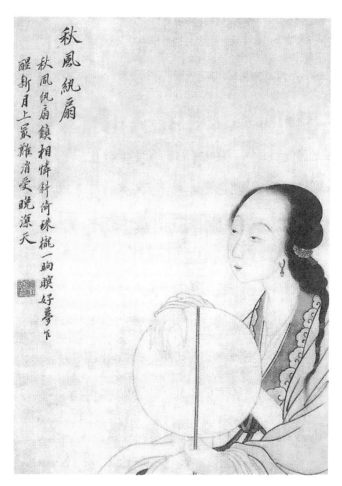

秋風紈扇

秋風紈扇鎮相悴
鞘倚琭榹一晌
醒新月上景難消受晚涼天
膜好夢下

둥근 부채(團扇) 청대 화가 개기(改琦: 1773~1828)가 그린 둥근 부채를 든 여인. 여인들은 이것으로 얼굴을 가리거나 멋을 부리는 용도로 사용하였다. 개인 소장

효성제 때 반첩여는 성제가 막 즉위할 시에 후궁으로 뽑혀 들어왔다. 처음에는 소사였는데, 갑자기 큰 총애를 받아 첩여가 되어 증성사에서 거처하다 다시 관으로 가서 아들을 낳았으나, 수개월 만에 그 아들을 잃고 말았다. 성제가 후정에서 유람할 때 첩여와 같이 수레에 타고자 했으나, 첩여는 사양하며 말하기를, "옛 그림을 보면 어진 군주들은 모두 유명한 신하들을 곁에 두었으나, 하은주 마지막 왕들은 곁에 사랑하는 여자들을 두었습니다. 지금 수레를 같이 타고자 하신다면, 그들과 같아지는 것이 아니겠습니까?" 황제는 그녀의 말이 옳다고 생각하고는 그만두었다. 태후가 그 말을 듣고 기뻐하며 말하기를, "옛날 번희가 있었다면, 지금은 반첩여가 있구나." 첩여는 시경의 〈요조〉·〈덕상〉·〈여사〉편 등을 애송하였다. 황제에게 나아가 상소할 때마다 옛날 예법을 준칙으로 삼았다. 홍가 연간 이후로 황제는 점점 여자에 탐닉하였다. 첩여는 황제를 모실 여자로 이평을 바쳤고, 이평은 총애를 받아 첩여가 되었다. 황제가 "당초 위황후도 미천한 출신이었다."라고 말하며 평에게 위씨 성을 하사하니, 이 사람이 위첩여인 것이다. 그 후 미천한 출신인 조비연 자매가 국가의 예의 법도를 무시하고 점점 황제의 사랑을 받게 되었다. 이에 반첩여와 허황후는 모두 총애를 잃고 황제를 알현할 기회가 드물어졌다. 가홍 3년, 조비연은 허황후와 반첩여가 주술로 황제의 환심을 사고자 하고, 후궁들을 저주하고 황제까지 비방한다고 참소하였다. 허황후는 이 때문에 폐위되었다. 반첩여에게 캐어물으니 첩여가 대답하기를, "소첩이 듣기에 삶과 죽음은 천명에 달려 있고, 부와 귀는 하늘에 달려 있다고 합니다. 저는 몸을 닦고 마음을 바르게 했어도 여전히 복을 받지 못했는데, 사악한 욕심을 부려 무엇을 기대하겠습니까? 만약 귀신이 안다면 신하의 도리가 아닌 저주는 받아들이지 않을 것이며, 만약 귀신이 모른다면 저주한다고 무슨 이득이 있겠습니까? 이 때문에 저는 이러한 일을 하지 않았습니다." 황제는 그녀의 대답이 옳다고 생각하고, 그녀를 동정하여 황금 백 근을 하사했다. 첩여는 조씨 자매의 교만과 투기 때문에 더 있으면 위기가 자기에게 닥칠까 두려워서 장신궁에서 황태후를 모실 것을 청하였고, 황제는 이를 허락했다. 그 후 첩여는 동궁으로 물러나서는 자신의 처지를 애달파하는 부를 한 편 지었다.[18]

---

18 孝成班婕妤, 帝初卽位選入後宮. 始爲少使, 蛾而大幸, 爲婕妤, 居增成舍, 再就館, 有男, 數月失之. 成帝游于後庭, 嘗欲與婕妤同輦載, 婕妤辭曰, 觀古圖畵, 聖賢之君皆有名臣在側, 三代末主乃有嬖女, 今欲同輦, 得無近似之乎. 上善其言而止. 太后聞之, 喜曰, 古有樊姬, 今有班婕妤. 婕妤誦詩及窈窕德象女師之篇. 每進見上疏, 依則古禮. 自鴻嘉後, 上稍隆于內寵. 婕妤進侍者李平, 平得幸, 立爲婕妤. 上曰, 始衛皇后亦從微起. 乃賜平姓曰衛, 所謂衛婕妤也. 其後趙飛燕姊弟亦從自微賤興, 踰越禮制, 浸盛于前. 班婕妤及許皇后皆失寵, 稀復進見. 鴻嘉三年, 趙飛燕譖告許皇后班婕妤挾媚道, 祝詛後宮, 詈及主上. 許皇后坐廢. 考問班婕妤, 婕妤對曰, 妾聞, 死生有命, 富貴在天. 修正尙未蒙福, 爲邪欲以何望. 使鬼神有知, 不受不臣之訴, 如其無知, 訴之何益, 故不爲也. 上善其對, 憐憫之, 賜黃金百斤. 趙氏姊弟驕妬, 婕妤恐久見危, 求共養太后長信宮, 上許焉. 婕妤退處東宮, 作賦自傷悼. (『漢書·外戚傳』)

변경으로 나아가며 出塞

달은 진대의 달 그대로, 관은 한대의 관 그대로인데   秦時明月漢時關
만 리 밖 멀리 원정 간 병사는 아직도 돌아오지 않네   萬里長征人未還
용성의 비장군이 아직 있다면   但使龍城飛將在[19]
오랑캐 말이 음산을 넘어오게 두지는 않았을 텐데   不敎胡馬度陰山[20]

■ 해설

이 시는 전쟁의 참혹함과 조정의 변방 정책에 대한 불만을 드러내고 있다. 특히
시 가운데 '秦時明月' 네 글자는 다른 시인이 미칠 수 없는 경지라는 평가를 받고
있다.[21]

---

19 龍城(용성) : 黃龍城, 지금의 遼寧省 朝陽.
    飛將(비장) : 漢武帝 때의 右北平太守였던 李廣 장군. 그는 흉노와의 전투에서 늘 이겨 常勝 장군으
    로 통했으며, 흉노는 그를 '飛將軍'이라 부르며 감히 右北平에 들어서질 못했다.
20 陰山(음산) : 지금의 內蒙古自治區 경내로, 흉노는 늘 이곳을 통해 남하하였다.
21 楊愼, 『升庵詩話』: 此詩可入神品, 秦時明月四字, 橫空盤硬語也, 人所難及.

24.

조영 ― 祖詠

■ 조영(699~746?)

낙양洛陽 사람으로 개원開元 12년(724) 진사시에 합격하였으나 벼슬길은 여의치
않았다. 곧 장안을 떠나 여분(汝墳 : 지금의 河南省 汝陽과 臨安 사이)의 별장에서 물고기
잡고 땔나무 하는 일로 소일했다. 당시 왕한王翰이 여주장사汝州長史, 선주별가仙州
別駕로 부임하여 그곳의 명사들과 연회를 하고 수렵을 할 때, 조영은 늘 그 자리에
끼었다. 또한, 왕유王維, 저광희儲光羲, 노상盧象 등과도 시로써 교유하였다. 그의 시
는 『전당시』에 36수가 전해지는데, 산수의 경물을 묘사하고 은일 생활을 찬양하
는 내용이 대부분이다.

계문을 바라보며 望薊門[1]

연대에 올라 멀리 바라보매 나그네 심사 애달픈데	燕臺一望客心驚[2]
퉁소와 북소리 요란하던 漢代의 군영이라	簫鼓喧喧漢將營[3]
만 리에 쌓인 눈은 차가운 빛을 발하고	萬里寒光生積雪
변경의 높다란 깃발은 새벽빛 받으며 펄럭이네	三邊曙色動危旌[4]
전쟁터의 봉화는 하늘의 달빛을 가리고	沙場烽火侵胡月
바닷가 운산은 계문을 에워싸고 있네	海畔雲山擁薊城
나 어릴 때 붓 던지고 전쟁터로 나선 반초 같진 않으나	少小雖非投筆吏[5]
終軍처럼 기다란 끈 청하여 공명을 세우리라	論功還欲請長纓[6]

■ 해설

이 시는 작자가 처음 북쪽 변방에 도착한 후의 감회를 적은 시로 투필종군投筆從軍
하여 변방을 안정시키고자 하는 염원이 가득하다.

---

1 薊門(계문) : 唐代의 薊城(현재의 北京 서남 일대).
2 燕臺(연대) : 薊城의 幽州臺. 戰國시대 燕나라 昭王이 지은 누대.
3 喧喧(훤훤) : 떠들썩함.
4 三邊(삼변) : 幽州, 并州, 涼州 등 三州로, 변경을 이르는 말.
　危(위) : 높은
5 投筆吏(투필리) : 魏徵의 《述懷》詩 참조.
6 長纓(장영) : 魏徵의 《述懷》詩 참조.

종남산의 잔설 終南望餘雪

종남산의 북쪽은 높디높아   終南陰嶺秀[7]

구름 위로 눈 쌓인 산 솟아 있네   積雪浮雲端

눈 멎자 숲 위로 밝은 햇빛 비추지만   林表明霽色[8]

성 안은 저녁 되니 추위 몰려오네   城中增暮寒

■ 해설

장안에서 멀리 보이는 종남산의 눈 내린 후 저녁 풍경을 그리고 있다. 시어가 간결하면서도 단련되어 있고 경물의 특징이 잘 드러나 있다. 작자의 실제 경험과 예술적 조예가 아니라면 쉽게 도달할 수 없는 경지라 할 것이다.

7 終南(종남) : 終南山. 혹 南山이라고도 한다. 陝西, 河南, 甘肅省에 걸쳐 있는 산으로 主峰은 長安 남쪽에 있다. 예로부터 도사들이 은거하던 곳으로 유명하며 長安 부근의 명산이기 때문에 고적, 명승을 탐방하는 사람이 많았다.
　　陰(음) : 산의 남쪽을 陽이라 하고, 북쪽은 陰이라 한다.
8 霽(제) : 눈이나 비가 멎다.

청대 왕시민(王時敏: 1592~1680)의 〈왕유
의 '눈이 그친 후의 강산'을 본떠 그리다(倣
王維江山雪霽)〉 눈 그친 산의 맑은 기운을
느낄 수 있다. 133.7×60cm, 타이베이 고궁
박물원 소장

25.

왕유 ─ 王維

■ **왕유**(701~761)

자는 마힐摩詰이고 산서성 태원太原 출신이다. 9세에 이미 시를 썼으며, 서예와 음악에도 재주가 뛰어났다. 아우인 진縉과 함께 일찍부터 문명文名이 높았으며, 특히 기왕岐王의 사랑을 받아 개원 9년(721) 진사에 합격, 태악승太樂丞이 되었다. 후에 제주(濟州 : 산동성 荏平縣)의 사창참군司倉參軍으로 좌천되었으나, 개원 22년(734) 장구령張九齡이 재상이 되어 그를 우습유右拾遺로 발탁한 후로 감찰어사監察御史, 좌보궐左補闕, 고부낭중庫部郎中을 역임하였다. 천보 15년(756) 안록산安祿山이 반란을 일으켜 장안을 점령한 후 반란군의 포로가 되어 협박을 받고 급사중給事中으로 임명받았으나, 왕유는 설사약을 먹고 안색을 초췌하게 만들어 병을 핑계 삼아 나아가지 않았다. 반란이 평정된 후 그는 죄를 문책받았으나, 아우 왕진이 형의 죄를 감하기 위해 자신의 관직을 강등시키고, 왕유가 반란군 진중에서 지은 천자를 그리는 시가 인정받아 가벼운 벌을 받는 것으로 끝났을 뿐만 아니라 그 후 다시 등용되어 상서우승尙書右丞의 자리까지 올라갔다. 이 때문에 왕우승이라고도 불렸다.

그의 시는 산수와 자연의 청아한 정취를 청신한 풍격과 무한한 함축미로 노래한 수작이 많은데, 특히 남전(藍田 : 섬서성 장안 동남쪽의 현)의 별장 망천별서輞川別墅에서 친한 친구 배적裴迪과 함께 한가로이 자연을 벗하며 지은 작품들이 유명하다. 맹호연孟浩然, 위응물韋應物, 유종원柳宗元과 함께 왕맹위유王孟韋柳로 병칭되어 당대 자연시인의 대표로 일컬어진다. 또한, 그는 경건한 불교도이기도 해서 그의 시 속에서 불교사상의 영향을 찾아볼 수 있는 것도 하나의 특색이다. 그는 또한 산수화에도 뛰어나 많은 수묵화를 그렸고, 금벽휘영화金碧輝映畵에도 손을 대 화풍 또한 다양했던 것으로 짐작된다. 고결한 성격의 소유자로, 탁한 세속을 멀리하고 자연을 즐기는 태도로 그림을 그려 명대 동기창董其昌에 의해 남송문인화南宋文人畵의 시조로 받들어지고 있다. 송나라의 소동파蘇東坡는 그에 대해 "시 속에 그림이 있고, 그림 속에 시가 있다詩中有畵, 畵中有詩."라고 평하였는데, 이는 왕유의 시와 그림을 융합시킨 공로를 인정한 말이다. 그는 여러 형식의 시에 두루 통달하였는데, 특히 5언율시와 5언절구, 7언절구의 시가 뛰어났다. 현재 전하는 왕유의 시문집『왕우승집』은 동생 왕진이 형의 시문을 모아 10권으로 편성하여 황제에게 바친 것이다.

왕유 문인화의 시조로도 받들어지고 있는 그는 시와 그림을 융합시킨 공로가 크다. 청(淸) 이영(李瀛: 1878~ ?)의 그림.

〈눈 쌓인 장강(長江積雪圖)〉의 일부　중국 남종화(南宗畵)의 시조이기도 한 왕유의 작품.

〈눈 쌓인 장강(長江積雪圖)〉의 일부 위 작품은 28.8×449.3cm의 크기로 개인이 소장하고 있다.

명황행촉도(明皇幸蜀圖) 안녹산이 천보 14년(755) 반란을 일으켜 장안이 함락되자 현종이 촉 지방으로 피난 가는 모습을 그린 당대 이소도(李昭道)의 작품. 산수화이자 역사화라는 의의를 지닌 작품이다. 55.9×81cm, 타이베이 고궁박물원 소장

명황행촉도(明皇幸蜀圖) 현종 부분을 확대한 것이다. 아래 쪽의 말을 탄 이가 현종이다.

위천의 농가 渭川田家[1]

석양이 마을 비추는데	斜光照墟落[2]
골목길엔 소와 양이 돌아오네	窮巷牛羊歸
노인은 목동 걱정에	野老念牧童
지팡이에 기대 사립문에서 기다리네	倚杖候荊扉[3]
장끼 우니 보리 패고	雉雊麥苗秀[4]
누에 잠들자 뽕나무 잎 드물도다	蠶眠桑葉稀
농부들은 호미 들고 서서	田夫荷鋤立
다정스레 얘기 나누네	相見語依依[5]
이러한 한적함이 부러워	卽此羨閑逸
창연히 식미가를 읊조리누나	悵然吟式微[6]

■ 해설

이임보에게 배척당한 작자는 전원으로 돌아가고자 하는 마음이 충만하다.

---

1 渭川(위천) : 渭河. 세칭 渭水라고도 하며, 陝西省 중부를 지나며 潼關에서 黃河로 유입된다.
 田家(전가) : 農家.
2 墟落(허락) : 황폐한 마을.
3 荊扉(형비) : 사립문.
4 雉雊(치구) : 장끼가 울다.
5 依依(의의) : 차마 떨어지기 싫은 모양.
6 式微(식미) : 『詩經·邶風』의 편명으로, "式微, 式微, 胡不歸(쇠미하고, 쇠미하거늘, 왜 돌아가지 않
 는고?)"로 시작된다.

망천에서 한거하며 배적에게 輞川閑居贈裴秀才迪[7]

날씨 추워지자 산 검푸르게 변하고	寒山轉蒼翠
가을 되자 물 졸졸 흐르네	秋水日潺湲[8]
지팡이에 기대 사립문 밖에서	倚杖柴門外
바람 맞으며 저녁 매미 소리를 듣노라	臨風聽暮蟬
나루터 언저리엔 스러져가는 석양 빛	渡頭餘落日
마을엔 외줄기 밥 짓는 연기	墟里上孤煙[9]
마침 맞닥뜨린 그대는 접여처럼 취한 채	復值接輿醉[10]
내 앞에서 강개하게 노래 부르네	狂歌五柳前[11]

■ 해설

왕유는 장안 교외 종남산의 망천에 별장을 하나 지었는데, 이전에 송지문이 잠시 기거한 적이 있는 곳이었다. 송지문 때부터 이름이 알려지기 시작한 망천은 왕유 대에 이르러 더욱 유명해졌다. 이 시는 망천에서의 한적한 생활을 묘사하고 있다.

7 輞川(망천) : 지금의 陝西省 藍田縣 남쪽 終南山 아래에 있는 시내. 王維는 이곳에 별장을 지어놓고 한가할 때마다 이곳을 노닐었다.
裴迪(배적) : 關中 사람으로 왕유와 함께 종남산에서 우거하며 시를 창화하였다.
8 潺湲(잔원) : 물이 졸졸 흐르는 모양
9 墟里(허리) : 촌락
10 接輿(접여) : 『論語·微子』편을 보면, 초나라의 광인 접여가 노래하며 지나치기를, "봉황이여! 봉황이여! 어쩌다가 德이 쇠하였는가? 옛사람에게는 충고할 수 없지만, 미래의 사람에게는 충고할 수 있으니, 위태롭기 짝이 없는 정치 상황에서의 벼슬은, 그만두어라! 그만두어라!" 이 말을 들은 공자가 쫓아 내려가 대화를 나누고자 했으나, 뛰듯이 피해버리는 통에 대화를 나눌 수 없었다. 여기에서는 배적을 접여에 비유하고 있다.
11 五柳(오류) : 陶潛. 자는 淵明 혹은 元亮이다. 江西省 九江縣 사람으로 晉 咸安 2년에 나서 宋 元嘉 4년, 향년 56세로 일생을 마쳤다. 젊어서부터 문장에 능하였으며 일찍이 문 앞에 버드나무 다섯 그루를 심고 자신을 五柳先生이라 칭하였다. 젊어서 가난 때문에 몇 번의 벼슬을 지냈으나 혼탁한 정치에 염증을 느끼고 은퇴하여 전원에서 가난한 농민들과 함께 대자연을 즐기면서 일생을 보냈다. 여기에서 王維는 자신을 陶淵明에 비유하고 있다.

망천십경(輞川十景) 명대 구영(仇英)이 왕유의 〈망천집〉시에 의거하여 묘사한 망천의 승경. 『구영망천십경도권(仇英輞川十景圖卷)』(上海書店出版社, 2001)

홀로 산에서 鹿柴

적막한 산에 사람 그림자 보이지 않고　　　空山不見人

사람 말소리만 들리네　　　　　　　　　　但聞人語響

석양 빛 깊은 숲 뚫고 들어와　　　　　　　返景入深林[12]

다시 푸른 이끼 위를 비추네　　　　　　　復照靑苔上

죽리관 竹里館

홀로 그윽한 대나무 숲에 앉아　　　　　　獨坐幽篁里[13]

비파 뜯다 긴 휘파람 부네　　　　　　　　彈琴復長嘯

깊은 숲 속이라 사람들은 알지 못하고　　深林人不知

밝은 달만 다가와 나를 비추네　　　　　　明月來相照

12 返景(반영) : 반사된 햇빛
13 幽篁(유황) : 그윽한 대나무 숲

獨坐幽篁裏
彈琴復長嘯
崇禎二年
二月晦日
項聖謨補
圖明知不
入世眼自
得其致已
耳何必問
畫中人翌
其聲色

명대 항성모(項聖謨: 1597~1658)가 그린 〈죽리관〉 시의도 왕유는 배적과 함께 망천의 별장에 기거하며 주위의 명승을 시로 읊조렸다. 죽리관은 그 중 대표적인 경관이었다. 『명가회당시화보삼백수(名家繪唐詩畫譜三百首)』(上海古籍出版社, 2001)

산 속의 목련꽃 辛夷塢[14]

나뭇가지 끝의 연꽃 같은 목련꽃	木末芙蓉花[15]
깊은 산 속에서 붉은 떨기 틔우네	山中發紅蕚
개울가 집엔 사람 없어 적막한데	澗戶寂無人[16]
꽃만 어지러이 피었다가 지네	紛紛開且落

■ 해설

작자는 한가할 때면 종남산終南山에 있던 망천 별장에 나와 주위의 아름다운 자연을 즐겼는데, 특히 별장 주변의 명승지 스무 군데를 골라 5언절구로 노래하고 그의 시우 배적襄迪은 왕유의 시에 창화하여, 함께 『망천집輞川集』이라는 시집을 내었다. 위의 3수는 『망천집』에 수록된 왕유의 시 20수 중 대표작이라 할 수 있다.

14 辛夷(신이) : 木筆花라고도 한다. 이른 봄에 꽃이 피는데 향기가 그윽하다.
15 芙蓉(부용) : 연꽃
16 澗戶(간호) : 시냇가에 있는 집

가을 저녁 산 山居秋暝

인적 드문 산 비 온 후	空山新雨後
저녁 날씨는 가을과 함께 오네	天氣晚來秋
밝은 달은 소나무 숲 사이를 뚫고 비추고	明月松間照
맑은 샘물은 돌 위를 흐르네	清泉石上流
대나무 숲 시끄러우니 빨래한 아낙네 돌아가고	竹喧歸浣女[17]
연꽃 흔들리니 고깃배 내려가는 것이리라	蓮動下漁舟
봄꽃 다 시든다 해도	隨意春芳歇[18]
나는 이곳에서 머물 수 있으리라	王孫自可留[19]

■ 해설

작자가 종남산에 은거했을 때의 작품으로, 구절 구절에서 작자의 심미적 안목과 고묘高妙한 시작 능력을 발견할 수 있다. [20]

---

17 浣女(완녀) : 빨래하는 아낙네
18 歇(헐) : 시들다.
19 王孫(왕손) : 귀족의 후예. 여기에서는 자신을 왕손에 비유하고 있다.
20 劉辰翁,『王孟詩評』: 總無加點, 自是好.

明月松間照
清泉石上流

項聖謨畫時
己巳春分二日
之夕齋頭七松
風不絕聲作此
助筆興

명대 화가 항성모(項聖謨: 1597~1658)가 그린 〈가을 저녁 산(山居秋暝)〉 시의도. 『명가회당시화보
삼백수(名家繪唐詩畫譜三百首)』(上海古籍出版社, 2001)

숭산에 돌아와 歸嵩山作[21]

맑은 시내는 초목 우거진 곳으로 이어지고	淸川帶長薄[22]
수레 또한 물 따라 느릿느릿 숭산으로 가네	車馬去閑閑[23]
흐르는 물은 나의 마음을 아는 듯하고	流水如有意
저녁 새와 짝지어 돌아가네	暮禽相與還
황량한 성 옛 나루터에 기대어 있고	荒城臨古渡
지는 해 가을 산에 가득하네	落日滿秋山
멀고 먼 숭산 아래로	迢遞嵩高下[24]
돌아와 문을 잠그리라	歸來且閉關[25]

■ 해설

이 시는 작자가 벼슬을 그만두고 고향으로 돌아가면서, 길가에 보이는 경물과 자신의 적막하고 처량한 심사를 묘사하고 있다.

---

21 嵩山(숭산) : 河南省 登封縣 서북쪽에 있는 산으로 嵩高山이라고도 했다. 太室山, 少室山 등 모두 72개의 봉우리로 이루어져 있다. 五嶽 중 하나로 남북조시대부터 종교와 문화의 중심지로 유명하였으며 唐나라 때인 688년에 神嶽으로 지정되었다. 산에는 승려와 도사의 수업 도량인 사찰이 많은데, 그중 소실봉 북쪽 기슭에 있는 少林寺는 禪宗의 시조 達磨大師가 면벽 9년의 좌선을 했던 곳으로 유명하다. 왕유는 洛陽에 있을 때 이곳 嵩山別業에 머물렀다.
22 薄(박) : 초목이 빽빽이 우거진 곳
23 閑閑(한한) : 느릿느릿한 모양
24 迢遞(초체) : 멀고 먼 모양
25 閉關(폐관) : 문을 잠그다.

종남산 終南山

종남산은 하늘로 우뚝 솟아 있고	太乙近天都[26]
산은 바다 끝까지 이어져 있네	連山接海隅[27]
고개 돌리니 흰 구름 몰려오고	白雲迴望合
푸른 안갯속에 빠지니 보이는 것 없네	青靄入看無[28]
주봉을 경계로 땅이 나뉘어	分野中峰變[29]
흐리고 개는 것이 계곡마다 다르네	陰晴衆壑殊
하룻밤 묵어갈 곳 찾으려고	欲投人處宿
물 건너편 나무꾼에게 묻노라	隔水問樵夫[30]

■ 해설

종남산을 묘사한 작품으로, 형상은 세밀하고도 핍진하며 시어는 청신하다.

26 太乙(태을) : 終南山의 다른 이름
　　天都(천도) : 天帝가 사는 곳
27 海隅(해우) : 바닷가
28 青靄(청애) : 푸른 빛을 띤 놀
　　入看無(입간무) : 가까이 가서 보니 보이지 않네.
29 分野(분야) : 옛사람들은 땅을 28개의 별자리와 연결지어 지역을 나누었다.
30 樵夫(초부) : 나무꾼

왕유의 망천도(輞川圖)의 일부 그림을 통해서도 망천의 별장은 삼면이 산으로 둘러싸여 있고 앞에
는 강이 흘러가는 천혜의 명승지에 있음을 알 수 있다. 29,8×481,6cm, 일본 聖福寺 소장

향적사 過香積寺[31]

향적사 어디인지 모르고	不知香積寺
몇 리를 구름 자욱한 산봉우리로 들어갔네	數里入雲峰
고목 빽빽한 곳에 오솔길 하나 없는데	古木無人徑
깊은 산 어디선가 들려오는 종소리	深山何處鍾
개울물은 어지러운 돌 위에 흘러 흐느끼고	泉聲咽危石
햇빛은 푸른 소나무를 싸늘하게 비추네	日色冷青松
해 질 녘 고요한 연못 굽이에 앉아	薄暮空潭曲
편안히 참선하며 모든 잡념 씻어내네	安禪制毒龍[32]

■ 해설

이 시는 향적사에서 본 경물과 작자의 고요하고 한적한 심경을 묘사하고 있는데
형식에 있어 정제미整齊美가 뛰어나 5언율시 가운데 최상품으로 평가받고 있다.

송별 送別

산속에서 친구 보낸 후	山中相送罷
날 저물어 사립문 닫았네	日暮掩柴扉
봄 풀은 내년 되면 푸르겠지만	春草明年綠
그대는 다시 돌아올 수 있으려나	王孫歸不歸[33]

31 香積寺(향적사) : 지금의 陝西省 西安 남쪽 神禾에 있는 중국 淨土宗의 본산인 사찰로, 宋代에 開利
寺로 이름을 바꾸었다. 높이 11층 33m 벽돌탑인 善導古塔은 당나라 때 창건한 것이고, 善導大師의
상이 있는 대응보전은 청나라 때 중건한 것으로, 1980년에 다시 수리했다.
32 安禪(안선) : 선의 경지로 들어가다.
　制(제) : 극복하다.
　毒龍(독룡) : 망상과 욕망 같은 속된 생각
33 王孫(왕손) : 귀족의 자제. 여기에서는 떠나는 친구를 이른다.

다시 만날 기약 없는 친구와의 이별을 못내 아쉬워하는 모습이 눈에 선하다.

그리움 相思

남방의 홍두	紅豆生南國[34]
봄이 오니 몇 가지나 싹텄을까?	春來發幾枝
그대여 많이 따소서	願君多采擷[35]
이것이 그리움을 가장 잘 상징하는 것이니	此物最相思

■ 해설

이 시는 작자가 영남으로 가는 친구를 송별하며 지은 시로 홍두에 그리움을 기탁하고 있다.

---

34 紅豆(홍두) : 相思子라고도 하여 옛사람들은 이것으로 애정을 상징하였다. 아프리카 원산으로 주로 남방에서 재배된다. 종자는 난형으로 윗부분이 밝은 홍색이기에 홍두라는 이름이 생겼다. 이 홍두에는 다음과 같은 전설이 서려 있다. 남편이 전쟁터에 끌려나간 후 아내는 매일 아침저녁으로 높은 산에 올라 변방의 남편을 그리워하며 눈물지었다. 눈물을 너무 많이 흘려 눈물이 마르자, 눈에서 피눈물이 흘러내렸다. 아내의 눈에서 핏방울이 땅에 떨어져 홍두로 변했고 홍두에서 싹이 돋아 무럭무럭 자라기 시작하였다. 시간이 흘러 가을이 되자, 나무에 가득 열린 홍두 열매는 남편을 향한 그리움처럼 빨갛게 변하였다고 한다. 이 전설로 인해 중국에는 전통 혼례 때 신부들이 홍두를 실에 꿰어 만든 팔찌나 목걸이를 하는 풍습이 여전히 남아 있다.

35 采擷(채힐) : 채집하다.

청대 호석규(胡錫珪: 1839~1883)가 그린 왕유의 〈상사〉 시의도　호석규는 자가 삼교(三橋)로 소주(蘇州) 출신이다. 『명가회당시화보삼백수(名家繪唐詩畵譜三百首)』(上海古籍出版社, 2001)

즉흥시 雜詩[36]

그대는 고향에서 왔으니	君自故鄕來
고향 소식 많이 알리라	應知故鄕事
그대 고향 떠나던 날 비단 창가 앞의	來日綺窗前[37]
겨울 매화는 꽃을 피웠던가?	寒梅著花未

■ 해설

이 시는 작자가 제주濟州에 있을 때 지은 것으로, 작자가 고향에서 온 사람에게 던진 질문은 단 한 가지이지만 그 속에는 무궁무진한 의미와 애정이 숨겨 있다.

중양절에 형제들을 생각하며 九月九日憶山東兄弟[38]

홀로 타향에서 나그네 되니	獨在異鄕爲異客
명절을 맞을 때마다 집안사람 생각 곱절 나네	每逢佳節倍思親
알겠노라, 형제들 산에 올라	遙知兄弟登高處
수유 꽃으며 한 사람 적음을	遍插茱萸少一人

■ 해설

가절을 맞아 더욱 고향으로 내달리는 그리움을 주체하지 못하는 작자의 몸부림이 애절하다.

---

36 雜詩(잡시) : 어떤 형식에 얽매이지 않고 감정이 가는 대로 지은 小詩의 형태로 無題詩라 할 수 있다.
37 來日(내일) : 떠나던 날
  綺窗(기창) : 꽃을 수놓은 창
38 山東(산동) : 당시 華山 동쪽을 山東이라 했다. 왕유의 고향은 祁縣(지금의 山西省)으로 산동 지방이다.

獨在異鄉爲異客 每逢佳節倍思親 遙知兄弟
登高處 遍插茱萸少一枝

王維九日憶山中兄弟作余 以范寬兄筆意寫之清湘齋

청대 화가 석도(石濤: 1642~1707?)가 그린 〈중양절에 형제들을 생각하며〉 시의도 『명가회당시화보삼백수(名家繪唐詩畵譜三百首)』(上海古籍出版社, 2001)

위성에서 그대를 보내며 渭城曲[39]

위성에 아침 비 내려 가벼운 먼지 적시고   渭城朝雨浥輕塵[40]

객사의 푸른 버드나무는 더욱더 푸르네   客舍青青柳色新

그대여 한 잔의 술 더 하게나   勸君更盡一杯酒

서쪽으로 양관을 나서면 친구도 없으리니   西出陽關無故人[41]

■ 해설

당대 7언절구 중 최고의 걸작으로 평가받는 이 시는 작자가 종군했다가 장안에
돌아와 지은 것으로, 친구를 송별하는 마음이 진지하고도 깊기만 하다.[42]

---

39 시의 제목을 〈送元二使安西〉라고도 했다.
40 渭城(위성) : 지금의 陝西省 西安市 서북쪽
　　浥(읍) : 적시다.
41 陽關(양관) : 甘肅省 敦煌縣 서쪽으로 고대에 玉門關과 더불어 서역으로 통하는 요로였다. 옥문관
　　남쪽에 위치하고 있어서 양관이라 했다.
42 劉辰翁, 『王孟詩評』: 更萬首絕句, 亦無復近, 古今第一矣.

양관 감숙성 돈황현 서쪽에 위치하고 있으며 옥문관 남쪽에 있다 하여 양관이라 했다. 감숙성 여행
국(甘肅省旅游局) 자료

26.

이백 ─ 李白

■ 이백(701~762)

자가 태백太白, 호는 청련거사靑蓮居士로 서역의 소수민족 거주 지역에서 태어났다. 어머니가 꿈에 장경성(長庚星 : 금성의 별칭으로 태백성이라고도 한다)을 보고 그를 낳았기에 그의 이름을 '백白'이라 지었다. 이백은 5살 때 아버지를 따라 사천성 강유江油로 옮겨와 살았고, 10살 때 이미 오경五經에 통달했을 정도로 재능이 남달랐다. 젊어서부터 종횡술縱橫術을 좋아하고, 칼을 휘두르며 의협심을 발휘했으며, 재물을 중시하지 않고 남에게 즐겨 베풀었다. 개원開元 24년(736년) 그는 아내와 딸을 데리고 임성(任城 : 지금의 산동성 제녕(濟寧))으로 이사와 23년을 거주하였는데, 이 때문에 제녕은 이백의 제2의 고향으로 간주되고 있다. 이 당시 이백은 공소보孔巢父, 한준韓准, 배정裵政, 장숙명張叔明, 도면陶沔 등과 산동성의 조래산徂來山의 죽계竹溪에서 노닐며 자신들을 '죽계의 호걸 6인竹溪六逸'이라 이름 짓고, 날마다 흐드러지게 술을 마시며 호탕하게 지냈다. 명성이 아직 높지 않은 때인 천보 초에 촉蜀에서 장안으로 와서 시를 하지장賀知章에게 바쳤는데, 하지장은〈촉으로 가는 길의 어려움蜀道難〉을 읽고는 감탄하여 말하기를, "그대는 정녕 인간 세상에 귀양 온 신선이오.子謫仙人也"[1] 이에 금구金龜를 풀어 술로 바꾸어 종일토록 즐기다가 현종에게 이백을 추천했다. 이에 황제는 금란전金鑾殿에서 이백을 만나 문학을 논하였다.

---

1 〈蜀道難〉시의 想像, 結句, 句法에 있어서의 奇異함은 고래로 많은 평자들에게 높은 평가를 받아 왔는데, 殷璠은『河岳英靈集』에서 "可謂奇之又奇, 然自騷人以還, 鮮有此體調也."라 평한 바 있다.

이백이 문장 한 편을 황제에게 바치자, 황제는 매우 기뻐하며 그에게 음식을 내리고, 아울러 손수 국의 맛을 보아주었으며, 이백을 한림공봉翰林供奉에 임명했다. 이백은 황제 앞에서 만취한 채로 조서를 짓고, 고력사高力士에게 신발을 벗기도록 했다. 고력사는 그것을 수치로 생각하고, 이백의〈아름다운 귀비여淸平調〉시 가운데 조비연趙飛燕의 전고를 인용한 부분을 골라, 모함하여 양귀비를 격노하게 했다. 이 때문에 황제가 이백에게 관직을 주려고 할 때마다, 양귀비는 번번이 이를 막았다. 이백은 더욱 오만하고 방자해져서, 하지장賀知章, 이적지李適之[2], 여양왕진汝陽王璡[3], 최종지崔宗之[4], 소진蘇晉[5], 장욱張旭[6], 초수焦遂[7] 등과 '음주팔선인飮酒八仙人'으로 칭해졌다. 후에 이백이 고향으로 돌아갈 것을 간청하자, 황제는 그에게 황금을 하사하고 고향으로 돌아가도록 했다. 이백은 사방을 떠돌다가 화산華山에 오르고자 했다. 술에 취하여 당나귀에 걸터앉아 현의 아문을 지나려고 하자, 현령이 이백을 알아보지 못하고 매우 화를 내며 이백을 관청 마당으로 끌고 오도록 해서 묻기를, "너는 무엇하는 자인가? 어찌 이리도 무례하단 말인가?"라고 하였다. 이백은 진술서에는 자신의 이름을 쓰지 않고 다만 "일찍이 황제에게 구토한 것을 수건으로 닦게 했고, 황제가 친히 국의 맛을 보고, 양귀비는 먹을 들고, 고력사는 신을 벗겨 주었네. 천자도 궁전 문 앞에서 말을 달리는 것을 허용했는데, 화음현에서는 당나귀도 탈 수 없단 말인가?"라고만 썼다. 현령은 놀랍기도 하고 부끄럽기도 하여 사죄하며 말하기를, "한림학사翰林學士께서 이곳까지 오신 것을 몰랐습니다."라고 하자, 이백은 크게 웃으며 갔다. 일찍이 배를 타고 최종지와 채석采石에서 금릉金陵으로 가는데, 이백은 궁중에서 특별히 만든 비단옷을 입고는 방약무인하였다. 안녹산이 반란을 일으켰을 때, 명황明皇은 촉 지방으로 피난을 갔고 영왕永王 이린李璘[8]은 동남 지역을 관할하고 있었다. 이때, 이백은 여산廬山에서 은거하고 있다가, 이린에 의해 막료로 임명되었다. 그 후 이린은 반란을 일으켰고 이백은 팽택彭澤으로 도망쳤다. 이린이 실패한 후, 이백은 체포되어 심양潯陽의 감옥에 갇히게 되었다. 일찍이 이백은 병주并州를 유람하다가 곽자의郭子儀를 만

2 李適之(이적지) : 開元 연간 중에 河南尹, 御史大夫 등을 역임했다.
3 汝陽王璡(여양왕진) : 李璡, 睿宗 李旦의 손자로 汝陽郡王에 봉해졌다.
4 崔宗之(최종지) : 開元 초 吏部尙書였던 崔日用의 아들로 侍御史를 역임했다.
5 蘇晉(소진) : 開元 연간 중에 戶部侍郎과 吏部侍郎을 역임했다.
6 張旭(장욱) : 字는 伯高로 金吾長史를 역임했으며 草書에 뛰어나 '草聖'이라 불렸다.
7 焦遂(초수) : 평민.
8 永王 李璘(영왕 이린) : 玄宗의 16번째 아들. 安史의 난 중에 玄宗으로부터 山南東, 嶺南, 黔中, 江南西 등 네 道의 節度都使로 임명되어 병사를 이끌고 江陵에서 金陵으로 내려가다가, 肅宗에 의해 조정에 반대하고 할거를 도모한다는 죄명으로 진압되었다.

나 그를 비범하다고 여겨 그를 죽을 죄에서 구해준 적이 있는데, 이때 곽자의는 조정에 자신의 관작을 반납하고 이백의 죄를 감하게 하여 야랑夜郞으로 유배 가도록 했다. 이백은 만년에 황제黃帝와 노자의 도가 학설을 좋아하였고, 우저기牛渚礠를 배를 타고 건널 때 술에 취한 채 달을 잡다가 물에 빠졌다.

그의 시는 내용으로는 성당시대의 기백과 이상에 대한 열렬한 추구, 당 현종 후기의 부패한 정치 상황 등 다양한 내용을 반영하고 있다. 형식에서도 악부가행체와 7언고시, 5·7언절구, 율시 등 모든 체제의 형식 속에 풍부한 상상과 대담한 과장, 청신한 언어를 사용하여 낭만주의 예술의 최고봉으로 평가받고 있다.

명대 사시신(謝時臣: 1487~1567)이 그린 〈촉도도(蜀道圖)〉
촉도의 웅장하고 험난함을 세밀한 필치로 묘사하였다.
336.5×101.5cm, 미국 개인 소장

곽자의(697~781) 당의 장군으로 안사의 난을 진압하는 데 공을 세웠으며, 토번(吐藩), 회흘(回紇) 등 주변 이민족과의 관계를 개선하여 전쟁을 예방하는 데 힘을 쏟았다. 일찍이 이백은 병주(幷州)를 유람하다가 곽자의를 만나 그를 비범하다고 여겨 그를 죽을 죄에서 구해준 적이 있는데, 이백이 영왕의 반란에 가담하여 대역죄를 지었을 때 그는 조정에 자신의 관작을 반납하고 이백의 죄를 감하게 하여 야랑으로 유배 가도록 했다. 『중국역대명인화상보(中國歷代名人畫像譜)』(海峽文藝出版社, 2003)

명대 구영(仇英)이 그린 〈죽계육일도〉　이백은 공소보, 한준, 배정, 장숙명, 도면 등과 산동성 조래산의 죽계에서 노닐며 자신들을 '죽계의 호걸 6인(竹溪六逸)'이라 이름 짓고, 날마다 흐드러지게 술을 마시며 호탕하게 지냈다.『명대인물화풍(明代人物畵風)』(重慶出版社, 1997)

황학루에서 광릉으로 가는 맹호연을 전송하며

黃鶴樓送孟浩然之廣陵[9]

그대 서쪽의 황학루를 떠나	故人西辭黃鶴樓[10]
꽃 흐드러지게 핀 춘삼월에 양주로 내려가네	煙花三月下揚州[11]
외로운 돛단배 먼 그림자는 푸른 하늘로 사라지고	孤帆遠影碧空盡
장강이 하늘가로 흐르는 것만이 보일 뿐	惟見長江天際流

■ 해설

송별시의 전범으로 평가받고 있는 이 시는 황학루黃鶴樓에서 친구를 송별하고 점점 멀어지는 범선과 그 그림자가 하늘 끝으로 사라지는 것을 묘사하고 있다. 작자는 정과 경을 절묘하게 융합시켜 평소 친구에 대한 깊은 우정과 애모의 정을 드러내고 있는데, 세밀한 관찰력이 아니면 도저히 이르지 못할 경지라 하겠다.

홀로 경정산에 앉아 獨坐敬亭山[12]

뭇 새가 높이 날아 사라지고	衆鳥高飛盡
외로운 구름은 유유히 떠가네	孤雲去獨閑
서로 쳐다보아도 싫어지지 않는 것은	相看兩不厭
오로지 경정산뿐이로다	唯有敬亭山

■ 해설

이 시는 작자가 평소 흠모했던 남조南朝의 시인인 사조謝朓가 선주태수宣州太守로 재임할 때 늘 올랐던 경정산敬亭山을 찾아 홀로 유유자적하는 심정을 읊은 시이다. 작자는 경정산을 인격화하여 경정산에서 홀로 앉아 있는 정취를 더욱 돋보이게 한다.

9 廣陵(광릉) : 지금의 江蘇省 揚州市
10 故人(고인) : 친구. 여기에서는 맹호연을 가리킨다.
11 煙花(연화) : 꽃이 흐드러지게 핀 경치
12 敬亭山(경정산) : 지금의 安徽省 宣城市에 있는 산으로 昭亭山, 査山이라고도 한다.

달 아래 홀로 술잔을 들며 月下獨酌

꽃나무 사이에서 한 동이 술을	花間一壺酒
친한 이 없이 홀로 마시네	獨酌無相親
잔을 들어 밝은 달을 맞이하니	擧杯邀明月 [13]
그림자까지 세 사람이 되었네	對影成三人
저 달은 본래 술을 마실 줄 모르고	月旣不解飮
그림자만 내가 하는 대로 따라 하네	影徒隨我身 [14]
잠시 달과 그림자를 벗하여	暫伴月將影 [15]
봄철 즐거움을 만끽해야 하리	行樂須及春
내가 노래하면 달은 배회하고	我歌月徘徊
내가 춤추면 그림자도 나를 따라 춤추네	我舞影零亂 [16]
깨었을 땐 기쁨 나누다가	醒時同交歡
취하면 각기 흩어지네	醉後各分散
세상 초월한 교우를 영원토록 맺어	永結無情游 [17]
아득한 은하에서 다시 만날 것을 기약하네	相期邈雲漢 [18]

■ **해설**

이 시는 전 4수로 된 시 중 첫째 수로 천보 3년(744) 작자가 한림공봉翰林供奉으로 있을 때 지은 시이다. 작자가 처음 조정의 부름을 받았을 때는 의기가 충만하고 자신의 웅지를 펼칠 수 있으리라는 기대감이 컸으나 3년이 지난 당시 처음 기대와는 달리 황제로부터의 소원함, 권신들의 배척 등으로 야기된 울분과 처량함이 그를 매우 지치게 했다. 이 시는 당시의 상황을 사실적으로 반영하고 있다.

13 邀(요) : 부르다, 초대하다.
14 徒(도) : 다만
15 將(장) : …와 함께
16 零亂(영란) : 어지러이 움직이다.
17 無情(무정) : 속세의 정을 잊다.
18 邈(막) : 아득하다.
　　雲漢(운한) : 은하수

〈달 아래 홀로 술잔을 들며〉 시의도
남송의 화가 마원(馬遠 : 1140?~1225?)
이 그렸다. 시인의 현실에 대한 울
분과 처량함이 있는 그대로 전해져
온다. 205.6×104.1cm, 타이베이 고
궁박물원 소장

〈촛불을 밝혀 밤에 노닐다(秉燭夜遊圖)〉 송대 마린(馬麟: 생졸년 미상)이 그린 작품으로 봄철 즐거움을 만끽하고자 밤에도 촛불을 밝혀 풍류를 즐긴 옛사람들의 인생무상에 대한 관념을 엿볼 수 있다. 24.8×25.2cm, 타이베이 고궁박물원 소장

추포에서 秋浦歌[19]

백발 삼천 길	白髮三千丈
시름으로 이렇게 자랐도다	緣愁似箇長[20]
알 수 없도다, 밝은 거울 속의 사람은	不知明鏡裏
어디에서 가을 서리를 맞았는지	何處得秋霜

■ 해설

이 시는 작자가 54세 때 추포秋浦를 노닐며 지은 시로, 고도의 과장 수법을 사용하여 한창때가 이미 지나 웅지를 펼칠 수 없는 자신에 대한 실의를 표현하고 있다.

천문산을 바라보며 望天門山[21]

천문산 끊고 그 사이로 장강 흘러가고	天門中斷楚江開[22]
푸른 물 동쪽으로 흐르다 여기에 이르러 여울지네	碧水東流至此廻
양쪽 기슭엔 푸른 산이 마주 솟아 있고	兩岸青山相對出
외로운 돛단배 해를 등지고 다가오네	孤帆一片日邊來[23]

■ 해설

이 시는 천문산天門山에 대한 묘사가 자연스럽고도 웅혼하여 기세가 드높음을 느낄 수 있는데, 전반부는 장강의 웅장한 기세를 묘사하고, 후반부는 청산과 돛단배에 정감을 부여하여 독자를 묘한 경지로 인도한다.

19 秋浦(추포) : 지금의 安徽省 池州市 貴池
　　秋浦歌는 全 17수인데, 이 시는 第 15 首이다.
20 緣(연) : … 때문에
　　箇(개) : 이렇게
21 天門山(천문산) : 지금의 安徽省 當塗縣에 있는 산으로 동쪽은 博望山이고 서쪽은 梁山인데 長江을 사이에 두고 마주 보고 있어 마치 중간에 문이 있는 것처럼 보여 이렇게 불렀다.
22 楚江(초강) : 長江. 이곳이 戰國시대 楚나라 땅이었기에 이렇게 불렀다.
23 日邊(일변) : 태양이 뜨는 곳

이백 一 李白

147

〈천문산을 바라보며〉 시의도   청대 화가 석도(石濤 : 1641~1707?)가 그렸다. 『명가회당시화보삼백수(名家繪唐詩畫譜三百首)』(上海古籍出版社, 2001)

아미산에 달은 뜨고 峨眉山月歌

아미산 가을에 반달 뜨고	峨眉山月半輪秋[24]
그림자는 평강강 물 속에 들어가 흐르네	影入平羌江水流[25]
밤에 청계를 떠나 삼협으로 향하니	夜發淸溪向三峽[26]
그대를 생각하며 보지 못하고 유주로 내려가노라	思君不見下渝州[27]

■ 해설

이 시는 개원 14년(726) 청계淸溪에서 유주渝州로 가는 도중 친구를 그리워하며 지은 시이다. 강 위로 떠오른 달 그림자를 보고 아미산의 반달을 생각하고 아울러 아미산의 친구를 떠올린 것이다. 짧은 절구 시에 다섯 곳의 지명을 연용하고 있으나, 전혀 군더더기로 느껴지지 않고 도리어 현장감을 더욱 느끼게 한다.

---

24 峨眉山(아미산) : 지금의 四川省 峨眉山市 서남쪽의 四川盆地 내에 위치하고 있다. 산세가 눈썹처럼 가늘고도 길고 아름다워 이와 같은 이름을 얻게 되었다. 峨眉山은 大峨, 二峨, 三峨로 나뉘며 주봉은 萬佛頂으로 해발 3,099m이다. 이 지역은 습도가 높고 안개가 많으며 산기슭은 아열대 기후에, 중턱은 온대에, 정상은 아한대에 속하는 등 산기슭과 정상의 기온 차가 15℃에 달한다. 이 때문에 산의 고도에 따라 성장하는 식물의 구분이 확연하고 다양하여 '植物王國'이라 칭해지기도 한다. 또 이곳의 밀림에는 판다와 같은 진기한 동물들이 여러 종류 서식하고 있다. 이곳에선 처음 道敎가 유행하다가 唐·宋 이후에 佛敎가 날로 성행하고 明·淸代에 이르러 극성하게 되었다. 報國寺 萬年寺 등이 대표적인 사찰이다. 정상인 萬佛頂에 서면 3대 장관이라고 하는 雲海운, 日出, 佛光을 볼 수 있다. 불광은 일종의 광학현상으로 아침과 저녁에 햇빛을 등지고 바위 위에 서면 기상 조건에 따라서 태양과 반대편 구름 사이에 자신의 그림자가 비치고 주위에는 커다란 햇무리가 생긴다.
  반륜(半輪) : 반달이 수레바퀴의 반을 닮았다고 해서 이렇게 묘사했다.
25 平羌江(평강강) : 지금의 靑衣江을 일컫는 것으로 아미산의 동북으로 흐른다. 樂山에서 岷江에 흘러 들어간다.
26 淸溪(청계) : 淸溪驛. 지금의 四川省 犍爲縣
  三峽(삼협) : 長江 상류 지역인 重慶市 奉節縣에서 湖北省 宜昌縣까지 약 120km에 이르는 瞿塘峽, 巫峽, 西陵峽 등의 협곡 지대
27 渝州(유주) : 지금의 重慶市

〈아미산월가〉 시의도, 『명청화보힐수(明淸畵譜擷萃)』(中國文聯出版公司, 1997)

봄날의 그리움 春思

연나라 풀은 파아란 실같이 연하고	燕草如碧絲[28]
진나라 뽕나무는 푸른 가지 낮게 드리웠네	秦桑低綠枝[29]
그대가 돌아 올 날을 생각할 때	當君懷歸日
이 첩도 창자 끊어지는 듯 하네	是妾斷腸時
봄바람은 나의 마음 알지도 못하고	春風不相識
속절없이 비단 장막 속으로 들어오는가	何事入羅幃

■ 해설

이 시는 두 지점의 봄빛과 함께 두 지점의 그리움을 묘사하여, 아낙네의 심리를 더욱 효과적으로 전달하는 방식을 채택하고 있다. 특히 첫 두 귀는 비유가 신기한데, 연나라 풀의 새싹 돋는 것은 남편에게 고향으로 돌아갈 마음이 생기는 것을, 진나라 뽕나무가 가지를 낮게 드리운 것은 아낙네의 남편 그리는 마음이 깊음을 각 각 의미하는 것이다.

자야의 봄 노래 子夜四時歌 春歌[30]

진땅의 나부라는 처녀	秦地羅敷女[31]
녹수가에서 뽕잎을 따네	采桑綠水邊
섬섬옥수 푸른 가지 위를 오가고	素手青條上
아리땁게 화장하니 햇빛 아래 곱기도 해라	紅妝白日鮮
누에 배고파하니 소첩 가야 해요	蠶飢妾欲去
태수께선 주저하지 말고 어서 가세요	五馬莫留連

28 燕(연) : 지금의 河北省 일대. 남편이 종군한 지방.
29 秦(진) : 지금의 陝西省 일대. 秦中이라고도 했다.
30 子夜四時歌(자야사시가) : 〈子夜吳歌〉라고도 하며 전체 4수이다.
31 羅敷(나부) : 漢代 樂府인 〈陌上桑〉에 나오는 인물. 나부는 秦氏의 딸로, 王仁이라는 사람의 처가 되었다. 어느 날 길가에서 뽕을 따는데, 나부가 대단한 미인임을 알아본 太守가 수레를 멈추고 수작을 걸지만 이를 거절한다.

자야의 가을 노래 子夜四時歌 秋歌

장안엔 밝은 조각달 떴는데	長安一片月
집집이 겨울옷 준비하는 다듬이 소리	萬戶擣衣聲³²
가을바람 쉬지 않고 부니	秋風吹不盡
옥관의 남편 생각 떠나질 않네	總是玉關情³³
어느 날에나 오랑캐 평정하고	何日平胡虜
그리운 임은 원정 끝내고 돌아오실까	良人罷遠征³⁴

■ 해설

이 시는 육조六朝 악부의 옛 제목으로 자야子夜라 불리는 여자가 이 곡을 만들었는데, 오나라의 곡조였기에 자야오가라고도 한다.

세상살이 어려워 行路難 三首

1

금 술잔에는 만금하는 청주	金樽清酒斗十千
옥 쟁반에는 만금하는 성찬	玉盤珍羞値萬錢³⁵
술잔 놓고 젓가락 던진 채 먹지 못하고	停杯投箸不能食³⁶
칼 뽑고 사방 돌아보니 마음만 아득해지네	拔劍四顧心茫然³⁷
황하를 건너고자 하나 얼음이 강을 막고	欲渡黃河冰塞川

---

32 擣衣(도의) : 다듬질하다.
33 玉關(옥관) : 玉門關. 고대 중국의 서쪽 요지였던 甘肅省 敦煌縣 부근에 있던 관문으로 漢 武帝 때 李廣利의 페르가나 원정(BC 104~BC 103) 이후 돈황의 오아시스가 군사기지로 발전함에 따라 陽關과 함께 西域으로 통하는 중요한 관문이 되었다.
34 良人(양인) : 남편
35 珍羞(진수) : 羞는 饈와 같은 뜻으로 진기한 안주
　　値(치) : 가치가 있다.
36 箸(저) : 젓가락
37 茫然(망연) : 아득해하는 모양

태항산 오르려 하나 눈이 산을 뒤덮고 있네	將登太行雪暗天 [38]
한가하게 푸른 시내에 낚싯대 드리웠고	閑來垂釣碧溪上 [39]
홀연 꿈속에서 배를 타고 장안으로 갔네	忽復乘舟夢日邊 [40]
세상살이 어렵고 어려워라	行路難行路難
갈림길 많으니 지금 길은 어디인가?	多歧路今安在
거센 바람이 파도 일렁일 그날이 오면	長風破浪會有時 [41]
구름 높이 돛 달고 푸른 바다 건너리라	直掛雲帆濟滄海 [42]

■ 해설

작자의 일생에 득의할 때와 실의할 때가 공존했던 것은 일반인과 마찬가지였다. 그러나 그는 실의와 고통 속에서도 꿋꿋하게 일어서 자기 인생의 이상을 집요하게 추구했다. 이 시는 이러한 특징을 전형적으로 반영하면서, 단호한 어조로 이상을 추구하는 굳은 신념을 드러내고 있다.

술을 권하며 將進酒

그대는 보지 못했는가?	君不見
황하의 물이 하늘에서 내려와	黃河之水天上來
세차게 바다로 흘러 다시 돌아가지 못함을	奔流到海不復回
그대는 보지 못했는가?	君不見
높은 집 명경 속 백발 서러워함을	高堂明鏡悲白髮
아침에 검은 실 같더니 저녁에는 흰 눈 같네	朝如青絲暮成雪
인생이란 뜻대로 될 때 마음껏 즐겨야지	人生得意須盡歡

38 太行(태항) : 태항산. 지금의 河南省, 山西省, 河北省 등 세 省에 걸쳐 뻗어 있다.
39 垂釣碧溪上(수조벽계상) : 呂尚이 周 文王의 부름을 받기 전 碧溪에서 낚싯대를 드리웠던 일
40 乘舟夢日邊(승주몽일변) : 伊尹이 꿈속에서 배를 타고 해와 달 가까이 간 후 殷 湯王의 부름을 받은 일
41 長風破浪(장풍파랑) : 南北朝 시대 宋의 宗慤이 어렸을 때 그의 숙부인 炳이 그에게 포부를 묻자, 종각이 "거센 바람을 타고 만리나 되는 파도를 일렁이게 할 것이다." 라는 말에서 나온 것으로 포부가 원대함을 이르는 말이다.
42 濟(제) : 건너다.

황금 잔을 빈 채로 달 아래 그냥 두지 말게나	莫使金樽空對月
하늘이 내게 주신 재능은 반드시 쓸모가 있는 법이요	天生我材必有用
천금은 다 써 버려도 다시 돌아오리	千金散盡還復來
양 삶고 소 잡아 한바탕 즐겨야 하리니	烹羊宰牛且爲樂
한 번 마시면 모름지기 삼백 잔은 해야 하리라	會須一飮三百杯[43]
잠부자여, 단구생이여	岑夫子丹丘生[44]
술 권하니 술잔 내려놓지 말게나	將進酒君莫停
그대에게 한 곡조 부르리니	與君歌一曲
나에게 귀 기울여 주시게나	請君爲我傾耳聽
음악과 맛난 음식 귀할 것 없지만	鍾鼓饌玉不足貴
다만 오래도록 취하여 깨어나지 말기를 바라노라	但願長醉不願醒
예로부터 성현들 세상 뜬 후 모두 잠잠하고	古來聖賢皆寂寞
오직 술 마시는 사람만 이름을 남겼도다	惟有飮者留其名
옛날 진왕 조식이 평락관에서 주연을 열었을 때	陳王昔時宴平樂[45]
한 말 술에 만금을 쓰고 맘껏 즐겼네	斗酒十千恣讙謔[46]
주인장은 어찌 돈이 적다 하시오	主人何爲言少錢
술 사와 나와 대작해야 하리라	徑須沽取對君酌[47]
오색 말과 값진 털옷을	五花馬千金裘[48]
아이 불러 맛난 술과 바꿔오시게	呼兒將出換美酒
그대와 술로 만고의 시름 없애려 하니	與爾同銷萬古愁

43 會須(회수) : 마땅히
44 岑夫子(잠부자) : 李白의 친구인 岑勛
　丹丘生(단구생) : 李白의 친구인 元丹丘
45 陳王(진왕) : 曹植
　平樂(평락) : 漢代 明帝 때 건축한 관으로 洛陽의 서문 바깥에 있다.
46 恣讙謔(자환학) : 맘껏 즐기다.
47 徑須(경수) : 다만
　沽取(고취) : 사 오다.
48 五花馬(오화마) : 오색 꽃무늬가 있는 준마
　千金裘(천금구) : 천금의 가치가 있는 갖옷

■ 해설

이 시는 천보 11년(752) 숭산嵩山에 있는 친구 원단구의 처소에서 지은 것으로 추정된다. 작자는 여기에서 숨김없이 자신의 회재불우한 고민과 호방하여 어디에도 얽매이지 않는 정회를 묘사하고 있는데, 전체적으로 기세가 드높고 감정이 격앙되어 있으며, 풍격이 대단히 호방하다.

오랜 이별 久別離

헤어진 지 몇 해인데 떠난 임 오지 않고	別來几春未還家
창가의 앵두꽃은 벌써 다섯 번이나 피었네	玉窗五見櫻桃花
하물며 비단에 수놓은 편지	況有錦字書[49]
뜯으니 탄식이 절로 나네	開緘使人嗟
이곳에선 간장이 끊어지고 저곳에선 가슴이 찢어지네	至此腸斷彼心絶
구름 같은 쪽과 검은 귀밑머리는 빗는 것 잊은 지 오래	雲鬟綠鬢罷梳結[50]
근심은 회오리에 날리는 흰 눈발 같도다	愁如回飇亂白雪
작년 부친 편지에 임은 양대에서 답장을 하였건만	去年寄書報陽臺[51]
올해도 편지 띄워 빨리 오라 거듭 재촉하노라	今年寄書重相催
동풍아 동풍아	東風兮東風
나를 위해 구름을 서쪽으로 불어오게나	爲我吹行雲使西來
기다려도 끝내 임은 오지 않고	待來竟不來
떨어지는 꽃잎만 쓸쓸히 푸른 이끼 위에서 시드네	落花寂寂委青苔

■ 해설

아내가 남편을 그리워하는 시로, 남편을 다시 만날 희망조차 없는 상황을 단계별로 서술하고 있다.

49 錦字書(금자서) : 비단에 수놓은 편지
50 雲鬟(운환) : 미인의 구름 같은 머리털
　　梳結(소결) : 빗질하다.
51 陽臺(양대) : 四川省 巫山縣에 있는 산. 湖北省 漢川縣에도 陽臺山이 있다. 여기에서는 그리운 님이 있는 곳을 지칭한다.

영원한 사랑 白頭吟

금강 물 동북으로 각기 흘러	錦水東北流
한 쌍의 원앙 갈라놓았네	波蕩雙鴛鴦
수컷은 한 궁의 나무 위에	雄巢漢宮樹
암컷은 진 땅 풀밭 위에 서로 떨어져 있네	雌弄秦草芳
차라리 함께 만 번 죽어 날개 찢길지라도	寧同萬死碎綺翼
차마 구름을 사이에 두고 헤어지지는 못하리	不忍云間兩分張
이때 아교는 시샘하여	此時阿嬌正嬌妒[52]
홀로 장문궁에 앉아 수심으로 날이 저무네	獨坐長門愁日暮
황제의 사랑이 첩에 깊어지기만을 바라니	但願君恩顧妾深
어찌 황금으로 문학 작품 사는 것을 아까워하리	豈惜黃金買詞賦
상여는 부를 지어 황금을 얻으니	相如作賦得黃金
사내들은 새것 좋아해 다른 마음 품었네	丈夫好新多異心
하루아침에 무릉녀를 맞아들이려 하자	一朝將聘茂陵女
문군은 백두음을 지어 보냈노라	文君因贈白頭吟
동쪽으로 흐르는 물은 서쪽으로 돌리지 못해도	東流不作西歸水
지는 꽃은 자기 있던 수풀에 미안해하네	落花辭條羞故林
토사자는 진실로 무정하여	免絲固無情
바람 따라 이리저리 쏠리네	隨風任傾倒
누가 새삼 덩굴의 가지로	誰使女蘿枝
억지로라도 휘감을 수 있으리오	而來強縈抱
풀조차도 한마음이거늘	兩草猶一心
사람 마음은 풀만도 못하네	人心不如草
용수 자리 걷지 마라	莫卷龍鬚席
남 쫓더니 거미줄이 슬었도다	從他生網絲

52 阿嬌(아교) : 漢武帝 때 陳皇后의 어릴 때 이름. 진황후는 한무제의 사랑이 식자 상여에게 황금 백 근을 주고 〈長門賦〉를 지어 한무제에게 바치게 하여 예전 사랑을 회복하였다.

호박침도 놓아두어라   且留琥珀枕

행여 꿈결에라도 오실는지   或有夢來時

엎어진 물 다시 담는다고 어찌 가득하랴   覆水再收豈滿杯

나를 버리고 가버린 임은 다시 오기 어렵도다   棄妾已去難重回

예로부터 득의해도 저버리지 않는 것은   古來得意不相負

오직 청릉대뿐인가 하노라   只今惟見靑陵臺

■ 해설

옛것을 싫어하고 새로운 것만 추구하는 일반인들의 애정관을 풍자하고 있다.

송나라 강왕의 사인 중에 한빙이라는 자가 있었다. 하씨를 아내로 맞았는데 예뻤다. 강왕이 그
녀를 빼앗자 빙은 원한을 품었다. 강왕은 그를 옥에 가두고는 성을 쌓는 벌을 내렸다. 아내는
몰래 빙에게 편지를 보냈는데, 그 내용을 아무도 알아보지 못하게 썼다. "큰비가 주룩주룩 내리
고 강물은 깊어지고 해가 떠올라 가슴을 비춥니다." 오래지 않아, 왕은 그 편지를 손에 넣고 좌
우의 신하들에게 보여 주었으나 그들은 아무도 그 뜻을 이해하지 못했다. 소하라는 신하가 풀
이하기를, "큰비가 주룩주룩 내린다고 하는 것은 수심과 그리움을 말하는 것이고, 강물이 깊어
진다 함은 서로 왕래할 수 없음을, 해가 떠올라 가슴을 비춘다 함은 마음에 죽을 각오가 되어
있다는 것을 말하는 것입니다." 얼마 후 빙은 스스로 목숨을 끊었다. 그의 아내는 몰래 자신의
옷을 썩혔고, 왕은 그녀와 함께 누대에 올랐다. 아내는 마침내 누대에서 몸을 던졌다. 좌우의
사람들이 그녀의 옷자락을 잡았으나, 옷자락이 썩어 손에 잡히지 않아 죽고 말았다. 그녀는 허
리띠에 유서를 남겼는데, "왕께서는 사는 것을 이롭게 여기지만 소첩은 죽는 것을 이롭게 생각
합니다. 바라옵기는 저의 주검을 빙과 합장해 주시옵소서." 왕은 노하여 청을 들어주지 않고 마
을 사람들을 시켜 그들을 매장했는데, 그들의 무덤은 서로 멀리 바라보는 곳에 떨어져 있었다.
왕이 말하기를, "너희 부부의 사랑이 지극하여 만약 무덤이 저절로 합쳐진다면 나는 말리지 않
겠다."라고 하였다. 얼마 지나지 않아 무덤 끝에는 가래나무가 돋았고, 열흘이 지나자 한 아름이
나 되었다. 나무는 몸을 굽히며 서로 다가서서, 아래에서는 뿌리끼리 휘감기고 위에서는 가지끼
리 엉켰으며, 또 원앙 암수 한 쌍이 항상 나무 위에 깃들어 밤낮으로 그곳을 떠나지 않고 목을
비비며 슬피 우는데, 그 소리가 사람의 마음을 사무치게 했다. 송나라 사람들은 이를 애달피 여
겨 그 나무를 상사수라 이름 붙였는데, 상사라는 이름은 여기에서 비롯된 것이다. 남쪽 사람들
은 이 새가 한빙 부부의 넋이라 했다. 지금 수양 땅에는 한빙성이 있고, 그들을 기리는 노래가
지금까지 남아 있다.[53]

53 『搜神記』: 宋康王舍人韓憑. 娶妻何氏. 美. 康王奪之, 憑怨. 王囚之, 論爲城旦. 妻密遺憑書, 繆其辭曰, 其
雨淫淫, 河大水深, 日出當心. 旣而王得其書, 以示左右, 左右莫解其意. 臣蘇賀對曰, 其雨淫淫, 言愁且思
也, 河大水深, 不得往來也, 日出當心, 心有死志也. 俄而憑乃自殺. 其妻乃陰腐其衣, 王與之登臺. 妻遂自
投臺. 左右攬之, 衣不中手而死. 遺書于帶曰, 王利其生, 妾利其死, 願以尸骨賜憑合葬. 王怒, 弗聽, 使里
人埋之, 冢相望也. 王曰, 爾夫婦相愛不已, 若能使冢合, 則吾弗阻也. 宿昔之間, 便有大梓木生于二冢之
端, 旬日而大盈抱. 屈體相就, 根交于下, 枝錯于上, 又有鴛鴦雌雄各一, 恒棲樹上, 晨夕不去, 交頸悲鳴,
音聲感人. 宋人哀之, 遂號其木曰相思樹. 相思之名, 起于此也. 南人謂此禽卽韓憑夫婦之精魂. 今睢陽有
韓憑城, 其歌謠至今猶存.

명대 화가가 그린 탁문군. 『중국역대명인화상보(中國歷代名人畫像譜)』(海峽文藝出版社, 2003)

탁왕손에게는 과부가 된 지 얼마 되지 않은 문군이라는 딸이 있었는데, 음악을 좋아했기에 상여는 현령을 존경하는 것으로 가장하여 비파로 그녀를 유혹하고자 했다. 상여가 임공에 갔을 때 수레를 달려 왔는데, 온화하고 고아한 용모는 매우 뛰어났다. 탁씨의 술자리에서 비파를 뜯는데, 문군은 몰래 문틈으로 그를 엿보고는 마음이 뛰어 그를 좋아하게 되었고, 그에게 걸맞지 않을까 두려워했다. 주연이 파하자, 상여는 곧 사람을 시켜 문군의 시종에게 예물을 후하게 내리고 사모의 정을 전달하게 했다. 문군은 그날 밤으로 상여에게로 도망가서 함께 말을 달려 성도로 돌아왔다. 상여의 집은 텅 빈 채로 네 개의 벽만이 서 있을 뿐이었다. 탁왕손은 대노하여 말하기를, "딸이 지극히 못났지만 내 차마 죽일 수는 없고, 일 전의 돈도 나눠 줄 수 없다." 사람들이 탁왕손에게 말을 하기도 했지만, 탁왕손은 끝내 말을 듣지 않았다. 문군은 오래도록 기분이 언짢아 말하기를, "장경은 다만 저와 함께 임공으로 가기만 하세요. 형제들한테 돈을 빌려도 살 수 있을 텐데, 어찌 이렇게 고생만 할 수 있겠어요?" 상여는 함께 임공으로 가서 수레 등 모든 것을 팔아 술집을 사 술을 팔면서 문군에게 술집을 맡겼다. 상여는 직접 쇠코잠방이를 입고 하인들과 섞여 일을 하고 저잣거리에서 그릇을 닦았다. 탁왕손은 그 소식을 듣고 부끄러워서 두문불출했다. 형제와 집안 어른들은 번갈아 가며 왕손에게 말하기를, "당신은 아들 하나와 딸 둘을 두었는데, 집에 부족한 것은 결코 재물이 아닙니다. 지금 문군은 이미 사마상여에게 몸을 맡기고 있고, 사마상여 역시 외지에서 벼슬살이하는 것을 싫어하고 있소. 사마상여가 가난하기는 해도, 그 사람의 재주는 족히 의지할 만합니다. 하물며 현령의 빈객인데, 어찌 이처럼 욕을 당하게 한단 말이오?" 탁왕손은 하는 수 없이 백 명의 종과 백만 냥의 돈, 그리고 그녀가 시집갈 때 장만했던 의복과 재물을 내어 주었다. 탁문군은 곧 상여와 함께 성도로 돌아와 전답과 집을 사들여 부자가 되었다.[54]

54 『史記·司馬相如列傳』: 卓王孫有女文君新寡, 好音, 故相如繆與令相重, 而以琴心挑之. 相如之臨邛, 從車騎, 雍容閑雅甚都, 及飮卓氏, 弄琴, 文君竊從戶窺之, 心悅而好之, 恐不得當也. 旣罷, 相如乃使人重賜文君侍者通殷勤. 文君夜亡奔相如, 相如乃與馳歸成都. 家居徒四壁立. 卓王孫大怒曰, 女之不材, 我不忍殺, 不分一錢也. 人或謂王孫, 王孫終不聽. 文君久之不樂曰, 長卿第俱如臨邛, 從昆弟假貸猶足爲生, 何至自苦如此. 相如與俱之臨邛, 盡賣其車騎, 買一酒舍酤酒, 而令文君當鑪. 相如身自著犢鼻褌, 與保庸雜作, 滌器於市中. 卓王孫聞而恥之, 爲杜門不出. 昆弟諸公更謂王孫曰, 有一男兩女, 所不足者非財也. 今文君已失身於司馬長卿, 長卿故倦游, 雖貧, 其人材足依也, 且又令客, 獨奈何相辱如此. 卓王孫不得已, 分予文君僮人, 錢百萬, 及其嫁時衣被財物. 文君乃與相如歸成都, 買田宅, 爲富人.

명대 화가 두근(杜菫：생졸년 미상)이 그린 청금도(聽琴圖) 사마상여의 비파 소리를
몰래 엿듣는 탁문군. 163×94.5cm, 개인 소장

산 속에서의 문답 山中問答

왜 푸른 산에 사느냐 묻기에	問余何事棲碧山
웃기만 하고 대답하지 않아도 마음만은 한가하네	笑而不答心自閑
복사꽃잎 아득히 물에 떠가는 곳	桃花流水杳然去[55]
여기는 별천지로 인간 세상 아니라네	別有天地非人間

■ 해설

작자의 나이 서른, 도화암桃花庵에 은거할 때 지은 이 시는 독특한 형식의 절구이다. 짧은 절구이지만 서술, 묘사, 의론이 모두 갖추어져 있으며, 시어는 극히 담박하나 그 속에 담겨 있는 뜻은 심원하기 그지없다.

우저에 배를 대고 회고하니 夜泊牛渚懷古

우저산과 서강의 밤	牛渚西江夜[56]
푸른 하늘에 구름 한 점 없네	青天無片雲
배에 올라 가을 달을 바라보니	登舟望秋月
공연히 사장군이 생각나네	空憶謝將軍[57]
나 역시 높이 읊을 수 있건만	余亦能高詠
그이는 들을 수 없네	斯人不可聞
내일 아침 돛 달고 이곳 떠날 때	明朝掛帆去
단풍잎만 어지러이 떨어지겠지	楓葉落紛紛

---

55 杳然(묘연) : 아득한 모양
56 牛渚(우저) : 지금의 安徽省 當塗縣 서북쪽에 있는 산
　　西江(서강) : 長江의 한 부분으로 江蘇省 南京市로부터 江西省 九江市까지를 말한다.
57 空(공) : 공연히
　　謝將軍(사장군) : 謝尙. 字는 仁朝로 謝鯤의 아들이다. 豫州刺史로 歷陽 땅을 진압할 때, 배를 띄우고 달 놀이를 하던 중 袁宏이라는 자가 시를 읊조리는 것을 듣고는 그를 불러 밤새워 문학을 논하였다. 그 후로 원굉의 명성이 드날리게 되었는데, 여기에서 작자는 자신을 들어 써줄 사장군과 같은 사람을 만나지 못함을 탄식하고 있는 것이다.

이 시는 작자가 추방당한 이후 금릉金陵으로 가는 도중 배를 타고 우저牛渚에 도착하여 쓴 시로, 사상謝尙이 원굉袁宏을 들어 쓴 일을 떠올리며 지음知音을 만나기 어려운 현실을 탄식하고 있다.

고요한 밤의 고향 생각 靜夜思

침상 앞의 밝은 달빛을	床前明月光
땅에 내린 서리인가 하였네	疑是地上霜
고개 들어 밝은 달 바라보고	擧頭望明月
고개 숙여 고향 생각하노라	低頭思故鄉

■ 해설

고향에 대한 그리움을 표현한 시로, 이른바 '무정無情으로 정情을 이야기하고 무의無意로 의意를 묘사하는 경지'에 도달한 작품이라 할 수 있다.

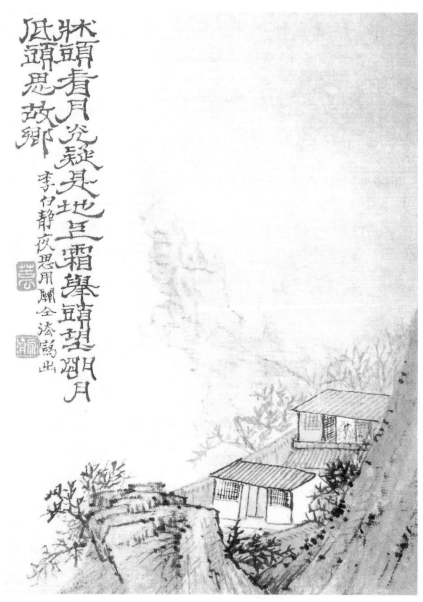

床頭看月光 疑是地上霜 舉頭望明月 低頭思故鄉 李白靜夜思用闊全法寫出

〈고요한 밤의 고향 생각〉 시의도 청대 화가 석도(石濤: 1641~1707?)가 그렸다. 『명가회당시화보삼백수(名家繪唐詩畵譜三百首)』(上海古籍出版社, 2001)

원망 怨情

미인은 높이 주렴을 걷고	美人捲珠簾[58]
하염없이 임 기다리나 오지 않네	深坐蹙蛾眉
눈가에 눈물 젖건만	但見淚痕濕
누구를 원망하는지 아는 이 없네	不知心恨誰

■ 해설

이 시는 규방 여인네의 한을 이야기하되, 앞 3구까지는 한 글자도 원망에 대해 이야기하지 않고 다만 인물 동작과 얼굴의 변화에 대해서만 묘사하다가, 마지막 구절에 와서야 비로소 의도를 분명하게 드러내고 있다. 이렇듯 이 시는 매우 함축적이고 뜻이 언외에 있는 작품이라 할 수 있다.

아낙네의 원망 玉階怨

옥 같은 섬돌에 하얀 이슬 맺혀	玉階生白露
밤 깊어지자 비단 버선에 젖어든다	夜久侵羅襪[59]
방에 돌아와 수정발 내려도	却下水晶簾[60]
영롱한 가을 달 바라다보이네	玲瓏望秋月

■ 해설

밤에 섬돌 앞에서 달을 바라보는 아낙네를 묘사하고 있는데, 작품 전체에 원망의 분위기를 드러나게 하는 시어를 한 글자도 쓰지 않고도 여인의 끝없는 서러움을 느끼게 하는 작품으로, 온유돈후한 시가의 전형적인 예라 할 만하다.

---

58 珠簾(주렴) : 진주를 꿰어 만든 발
59 羅襪(나말) : 비단 버선
60 却(각) : 돌아오다.

아름다운 귀비여 清平調三首

2

아름다운 붉은 꽃에 이슬 맺혀 향기 뿜고　　　一枝紅艷露凝香

무산의 운우지정 헛되어 애 끊도다　　　　　　雲雨巫山枉斷腸[61]

묻나니, 한나라 궁궐의 누구에게 비길까　　　借問漢宮誰得似

아리따운 조비연이 새로 단장하면 모를까　　可憐飛燕倚新妝[62]

3

모란꽃과 경국지색 모두 기쁨을 주어　　　　名花傾國兩相歡[63]

왕은 늘 웃음 지으며 바라보네　　　　　　　　常得君王帶笑看

61　雲雨巫山(운우무산) : 楚 襄王이 宋玉과 함께 雲夢의 臺에 놀러 갔는데, 高唐을 바라보니 그 위에 구름 같은 기운이 감돌고 있었다. 양왕이 송옥에게 무슨 기운이냐고 물으니, 송옥은 이렇게 대답했다. "저것은 이른바 朝雲이라는 것입니다. 先王(楚懷王)께서 일찍이 고당에서 노닐다가 낮잠이 드셨습니다. 꿈에 어떤 부인이 나타나 말하기를 '저는 巫山의 여인인데 전하께서 오신다는 말을 듣고 이렇게 찾아와 모시는 것입니다.'라고 하였습니다. 왕은 기꺼이 그 여인과 운우지정을 나누었습니다. 그런데 그 여인이 떠날 때에 말하기를 '저는 아침에는 구름(朝雲)이 되고 저녁에는 비(暮雨)가 되어 무산의 陽臺 아래 머물러 있을 것입니다.'라고 하였습니다. 여인이 홀연히 사라지자 선왕은 꿈에서 깨어났습니다. 이튿날 아침, 선왕께서 무산을 바라보니 과연 여인의 말대로 높은 봉우리에 아침 햇살에 빛나는 아름다운 구름이 걸려 있었습니다. 선왕께서는 그곳에 사당을 세우고 朝雲廟라고 이름 지었는데, 지금도 그 기운이 저렇게 감도는 것입니다."(『文選 · 高唐賦序』)

62　飛燕(비연) : 본명은 趙宜主로 궁녀였으나, 漢成帝의 총애를 받아 皇后의 지위까지 올랐다. 뛰어난 용모와 가무로 이름이 높았다. 한번은 황제가 호수에서 船上宴을 베풀었는데, 갑자기 강풍이 불자 춤을 추던 조비연이 휘청 물로 떨어지려 하였다. 황제가 급히 그녀의 한쪽 발목을 붙잡았는데 춤의 삼매경에 빠진 조비연은 그 상태에서도 춤추기를 그치지 않고 황제의 손바닥 위에서도 춤을 추었다는 고사는 유명하다.

63　名花(명화) : 모란꽃
傾國(경국) : 절세가인. 漢 武帝 때 協律都尉였던 李延年이 자기 누이동생을 칭찬하여 지은 시 중에 "북쪽에 어여쁜 사람이 있어, 누구도 비길 수 없이 우뚝 홀로 서 있네. 한번 돌아보면 성을 위태롭게 하고, 두 번 돌아보면 나라를 위태롭게 한다. 어찌 성이 위태로워지고 나라가 위태로워지는 것을 모르리오, 어여쁜 사람은 다시 얻기 어렵도다. (北方有佳人, 絶世而獨立. 一顧傾人城, 再顧傾人國. 寧不知傾城與傾國, 佳人難再得.)" 무제는 이때 이미 50 고개를 넘어 있었고, 사랑하는 여인도 없이 쓸쓸한 처지였으므로 당장 그녀를 불러들이게 하였다. 무제는 그녀의 아름다운 자태와 날아갈 듯이 춤추는 솜씨에 매혹되었는데, 이 여인이 무제의 만년에 총애를 독차지하였던 李夫人이다.

봄바람 부는 날 왕의 끝없는 근심 풀고자   解釋春風無限恨

침향정 북쪽 난간에 기대어 섰네   沈香亭北倚闌干[64]

■ 해설

이 시는 이백이 황제의 명을 받들어 현종과 양귀비가 침향정에서 모란을 감
상하는 것을 묘사한 시로, 전적으로 양귀비의 아름다움을 부각하기 위한 작
품이다.

---

64 沈香亭(침향정) : 기둥은 침향목을 사용하고 벽에는 유황이나 사향을 발라 향기가 나는 정자로,
興慶宮 내 龍池의 동쪽에 위치하고 있다.

〈양귀비의 새벽 화장(貴妃曉粧)〉　새벽부터 궁녀들이 양귀비를 분주히 단장시키는 광경을 묘사하고
있다. 명대 구영(仇英)의 그림. 41.1×33.8cm, 베이징 고궁박물원 소장

李夫人

이부인　한 무제 때 협률도위였던 이연년의 누이동생이다. 이연년은 자기 누이동생을 "한 번 돌아보면 성을 위태롭게 하고, 두 번 돌아보면 나라를 위태롭게 한다."라고 칭찬하며 한 무제에게 바쳤다. 『명각역대백미도(明刻歷代百美圖)』(천진인민미술출판사, 2003)

牡丹家易近俗貽難下筆如迫坐工徒望紅抹綠雖千花萬藥徒一形勢都無神明惟北宋徐熙父子趙昌王友之倫創意既新蘐撝斯備其賦色極妍氣韻極厚蓋能宗守陳規全師造化敵稱傳神視南田此本妍精沒骨浮其變態真可上追北宗諸賢不僅凌跨有明陳陸敩于己也壬壬十月既望劍門王犖書

모란 청대의 저명한 화가 운수평(惲壽平: 1633~1690)의 작품이다. 28.5×43cm, 타이베이 고궁박물원 소장

선성에서 두견화를 보고 宣城見杜鵑花[65]

촉나라에서 두견새 소리 들었었는데	蜀國曾聞子規鳥
선성에 돌아와선 두견화를 보노라	宣城還見杜鵑花
두견새 울 때마다 애끊어지던	一叫一回腸一斷
춘삼월 고향 삼파가 그리워라	三春三月憶三巴[66]

■ 해설

이 시는 작자가 만년에 선성宣城에 기거했을 때 지은 시로, 입에서 나오는 대로 적은 것처럼 극히 자연스럽고 솔직하다.

---

65 宣城(선성) : 지금의 安徽省 선성시
　　杜鵑花(두견화) : 映山紅이라고도 하는데, 매년 3월 두견새가 한창 지저귈 때 꽃이 핀다. 蜀 望帝
　　杜宇가 나라를 빼앗은 鼈靈을 원망하며 억울하게 죽은 후, 두견새가 되어 밤낮으로 피를 토하여
　　그 피가 이 꽃을 물들였다고 하는 데에서 유래한다.
66 三巴(삼파) : 지금의 四川省 경내로, 이백은 청소년기를 이곳에서 보냈다.

명대 화가 항성모(項聖謨: 1597~1658)가 그린 선성(宣城)　이곳에는 이백이 흠모해 마지 않던 남제의 시인 사조(謝朓)가 건축한 사조루가 있다. 『명가회당시화보삼백수(名家繪唐詩畵譜三百首)』(上海古籍出版社, 2001)

아침에 백제성을 떠나 早發白帝城

구름 속 백제성을 아침에 떠나	朝辭白帝彩雲間[67]
천 리 물길 강릉에 하루 만에 왔네	千里江陵一日還[68]
강기슭 원숭이는 쉬지 않고 울어대고	兩岸猿聲啼不住
돛단배는 첩첩산을 다 지나왔네	輕舟已過萬重山

■ 해설

이 시는 건원乾元 2년(759) 봄에 야랑夜郎으로 추방된 작자가 이곳 백제성白帝城까지 왔을 때, 사면 소식을 듣고 환희로 가득 차서 써내려 간 것이다. 웅방한 기세와 생동감 넘치는 묘사가 당시 작자의 흥분된 심정과 낙관적인 정신 면모를 잘 드러나게 한다.

여산폭포를 바라보며 望廬山瀑布 二首

2

향로봉에 햇빛 비치자 자줏빛 안개 일고	日照香爐生紫煙[69]
멀리 보이는 폭포는 강물에 걸려 있네	遙看瀑布挂前川
나는 물줄기 삼천 길이 곧장 떨어지니	飛流直下三千尺
하늘에서 떨어지는 은하가 아닐까	疑是銀河落九天[70]

■ 해설

이 시는 작자가 지덕至德 원년(756) 여산廬山에 은거할 때 지은 것으로, 여산의 향로香爐 폭포의 기이한 경치를 생동감 넘치게 묘사하고 있다.

---

67 白帝(백제) : 白帝城. 지금의 四川省 奉節縣의 白帝山 위에 있는 성. 東漢 초 公孫述이 이곳에 성을 쌓고 백색을 표방하여 이곳을 백제성이라고 명명하여 중요시했다. 또 삼국시대 蜀의 劉備가 吳와의 전투에서 패한 후 諸葛亮에게 유언을 남기고 죽었던 곳이기도 하다.
68 江陵(강릉) : 지금의 湖北省 江陵縣. 백제성에서 강릉까지 대략 1,200여 리가 된다고 한다.
69 香爐(향로) : 여산 북쪽에 있는 봉우리
70 疑是(의시) : 아마도 …일 것이다.

명대 화가 사시신(謝時臣: 생졸년 미상)의 〈여산폭포를 바라보며〉 시의도 여산의 최고봉인 향로봉과 폭포를 사실적이고도 세밀하게 묘사하였다.『명가회당시화보삼백수(名家繪唐詩畵譜三百首)』(上海古籍出版社, 2001)

27.

고 적 ― 高 適

■ **고적**(700?~765)

자는 달부達夫로 하북성 형수衡水 사람이다. 먼저 그의 가계를 살펴보면, 증조부 고우高佑는 수대에 좌산기상시左散騎常侍를 지냈고, 唐代에 들어서는 탕주별가宕州別駕를 지냈다. 조부인 고간高侃은 고종高宗 때의 명장으로, 우도지절대총관右道持節大總管, 안동도호安東都護 등의 벼슬을 지낸 후에 개국공開國公에 봉해졌고, 죽은 후에는 좌위대장군左衛大將軍이 추증되었다. 그리고 백부와 중부인 고숭덕高崇德과 고숭례高崇禮는 각기 병주사마并州司馬와 운휘장군행좌위율부중낭장雲麾將軍行左衛率府中郎將을 지냈으며, 부친 고숭문高崇文은 소주장사韶州長史를 지냈다. 고적은 이처럼 귀족 관료 가정 출신이었다. 그러나 그가 어렸을 때 부친이 세상을 뜨자 경제적으로 매우 궁핍한 생활을 할 수밖에 없었다. 이 때문에 사회적으로 깊은 냉대를 감수해야 했고, 가슴에는 울분을 지니고 생활해야 했다. 하지만 그는 어려서부터 성격이 거리낌 없고, 작은 절개에 얽매이지 않았으며 항상 학문에 매진해 후세에 공명을 남기고자 하는 열망을 지녔다.

고적은 부친이 세상을 뜬 후, 북쪽으로 양송(梁宋 : 지금의 하남성 商丘)으로 돌아와 유랑하였다. 당시 그의 생활은 매우 힘들어, 심지어는 구걸로 연명하기까지 했다. 그러나 그는 입신하여 공명을 후세에 남기고자 하는 염원을 가슴 가득 지니고 항상 학문에 매진했다. 하지만 공명을 세울 기회가 쉽게 오지 않았다. 그가 송주宋州에서 지은 〈송중십수宋中十首〉 중 첫 수를 보면, 한대漢代의 양효왕梁孝王 유무劉武가

빈객을 좋아하여 사마상여(司馬相如 : 179~117 BC), 매승(枚乘 : ?~140 BC)와 같은 유능한 인사들을 초빙해 대접했던 일을 떠올리며, 양효왕 같은 인물을 아직 만나지 못해 뜻을 펼치지 못하고 있는 실의가 가득하다. 20세가 되던 해, 고적은 문무를 갈고 닦은 후 장안長安으로 가면 자신의 포부를 펼칠 기회가 주어지리라는 생각으로 장안으로 향했다. 그러나 그의 열망은 측근 신하들만이 총애를 받는 현실 때문에 한순간에 비탄으로 변하고 만다. 경제적 빈곤 탓에 고향으로 돌아가지 못하고 또다시 타향인 양송 지방을 유랑해야 했다. 양송 지방으로 다시 돌아온 그는 이후 매우 오랫동안 농업을 생업으로 노동을 하는 한편, 학문에도 계속 정진했다.

개원 18년(730) 당과 거란契丹의 전쟁이 발발하자, 이듬해 고적은 변방에서 공을 세워 애국할 생각으로 양송을 떠나 계문薊門으로 향하였다. 그러나 아무런 소득도 없이 개원 21년(733) 양송으로 되돌아오고 말았다. 고적은 평생 세 차례 종군을 하는데, 이것이 그의 제1차 종군이다. 양송 지방으로 되돌아와 살게 된 고적은 개원 23년(735)에 장안으로 가서 과거에 응시하지만, 낙방하고 이듬해 송주宋州로 돌아와 생활하게 되었다. 송주에서 생활하던 개원 26년(738), 고적은 그에게 기념비적인 시를 지었는데, 〈연가행燕歌行〉이 바로 그것이다.

천보 3년(744) 중국문학사에 있어 기억할 만한 일이 일어났다. 고적이 이백, 두보를 선보(單父 : 지금의 산동성 單縣 동남쪽)에서 만나 양송을 유람한 것이다. 이후 고적뿐 아니라 이백, 두보의 시 창작에서 뚜렷한 변화가 일어났다. 그들은 조정에 대해 많은 환상을 버리고, 상층 계급에서 백성들의 현실과 국가의 미래에 눈을 돌리게 되었다.

천보 4년(745)에 쓴 〈동평로중우대수東平路中遇大水〉, 〈고우기방사곤계苦雨寄房四昆季〉 시에서는 홍수로 백성들이 겪는 비참한 생활을 묘사하고 그들에게 깊은 동정을 표현하고 있다. 천보 6년(747)에 쓴 〈자기섭황하십삼수自淇涉黃河十三首〉시 중 아홉 번째 수에서는 농민의 말을 빌려 당시 백성들의 고통스러운 생활을 비교적 전면적이고도 진실하게 반영하고 그들에 대한 깊은 동정을 표현하고 있다. 이밖에 이렇게 백성의 고통을 목도하고 심심한 동정을 표하는 시들은 그가 천보 8년(749) 봉구현위封丘縣尉로 부임하기 전까지 양송 지방에서 직접 밭을 일궈야 했던 농촌 생활의 경험과 떼어서 생각할 수 없다. 이러한 시들은 두보 사회시의 선구라 할 수 있을 정도로 두보 시의 격조와 흡사한 면이 있다. 특히 여기에서 주목해야 할 것은 고적이 이러한 처참한 상황을 목격하고 이를 여실히 묘사한 후에 이것들을 타개하기 위한 구체적인 대안을 내놓고 있다는 점이다.

천보 8년(749), 고적은 장안으로 가서 수양睢陽 태수太守인 장구고張九皐의 천거로 '유도과有道科'에 응시하여 급제했다. 그러나 기쁨도 잠시, 우상右相 이임보李林甫의 전횡으로 고작 봉구현위에 임명되었다. 그는 실망이 컸지만 부임하는 수밖에 없었다. 변방에 부임하여 직접 목도한 변방의 현실에 대한 실망과 안녹산의 추악한 행동에 대한 분노가 뒤섞여, 급기야는 천보 11년(752), 벼슬을 그만두고 다시 장안으로 돌아온다. 이것이 그의 2차 종군이다. 2차 종군은 1차 종군 때와 마찬가지로 그의 포부를 펼칠 기회를 전혀 갖지 못하고 현실에 대한 불만만을 가슴속에 키워야 했다. 벼슬을 그만두고 장안으로 돌아온 그는 다시 벼슬길로 나아갈 기회를 엿보게 된다. 장안에 머물면서 그는 다시 한번 지기인 두보와 해후하고, 이 밖에 잠삼岑參, 저광희儲光羲, 설거薛據 등과 만나 자은사탑慈恩寺塔에 올라 자신이 국가를 위해 아무런 일을 할 수 없는 울분을 토로하기도 했다.[1]

천보 12년(753), 드디어 그의 일생에서 전환점이 될 만한 사건이 일어났다. 절도판관節度判官 전량구田梁丘의 추천으로 하서절도사河西節度使 가서한哥舒翰의 막부幕府에 들어간 것이다. 가서한은 그의 능력을 기이하게 여겨 장서기掌書記에 임명하였다.[2] 고적은 지난 수십 년 동안 마음속에 품은 뜻을 펼칠 기회가 왔다고 매우 기뻐하면서 아주 적극적으로 변방의 생활에 임하였다. 높은 포부를 지니고 있던 그가 가서한의 막료에 임용된 것은 실로 감격스러운 일이었다. 따라서 그의 가서한 막부에서의 생활은 대체로 매우 희망적이고도 적극적이었다. 당시 그는 대체로 가서한의 승전을 적극적이고도 열정적으로 노래했다. 그리고 승리 후 변방의 평화스러운 정경을 그려냈다. 이곳에서의 생활은 그가 정치적으로 입신할 수 있는 계기가 되었던 것으로, 안녹산이 범양范陽에서 난을 일으킨 천보 14년(755) 11월까지 계속되었는데, 이것이 그의 제3차 종군이다. 안녹산은 범양에서 반란을 일으킨 후, 12월에 낙양을 함락시키는 등 당의 형세가 매우 위태로웠다. 고적은 이에 하서에서 장안으로 돌아와 좌습유左拾遺에 임명되었다가 곧 감찰어사監察御史로 옮겨, 가서한을 도와 동관潼關을 방어하게 되었다. 이듬해 6월, 가서한이 영보靈寶에서 대패하여 동관을 방어하는 데 실패하자, 고적은 장안으로 와서 현종에게 동

---

1 〈同諸公登慈恩寺塔〉. 慈恩寺에 오른 5인 중 薛據의 시만이 현재 전해오지 않고, 儲光羲, 杜甫에게는 〈同諸公登慈恩寺塔〉이라는 제목으로, 岑參에게는 〈與高適薛據同登慈恩寺〉라는 제목으로 각각 시가 전해온다.

2 幕府에서 文官에게 주어지던 관직으로는 副使, 行軍司馬, 判官, 掌書記, 推官, 巡官 등이 있었는데, 대부분의 변새시인들은 判官과 掌書記 출신이다. 예를 들면, 高適는 哥舒翰의 장서기를, 岑參은 高仙芝의 장서기와 封常淸의 판관을, 李益은 張獻甫의 장서기를, 盧綸은 渾城의 판관을, 劉禹錫은 杜佑의 장서기를, 杜牧은 牛僧孺의 장서기를 역임했다.

관의 패인을 진술하고, "창고에 있는 재물을 모두 내어 용감한 병사를 모집하여 도적에 대항케 하면 지금도 늦은 것은 아니옵니다.請竭禁藏募死士抗賊, 未爲晩"라고 表를 올렸는데, 계책이 받아들여지지는 않았지만 현종은 그를 매우 가상히 여기게 되었다. 이후 영태永泰 원년(765) 1월, 병으로 세상을 떠날 때까지 그는 시어사侍御史, 간의대부諫議大夫, 회남절도사淮南節度使, 팽주자사彭州刺史, 촉주자사蜀州刺史, 서천절도사西川節度使, 형부시랑刑部侍郎, 좌산기상시左散騎常侍 등의 관직을 역임하며 숙종肅宗, 대종代宗 등도 섬겼는데, 당대 시인 중 가장 영달한 시인이라 할 만하다. 그의 시는 기세가 웅혼하면서도 비장한데, 특히 변방에서의 외로움과 전쟁의 참혹함, 이별의 서글픔을 읊은 변새시가 뛰어나다. 잠삼岑參과 더불어 고잠高岑이라 칭해지며 성당 변새시를 대표한다. 송대 사람이 편찬한 『고상시집高常詩集』 10권이 전한다.

자은사탑(慈恩寺塔) 고적이 두보, 잠삼, 저광희(儲光義), 설거(薛據) 등과 함께 올랐던 장안 자은사 경내의 탑으로 대안탑(大雁塔)이라고도 한다.

변방의 전쟁 燕歌行³

동북방에 전쟁 일어나자	漢家煙塵在東北
장수들은 적 무찌르러 집 떠난다	漢將辭家破殘賊⁴
대장부는 본디 종횡으로 내달리는 것을 중히 여기는데	男兒本自重橫行
천자는 또 특별한 예우를 해 주신다	天子非常賜顔色
징을 치고 북을 두드려 산해관으로 내려갈 때	摐金伐鼓下楡關⁵
깃발은 갈석산 사이에 줄지어 날린다	旌旆逶迤碣石間
교위의 우서가 광활한 사막에서 날아오고	校尉羽書飛瀚海
선우의 전쟁터 밝히는 불은 낭산을 비춘다	單于獵火照狼山
쓸쓸한 산천은 변방까지 닿아 있는데	山川蕭條極邊土
적군은 비바람을 동반하여 쳐들어온다	胡騎憑陵雜風雨
앞장서 공격한 병졸들은 이미 절반이 죽었건만	戰士軍前半死生
장수들은 휘장에서 미인들의 가무를 즐기고 있다	美人帳下猶歌舞
늦가을 광활한 사막에 풀은 시드는데	大漠窮秋塞草衰
석양 녘 외로운 성에는 싸울 군사 드물다	孤城落日鬪兵稀
몸은 황제의 은혜 입어 적을 얕보건만	身當恩遇常輕敵
변방에서 기력이 다해 적의 포위를 뚫을 수 없다	力盡關山未解圍
갑옷 입은 병사는 멀리 변방에서 고생하며	鐵衣遠戍辛勤久
이별 한스러워 굵은 눈물 흘리리	玉筋應啼別離後
젊은 아낙네는 성의 남쪽에서 애 끊어지려 하고	少婦城南欲斷腸
남편은 계북에서 부질없이 고개 돌린다	征人薊北空回首

---

3 그의 친구 중 한 사람이 幽州節度使 張守珪가 있던 곳으로 종군했다가 돌아와 자신이 지은 〈燕歌行〉을 고적에게 보여 주었다. 고적은 이 작품을 읽은 후, 몇 년 전 자신이 직접 변방을 편력하던 기억을 되살려 그 또한 〈연가행〉을 지었다.
4 辭家(사가) : 집을 떠나다.
5 楡關(유관) : 山海關. 현재의 河北省 秦皇島市 동북쪽

변방의 바람 거세니 어찌 나아가고	邊庭飄颻那可度
아득히 차단된 이곳에서 무엇을 바라리오	絶域蒼茫更何有
온종일 식지 않는 살기는 구름이 되고	殺氣三時作陣雲
밤새 조두는 차가운 소리를 전한다	寒聲一夜傳刁斗
보아라 시퍼런 칼날에 유혈이 낭자함을	相看白刃血紛紛
나라 위해 바친 몸 어찌 공명을 바라리오	死節從來豈顧勳
그대는 보지 못했던가? 사막에서 전쟁하는 고통을	君不見沙場征戰苦
지금 오히려 사람들은 이광 장군을 생각하네	至今猶憶李將軍[6]

■ 해설

이 시는 시인 자신의 제1차 종군에서의 생활을 한층 높은 예술성으로 개괄하고, 그곳의 중대한 사회 모순을 광범하고도 심각하게 반영하였으며, 아울러 백성들의 사상, 감정과 염원을 진실하게 표현한 그의 변새시 중 대표작이라 할 수 있다. 또한, 성당 7언고시의 대표작 중 하나가 되는 데에도 손색이 없다.[7]

계문에서 薊門行五首[8]

1

계문에서 만난 노병	薊門逢古老
홀로 서서 이 생각 저 생각에 싸여 있네	獨立思氛氳
혈혈단신으로 외로움 사무치고	一身旣零丁
머리는 온통 백발	頭鬢白紛紛
공명은 이미 글렀는데	勳庸今已矣[9]
곽 장군은 만난 적이 없구나	不識霍將軍[10]

---

6 李將軍(이장군) : 漢의 飛將軍 李廣
7 陸時雍, 『唐詩鏡』: 七言古盛于開元以後, 高適當屬名手.
8 薊門(계문) : 薊丘라고도 하며, 지금의 북경 근교이다.
9 勳庸(훈용) : 공로, 공명
10 霍將軍(곽장군) : 漢의 명장인 霍去病 장군

이 시는 개원 19년 고적이 계문薊門을 지나며 지은 시로, 변방의 황량한 모습이 눈앞에 여실히 다가온다. 장수들이 이름 없는 병사들의 희생을 바탕으로 수많은 공훈을 세웠음에도, 그들에 대한 배려가 전혀 눈에 띄지 않는 현실을 고발하고 있다.

2

당의 조정에서는 무력을 써서	漢家能用武
이역까지 확충시켰네	開拓窮異域
병사들은 조악한 음식을 먹지만	戍卒厭糟糠[11]
항복해 온 오랑캐는 의식이 풍족하기 짝이 없네	降胡飽衣食
계문의 수루를 바라보니	關亭試一望[12]
눈물이 가슴을 적시려 하네	吾欲涕沾臆[13]

■ 해설

이 시는 당나라 장군들이 병사들의 생활은 보살피지 않은 채 사리사욕만을 채우고, 통치자들 역시 투항해 온 오랑캐들을 이용하여 변새를 방어할 목적으로 그들에게 큰 상을 내리는 잘못된 정책을 비판하고 있다.

4

장성 외곽은 이미 어둑어둑하고	黯黯長城外[14]
해 지자 연기와 먼지 뭉게뭉게 피어오르네	日沒更煙塵
오랑캐 기병 여전히 침범하나	胡騎雖憑陵[15]

11 戍卒(수졸) : 변방을 지키는 병사
　　厭(염) : 물리도록 먹다.
　　糟糠(조강) : 술지게미와 쌀겨. 조악한 음식
12 關亭(관정) : 關의 수루
13 臆(억) : 가슴
14 黯黯(암암) : 어두운 모양

당나라 군사는 목숨 아끼지 않고 맞아 싸우네　　漢兵不顧身
고목만이 텅 빈 변방에 가득하고　　古樹滿空塞
석양에 비친 구름은 수심만 자아내네　　黃雲愁殺人

■ 해설

작자는 우선 제1-2구에서 변방 전쟁터의 쓸쓸하기 짝이 없는 분위기로 자신의
심사를 함축적으로 암시하고 있다. 이어 다시 침략해 들어오는 오랑캐에 맞서 자
신을 돌보지 않고 장렬하게 싸우는 병사들에 대한 찬미가 이어지지만 결코 장엄
하게 와 닿지 않고, 전쟁터의 살벌한 분위기만이 계속 이어져 침울한 감정을 면
할 길이 없다. 전체적으로 음산한 경치와 끊임없이 계속되는 전쟁으로 인해 근심
만 한이 없을 뿐이다

5

변방의 성 11월에　　邊城十一月
눈이 어지러이 날리고 있네　　雨雪亂霏霏
원수의 호령은 추상같고　　元戎號令嚴
장군은 가벼운 갖옷 입고 살진 말에 오르네　　人馬亦輕肥
오랑캐의 침략이 끝나지 않으니　　羌胡無盡日
언제에나 고향에 돌아갈 수 있으리?　　征戰幾時歸

■ 해설

이 시는 전쟁으로 인한 병사들의 근심과 향수를 적고 있다.

15 胡騎(호기) : 오랑캐 기병. 여기에서는 奚와 契丹의 기병

벽양성에서 辟陽城[16]

황폐한 성 높은 언덕 위에 있어	荒城在高岸
성에 올라 청기를 내려다보노라	凌眺俯淸淇
듣자 하니 한의 천자가	傳道漢天子
심이기를 이곳에 봉했다 하네	而封審食其
간사하고도 음란했는데도 죽이지 않고	奸淫且不戮[17]
벽양후에 봉하니 누가 옳다 여겼겠는가?	茅土孰云宜[18]
어찌하여 한 고조가	何得英雄主[19]
도리어 여후에게 속았을까?	返令兒女欺[20]
국모의 규범을 이미 잃었으며	母儀良已失[21]
신하로서의 절도가 어찌 이와 같을 수 있으랴?	臣節豈如斯[22]
한 왕조의 일이	太息一朝事[23]
사람들의 조롱거리가 됨을 탄식하노라	乃令人所嗤[24]

16 辟陽城(벽양성) : 지금의 河北省 冀縣과 棗强縣 사이에 있던 성으로, 漢 高祖가 審食其를 이곳의 侯로 봉하였다.

17 奸淫且不戮(간음차불륙) : 간사하고 음란했지만 죽이지 않았다. 辟陽侯는 呂太后의 총애를 받고 있었는데, 어떤 이가 벽양후를 孝惠帝에게 일러바치자 효혜제는 크게 노하여 벽양후를 관리에게 회부하여 처형하려 했다. 여태후는 부끄러워 변명조차 못했고, 대신들도 벽양후의 행동을 싫어하여 그를 죽이고자 했다. 벽양후는 어쩔 줄을 모르고 사람을 시켜 平原君(朱建)을 보고자 했으나, 평원군은 거절하면서, "獄事가 급하게 되어 그대를 만날 수가 없다."라고 하였다. 이에 효혜제의 사랑을 받고 있던 閎孺를 만나 도움을 청한 후 그의 계책을 따라 황제에게 용서를 빌어 죽음을 면하였다.

18 茅土(모토) : 옛날 天子가 제후를 봉할 때 그 방향의 빛깔(東은 靑, 西는 白, 南은 赤, 北은 黑, 中은 黃)의 흙으로 白茅에 싸서 하사하였다.

19 英雄主(영웅주) : 漢 高祖를 이름

20 兒女(아녀) : 부녀자. 여기에서는 여후를 이름

21 母儀(모의) : 국모로서 지켜야 할 규범
   량(良) : 정말로

22 臣節(신절) : 신하로서의 절도

23 太息(태식) : 크게 탄식하다.

24 천보 10년(751) 봄, 양귀비는 안녹산을 궁궐로 불러, 비단으로 커다란 강보를 만들어 안녹산을 싸서 궁녀들로 하여금 오색 가마에 그를 태우도록 했다. 현종이 후궁에서 나는 웃음소리를 듣고는 그 이유를 묻자, 좌우의 신하들은 새로 태어난 지 3일이라 하여 양귀비가 안녹산을 목욕시키고 있다고 대답하였다. 이후로 안녹산은 궁궐을 자유로이 드나들며 양귀비와 마주 앉아 식사를 하기도 하고, 밤새 바깥으로 나오지 않을 때도 있었다. 이에 추문이 바깥에까지 나게 되었지만, 현종은 이 역시 의심하지 않았다. 여기에서는 양귀비와 안녹산의 문란한 관계를 한대의 여후와 심이기의 고사를 차용해 풍자하고 있다.

이 시는 천보 10년(751) 작자가 북쪽에 사신으로 갔다가 돌아오며 벽양성을 지나
다가 지은 시이다. 이곳 벽양성을 지나며 벽양후로 있던 심이기가 여후의 총애를
받다가 둘의 관계가 들통 나지만 처벌을 받기는커녕 좌승상에까지 올랐던 일을
상기하며, 당시의 양귀비와 안녹산의 사통을 풍자하였다.

한 고조 유방 패현(沛縣) 출신으로, 사수(泗水)의 정장(亭長)을 지내다 병사를 일으켜 진 왕조에 항거하였다. 기원전 202년 항우(項羽)를 패퇴시키고 제위에 올라 한 왕조를 건립했다. 그의 황후가 여후이다.『중국역대명인화상보(中國歷代名人畵像譜)』(海峽文藝出版社, 2003)

현종 당 현종의 통치가 더할 나위 없이 공고해질 즈음, 자신이 그토록 사랑하던 비인 무혜비(武惠妃)가 세상을 떴다. 황제는 슬픔을 이기지 못하고 오랫동안 애통해 하였다. 얼마 후 한 여인이 현종의 눈에 들어왔다. 그녀는 뜻밖에도 자신의 아들 수왕(壽王)의 비인 양옥환(楊玉環)이었다. 혜비가 죽은 지 1년도 되지 않아 현종은 자신의 며느리를 비로 삼았다. 이때 현종은 이미 50대였으며, 양귀비는 17살이었다. 『중국역대명인화상보(中國歷代名人畵像譜)』(海峽文藝出版社, 2003)

원대 전선(錢選: 1239~1299)이 그린 〈말에 오르는 양귀비(楊貴妃上馬圖)〉 일부 양귀비가 말에 오르는 것을 두 명의 시녀가
도와주는 것을 묘사한 그림이다. 29.5×117cm, 미국 Freer Gallery of Art 소장

금성의 북쪽 누대에서 金城北樓[25]

북루에서 서쪽 바라보니 맑은 하늘 눈에 가득하고	北樓西望滿晴空
휘돌아 흐르는 물과 수많은 산은 그림보다 아름답다	積水連山勝畵中
세차게 흐르는 물소리는 활시위를 떠난 화살 같고	湍上急流聲若箭[26]
성 위에 걸려 있는 잔월은 활과 같네	城頭殘月勢如弓
태공망이 낚싯대 드리우고 있던 것을 부러워하며	垂竿已羨磻溪老
도를 체득했던 변새의 노인을 여전히 생각하네	體道猶思塞上翁[27]
묻나니 변방의 상황은 어떠한가?	爲問邊庭更何事
아직도 피리소리 애달프게 들리노라	至今羌笛怨無窮

■ 해설

이 시는 태공망太公望 여상呂尙의 전고를 잘 운용하여 자신이 말하고자 하는 내용을 정확하고도 적절하게 표현하고, 변방의 병사들에 대한 동정과 아울러 한시라도 빨리 전란을 종식시켜 변방을 안정시키고자 하는 염원을 드러내고 있다.

25 金城(금성) : 지금의 甘肅省 蘭州市
26 湍(단) : 소용돌이
27 體道(체도) : 도를 체득하다.
　　塞上翁(새상옹) : 고사 '塞翁之馬' 중의 노인

가서한 장군의 승전 同李員外賀哥舒大夫破九曲之作[28]

머나먼 변방으로부터 가서한 장군이	遙傳副丞相[29]
얼마 전 토번을 격파했다는 소식이 전해졌네	昨日破西蕃
병사들의 기세 북돋자 산이 진동하고	作氣群山動
병사들을 출동시키자 커다란 깃발 펄럭이네	揚軍大旆飜
기습군은 적을 요격하고	奇兵邀轉戰
다연발 쇠뇌로 적의 퇴로를 끊었네	連弩絶歸奔
적의 몸에선 피가 샘물처럼 뿜어 나오고	泉噴諸戎血
적의 혼백은 바람에 실려 흩어졌네	風驅死虜魂
적의 머리는 칼끝에 떨어져 나가고	頭飛攬萬戟
뒤로 결박 지워진 포로는 군문에 세워졌네	面縛聚轅門
귀신은 사막 저편에서 울부짖어	鬼哭黃埃暮
하늘도 근심으로 대낮인데도 어둡기만 하네	天愁白日昏
석보성과 험한 요새에	石城與巖險
철갑 두른 기병 구름처럼 모여있도다	鐵騎皆雲屯
가서한 장군은 한마디 말로 승리를 결정지으니	長策一言決
빛나는 발자취 청사에 길이 남으리라	高蹤百代存

28 哥舒翰(가서한) : 河西節度使인 王忠嗣의 막하 무장으로, 토번의 침입을 격파하였다. 나중에 현종
황제의 총애를 받아 河西兼隴右節度使에 임명되어 다시 토번을 토벌한 공으로 西平郡王에 봉해졌
다. 755년 안녹산의 난이 발발하자 황태자의 선봉 兵馬元帥로서 潼關을 지켜 분전하였으나, 패하
여 살해되었다.
　　九曲(구곡) : 지금의 靑海省 巴燕縣 일대로 수초가 무성하여 목축을 하기에 적당했는데, 당과 토번
은 이곳의 전략적 가치를 높이 평가하여 각자의 통치하에 두려 했다. 睿宗 景雲 元年(710), 金城 公
主를 호위했던 楊矩에게 뇌물을 주어 이곳을 차지한 吐蕃은 이곳에 洪濟, 大漠門 등의 城을 두어
이곳을 지키며, 또한 이곳을 거점으로 때때로 河西 走廊을 단절시켜 安西 四鎭을 고립시키고 동쪽
으로 진출하여 당을 더욱 위협하기에 이르렀다. 천보 12년(753)에 이르러서야 隴右節度使인 가서
한은 토번을 쳐서 홍제, 대막문 등의 성을 함락시키고 구곡을 모두 되찾았다.
29 哥舒翰은 天寶 8년(749) 石堡城을 함락시킨 후 御史大夫를 겸임하였다. 어사대부는 副丞相, 亞相
으로 불렸기에 高適이 그를 이처럼 호칭한 것이다.

장군의 위엄은 사막 적들의 간담을 서늘케 하고	威稜憚沙漠
그의 충의는 하늘과 땅도 감동케 하네	忠義感乾坤[30]
그의 무공은 변방의 노련한 장수도 부끄럽게 만드니	老將黯無色
일개 유생인 내가 어찌 의론할 수 있으리오	儒生安敢論
황제의 계략에 따라 포위를 풀고	解圍憑廟算
토번의 노략질을 중지시켜 임금의 은혜에 보답하네	止殺報君恩
지금은 관산의 대하만 아득히 흘러갈 뿐	唯有關河眇
수돈성은 덩그러니 비어 있네	蒼茫空樹敦[31]

■ 해설

이 시는 가서한 장군의 구곡 수복을 칭송하고 있는 시이다. 과장의 필법으로 당나라 군사의 성대한 기세와 잔혹한 살육, 그 후의 상황을 그리고, 이어 가서한의 뛰어난 계책과 위무를 칭송하고 있다.

구곡에서의 승전 九曲詞 三首

1

나라에 몸바친 이후로 명성이 조정에 자자한데	許國從來徹廟堂[32]
매년 전쟁하는 것이 대장이 되기 위해서는 아니네	連年不爲在壇場[33]
장군은 하늘로부터 제후에 봉하는 도장을 받으니	將軍天上封侯印
어사대의 성이 다른 또 한 분의 왕이도다	御史臺中異姓王[34]

---

30 感乾坤(감건곤) : 천지를 감동시키다.
31 樹敦(수돈) : 지금의 靑海省 西寧市 曼頭山 북쪽에 있는 성
32 許國(허국) : 국가에 몸을 바치다.
33 壇場(단장) : 大將을 임명하는 의식을 거행하기 위해 흙으로 쌓아 올린 곳. 『史記·淮陰侯列傳』: "漢王設壇場, 將拜大將, 諸將皆喜, 人人各自以爲得大將."
34 異姓王(이성왕) : 천보 12년 哥舒翰은 九曲 部落을 수복한 공으로 西平郡王에 봉해졌다. 여기에서는 李氏 성이 아닌 사람이 왕에 봉해진 것을 이른다.

■ 해설

이 시는 가서한이 전쟁을 한 것은 사사로운 명성을 드러내기 위함이 아니었는데도,
양국공凉國公과 어사대부御史大夫를 겸직하게 된 그의 충성심과 공명을 칭송하고 있다.

2

수많은 기병 다투어 양류춘을 부르고	萬騎爭歌楊柳春
곳곳에서 서로 마주 보며 기린무를 춘다	千場對舞繡麒麟
도처에는 즐거운 일뿐	到處盡逢歡洽事[35]
바라보매 모두 평화로이 살아가는 사람들이네	相看總是太平人

■ 해설

이 시는 구곡을 수복한 후의 평화스러운 생활에 대한 기쁨을 생동감 있게 묘사하
고 있다.

3

철갑을 두른 기병 험한 산을 가로질러	鐵騎橫行鐵嶺頭
서쪽으로 라싸를 바라보아 공명을 얻도다	西看邏逤取封侯[36]
지금은 청해에 들어가 말에게 물을 먹이려 하니	靑海只今將飮馬[37]
황하 일대엔 다시 오랑캐의 침입 막을 필요 없으리	黃河不用更防秋[38]

■ 해설

이 시는 철갑을 두른 정예군이 변새의 산악을 종횡으로 달리는 웅장한 광경, 토
번을 격파하여 제후에 책봉된 사실, 구곡이 수복되어 평온을 되찾고 변방의 환란
이 제거되었음을 그리고 있다.

35 歡洽(환흡) : 즐겁다.
36 邏逤(라싸) : 지금의 西藏自治區 拉薩市. 당시 토번의 수도였다.
37 靑海(청해) : 지금의 靑海省 동북쪽
38 防秋(방추) : 당대 吐藩, 回紇 등 변방 異族들은 주로 가을에 唐을 침략했다. 이 때문에 변방을 지키
는 일을 이렇게 불렀다.

섣달 그믐 除夜作[39]

객사의 차가운 불빛 아래 홀로 잠 못 이루니 旅館寒燈獨不眠

나그네 마음은 왜 이리도 처량해질까? 客心何事轉悽然[40]

고향의 식구들 오늘 밤 천 리 밖 나를 생각하리니 故鄕今夜思千里

서리 같은 귀밑머리에 내일이면 또 일 년이네 霜鬢明朝又一年[41]

■ 해설

이 시는 섣달 그믐날에 고향의 식구를 그리며 지은 시다. 새해를 맞이하는 것이 즐거운 일임에도, 가족과의 이별로 도리어 처량해지는 자신을 주체할 길 없음을 알 수 있다. 자신의 향수를 직접 서술하지 않고, 고향의 식구들이 자신을 그리워하는 것으로 설정하여 자신의 간절한 향수를 강조하고 있는 점이 매우 뛰어나다고 하겠다.

영주에서 營州歌

영주 소년 넓은 초원 생활에 익숙하여 營州少年厭原野[42]

털이 수북한 호구를 입고 성 아래에서 사냥하네 狐裘蒙茸獵城下[43]

오랑캐 술 많이 마셔도 취하지 않고 虜酒千鍾不醉人

호족의 아이들 열 살이면 이미 말을 탈 줄 아네 兒十歲能騎馬[44]

■ 해설

이 시는 작자가 처음 종군하여 동북 지구 이족의 생활 풍모에 대하여 묘사한 시이다. 그곳 민족의 무예를 숭상하는 풍속을 선명하고도 생동감 있게 그려내고 있다.

---

39 除夜(제야) : 섣달 그믐날 밤. 除夕이라고도 한다.

40 悽然(처연) : 처량한 모양

41 霜鬢(상빈) : 서리 같이 하얀 머리카락

42 營州(영주) : 지금의 遼寧省 경내로, 당시 서쪽으로는 奚와 북쪽으로는 契丹과 접해 있던 邊境으로 여러 민족이 섞여 살던 곳이다.
   厭(염) : 만족하다, 익숙하다.

43 蒙茸(몽용) : 털이 길어 어지럽다.

44 胡兒(호아) : 변방 異族의 소년

변방에서 部落曲

토번의 병사는 변방에서 노닐고	蕃軍傍塞遊
대 지방에서 나는 말은 가을바람을 맞으며 울부짖네	代馬噴風秋[45]
노련한 장수는 철갑을 드리우고	老將垂金甲
수령의 아내는 비단옷을 입고 있네	閼氏着錦裘
조각한 창에는 표범의 꼬리로 장식했고	琱戈蒙豹尾[46]
붉은 깃발에는 이리의 머리를 꽂았네	紅旆插狼頭[47]
날 저물자 천산 아래에는	日暮天山下
호가 소리가 당의 사신을 근심하게 하네	鳴笳漢使愁

■ 해설

이 시는 작자가 가서한의 막부에 있던 시기에 쓴 작품이다. 작자는 먼저 변새의
병사들과 군마에 대해 묘사한 후에, 장수와 그의 부인의 차림새, 그리고 그들의
창과 깃발에 대해 상세하게 묘사하고 있다. 이어 호가의 구슬픈 가락이 향수를
자극하고 있는 것에 대해 서술하고 있다.

45 代는 옛 나라의 명칭이다. 秦・漢代에 그 땅에 代郡을 설치했었다.
46 『後漢書・輿服志』: "大駕屬車八十一乘, 最後一車懸豹尾."
47 이것은 突厥族의 풍습으로 『北史・突厥傳』을 보면, "그들의 선조는 서해의 오른쪽에 살았는데 뒤
에 이웃 나라에 패하여 멸족당했다. 아이 하나가 늪지대에 버려졌는데, 이리 암컷 한 마리가 고기
를 먹여 이 아이를 키웠다. 성장한 후에 이리와의 사이에 아이가 생기게 되었다. 그 후에 阿史那가
가장 현명하여 우두머리가 되었다. 이 때문에 대장의 군문에 이리 머리로 된 기를 세웠다. 이는
근본을 잊지 않는다는 것을 보이기 위함이었다. (其先居西海之右, 後爲隣國所破, 盡滅其族, 有一兒,
棄草澤中, 有牝狼以肉餌之, 及長, 與狼交合, 遂有孕焉. 其後阿史那最賢, 遂爲君長, 故牙門建狼頭纛, 示
不忘本也.)"라는 기록이 보인다.

변방의 피리 소리 塞上聽吹笛

눈 녹자 풀 뜯긴 후 초원에서 말 몰고 돌아오고　　　　雪淨胡天牧馬還

밝은 달 아래 수루에선 피리 소리 들려 오네　　　　　月明羌笛戍樓間

묻나니, 〈매화락〉 곡조 날려 어디로 가는가?　　　　借問梅花何處落[48]

바람에 실려 밤새도록 험산 준령에 가득하다　　　　風吹一夜滿關山[49]

■ 해설

이 시는 변새에서의 생활을 적은 시인데, 변새시에서 흔히 볼 수 없는 평화스러운 분위기를 느끼게 된다. 시의 첫 2구는 해가 막 지고 달이 떠오르는 때를 묘사하고 있다. 봄이 찾아와 눈이 녹아내리는데, 이 때문에 하늘은 더욱 깨끗하고 달빛 또한 그지없이 밝다. 이렇게 맑고 고요한 밤에 피리 소리가 울려 퍼지고 있다. 이 피리 소리가 듣는 사람으로 하여금 고향에 대한 상념에 젖도록 한다. 그런데 위 시에서 우리는 변방의 긴장감을 전혀 느낄 수 없고, 들에서 돌아오는 말에서는 평화스럽게 생업에 종사하는 주민의 모습을 엿볼 수 있으며, 아련히 울려 퍼지는 피리 소리에서는 고즈넉한 분위기를 느낄 수 있을 뿐이다.

48 梅花(매화) : 바람에 실려오는 〈梅花落〉 곡을 듣고 진짜 매화를 생각한 것이다.
49 關山(관산) : 험산 준령

〈관산행려도(關山行旅圖)〉
명대 대진(戴進: 1338~1462)이
그린 그림으로, 산천의 형세가
사실적이고도 생동감 넘친다.
61.8×29.7cm, 베이징 고궁박
물원 소장

변방에서의 여유 武威同諸公過楊七山人

막부에는 날로 여가가 많아지고	幕府日多暇
농가에선 다시 곡식이 익어 간다	田家歲復登[50]
그대를 일찍 알지 못한 것을 한하노라	相知恨不早
흥이 솟는 것이 항상 같지 않으니	乘興乃無恒
막다른 골목에는 커다란 나무 서 있고	窮巷在喬木
깊은 서재에는 고풍스러운 등나무 드리우고 있다	深齋垂古藤
이 변방에서 취해 있는 것 말고	邊城唯有醉
달리 무엇을 할 수 있겠는가?	此外更何能

■ 해설

이 시는 전쟁이 끝나고 평화스러운 날이 계속되는 상황을 묘사하고 있다. 변방에 다시 가을이 왔건만, 술을 마시는 일 외에 다른 무슨 일을 할 수 있겠느냐고 의문을 표시하며 매우 질박하게 정경을 묘사하고 있는데, 이처럼 의문 형식을 사용함으로써 자신의 생각을 좀 더 직접적이고도 절실하게 드러내는 효과를 거두고 있다.

인일을 맞아 두보에게 주는 시 人日寄杜二拾遺

정월 초이레, 시를 지어 초당에 부치면서	人日題詩寄草堂[51]
친구가 고향을 그리워하는 것을 애달파 하네	遙憐故人思故鄉
봄빛 희롱하는 버들가지 차마 볼 수 없고	柳條弄色不忍見

---

50 田家(전가) : 농가
　　登(등) : 곡식이 익다.
51 人日(인일) : 『荊楚歲時記』에 의하면, "정월 7일은 사람의 날로, 일곱 가지 채소로 죽을 쑤고, 비단을 잘라 인형을 만들고 금박에 사람 형상을 조각하여 병풍에 붙이거나 머리에 쓰기도 했다. 그리고 장식품을 만들어 서로 교환하기도 하고 높은 곳에 올라 시를 짓기도 하였다. (正月七日爲人日, 以七種菜爲羹, 翦綵爲人, 或鏤金薄爲人, 以貼屏風, 或戴之頭鬢, 又造華勝以相遺, 登高賦詩)"라고 하였듯이, 人日인 7일이 되면 문인들은 시를 지어 주고받았다. 고적 역시 이날 위 시를 지어 두보에게 보냈던 것이다.

가지마다 소복이 핀 매화는 공연히 애를 끊는다	梅花滿枝堪斷腸
이 몸 먼 촉 땅에 있어 조정의 일에 참여할 수 없어	身在南蕃無所預
국사에 마음이 뒤숭숭하기만 하네	心懷百憂復千慮
금년 오늘은 공연한 상념인데	今年人日空相憶
내년 오늘엔 또 어디에 있게 되려는지	明年此日知何處
한 번 동산에 누워 삼십 년을 보냈고	一臥東山三十春[52]
문무를 겸비했으나 길 위에서 늙어 갈 줄 알았으랴	豈知書劍老風塵
늘그막에 또 이천 석의 녹을 먹게 되니	龍鍾還添二千石[53]
동서남북으로 떠도는 그대에게 부끄러울 뿐	愧爾東西南北人[54]

■ 해설

이 시에는 촉주蜀州에서 태자소첨사太子少詹事에 부임한 후 다시 팽주자사彭州刺史, 촉주자사蜀州刺史 등으로 옮겨야 하는 등 동서로 표박하는 고적의 처지에 대한 서글픔이 가득하다. 이 시는 이 전 겨울에 두보가 매화를 보고 향수를 노래한 〈和裴迪登蜀州東亭送客奉早梅相憶見寄〉 시를 보고 두보의 향수를 위로하기 위해 지은 것인데, 작자는 자신의 식견을 펼치고자 하였으나 도리어 간신들의 참소로 멀리 쫓겨나 국사가 날로 잘못되어도 광정할 방도가 없음을 한탄하고 있다. 이러한 가슴 속의 분만憤懣을 두보에게나 쏟아낼 뿐이고, 특히 사방으로 전전하며 의식도 제대로 해결하지 못하는 처지이면서 국가를 생각하는 두보에게 부끄러울 뿐이라고 술회하고 있다.

---

52 一臥東山三十春(일와동산삼십춘) : 작자 자신을 옛날 東山에 은거했던 謝安에 비유하고 있다.
53 이 구절은 노쇠했는데도 자사직에 부임하는 것을 이른다.
　　龍鍾(용종) : 노쇠한 모양
54 杜甫는 高適에게서 받은 이 시를 10년만인 大曆 5년(780)에 다시 문갑 속에서 발견하고 비통에 잠겨, 〈追酬故高蜀州人日見寄〉 시를 써서 고적을 추도했다. 고적이 세상을 뜬 후 6년이 되던 해였다. 이 시의 序文에는 생에 대한 비감이 가득하다. "문갑을 열고 잊고 있었던 글들을 뒤적이다가 고적의 글을 발견하였다. 옛날 내가 成都에 있을 때, 그는 蜀州刺史로 있었다. 마침 人日을 맞아 그리워하며 부쳐 온 시를 시 행간에 눈물을 뿌리면서 끝까지 다시 읽었다. 시를 보내온 지 어언 십여 년이 되었고, 그가 살았는지 죽었는지도 기록하지 못한 채, 6, 7년이 또 지났다. 내 늙고 병들어 옛일을 생각하니 인생의 의미를 알 만하다. (開文書帙中, 檢所遺忘, 因得故高常侍適, 往居在成都時, 高任蜀州刺史. 人日相憶見寄詩, 淚灑行間, 讀終篇末. 自杜詩已十餘年, 莫記存沒, 又六七年矣. 老病懷舊, 生意可知.)"

28.
상건
一 常建

■ **상건(?~?)**

현종 개원 15년(727) 왕창령과 함께 진사시에 급제하여 우이현(盱眙縣 : 지금의 강소성에 속함)의 현위로 부임하였으나, 벼슬길이 여의치 않아 술과 음악으로 지냈고 여러 곳을 방랑했다. 후에 악저(鄂渚 : 지금의 호북성 武昌 西山)에 왕창령과 함께 은거하였다. 벼슬길에서 순탄하지 않은 것과는 달리 그의 시에 대한 당시 사람들의 평가는 대단히 높아서 은번殷璠은『하악영령집河嶽英靈集』을 편찬하면서 상건을 맨 앞에 놓았을 뿐만 아니라 15수에 달하는 많은 작품을 뽑아 수록했다.

그는 5언시에 능하였고 산림과 사찰을 제재로 함축적인 언어를 구사하여 맑고 고요한 의경을 잘 표현하였는데, 풍격이 자못 왕맹시파王孟詩派와 흡사하다.

왕창령이 은거한 곳에서 하룻밤 宿王昌齡隱居

맑은 계곡물 그 깊이를 알 수 없고	淸溪深不測
그대 있는 곳 외로운 구름 한 조각	隱處唯孤雲
소나무 사이로 흐릿한 달빛 살짝 드러나	松際露微月
맑은 빛 그대 위해 비추는 듯	淸光猶爲君
정자 가엔 꽃 그림자 아른거리고	茅亭宿花影
약초 심은 정원엔 이끼 무성하네	藥院滋苔紋
나도 그대처럼 세속과 인연 끊고	余亦謝時去
서산의 난새와 학과 노닐고 싶어라	西山鸞鶴群

■ 해설

작자는 왕창령이 은거한 곳을 찾아 고적한 경색을 묘사하면서, 자신도 세속을 떠나 은거하고 싶은 바람을 서술하고 있다.[1]

파산사 뒤편의 선원 題破山寺後禪院[2]

이른 새벽 고찰에 들르니	淸晨入古寺
떠오르는 해는 높은 나무 위를 비추네	初日照高林
굽이진 오솔길 따라 그윽한 곳으로 가면	曲徑通幽處
꽃과 나무 우거진 사이로 선방이 있네	禪房花木深
새들은 맑은 산 빛을 즐기는 듯하고	山光悅鳥性
못에 비친 그림자는 마음을 씻어주네	潭影空人心
온갖 소리 이곳에서는 고요한데	萬籟此俱寂[3]
멀리서 들려오는 종과 경쇠 소리만 은은하네	惟餘鍾磬音

---

1 王士禎, 『帶經堂詩話』: 嚴滄浪以禪喻詩, 余心契其說, 而五言尤爲近之. …常建松際露微月淸光猶爲君 … 妙諦微言, 與世尊拈花, 迦葉微笑, 等無差別. 通其解者, 可語上乘.
2 破山寺(파산사) : 興福寺라고도 했는데, 江蘇省 常熟市 破山에 소재하고 있다.
3 萬籟(만뢰) : 자연계 속의 온갖 소리

작자는 파산사 뒤의 선방에 대해 묘사하면서 청정하고 생기 넘치는 경계를 창조
하여, 독자들로 하여금 세속을 떠나 대자연의 그윽한 정적 속에 있다는 착각이
들게 한다.
송대의 대시인 구양수歐陽修는 자신의 『육일시화六一詩話』에서 "山光悅鳥性, 潭影空
人心" 두 구절은 따라 하려야 따라 할 수 없는 경지라고 극구 칭찬한 바 있다.

破山晩鐘

破山寺唐時
古刹也今政
称為興福寺

松禪

파산사 청대 화가 옹동화(翁同龢: 1830~1904)가 그린 파산사의 고즈넉한 저녁 풍경

과거 시험에 낙방하여 落第長安

집이 다행히도 함양에 있는데	家園好在尙留秦
밝은 날 길 잃은 처지 부끄러워라	恥作明時失路人
고향의 꾀꼬리와 꽃들이 비웃을까 두려워	恐逢故里鶯花笑
잠시 장안에서 봄을 지내야 하리라	且向長安度一春

■ 해설

과거시험에 낙제한 후의 심경을 묘사한 작품이다.

변경에서 塞下

갖옷 입고 철마 타고 한의 군영을 나서	鐵馬狐裘出漢營[4]
여러 길로 병사 나누어 용성을 구하러 갔네	分麾百道救龍城[5]
적군 좌현왕이 달아나기도 전에 우리 깃발 부러지니	左賢未遁旌竿折
잘못은 장군에게 있지 병사에게 있지 않네	過在將軍不在兵

■ 해설

한무제漢武帝 원수元狩 3년(BC 120) 낭중령郎中令이던 이광李廣은 기병 4천을, 박망후博望侯 장건張騫은 기병 1만을 이끌고 길을 달리하여 흉노匈奴의 좌현왕左賢王을 공격하였으나 이광은 흉노에게 포위당해 거의 전멸하다시피 하였다. 이때 장건의 병사가 이르러 포위망을 뚫을 수 있었는데, 이 시는 이 전쟁의 실패가 병사 때문이 아니라 장수 때문이라는 사실을 분명한 태도로 지적하고 있다.

---

4 鐵馬(철마) : 철갑을 두른 전마
5 分麾百道(분휘백도) : 군대를 여러 길로 나누다.

29.

잠삼 — 岑參

■ **잠삼**(715~770)

개원 3년(715)에 부친이 자사로 재임하고 있던 하남河南 선주(仙州 : 지금의 하남성 許昌 부근)에서 태어났다. 개원 8년(720), 부친이 선주자사에서 진주자사晉州刺史로 부임하자 그 역시 진주로 가서 생활하였다. 개원 12년(724)경 부친이 세상을 뜬 후에도 개원 17년(729)에 숭양(嵩陽 : 지금의 하남성 登封縣)에 은거할 때까지 계속 그곳에서 살았고, 개원 20년(732)에 다시 영양穎陽으로 옮겨 5년을 살았다. 그는 그곳에서 경서와 사서를 두루 섭렵하는 등 각고의 노력으로 학문의 중요한 기초를 닦았다. 이 시기는 자신의 애국과 공명에 대한 열망을 싹트게 했던 시기이며, 이것들에 대한 준비를 착수한 시기라고 할 수 있다. 그는 개원 22년(734)에 장안으로 가서 조정에 글을 바치기도 하고,[1] 10여 년 동안 장안, 낙양洛陽 사이를 여러 차례 오가며 왕창령(王昌齡 : 698~757)[2]을 만났고, 또 왕기王琦, 곽예郭乂, 주소부周少府, 두위杜位 등과도 폭넓게 교우 관계를 맺으며 학문과 견문을 넓혔다. 이와 동시에 마음 한편으로는 서른 살이 다 되어가도록 뜻을 펼치지 못하고 있는 자신에 대한 실의

---

1 獻書나 獻賦는 정상적인 과거를 통한 등용이 아닌 일종의 특수한 경로를 통한 등용의 방법이라 할 수 있는데, 岑參은 家門의 名聲을 이용해 글을 올림으로써 등용되고자 하는 열망이 있었으나 실패하고 만다.
2 岑參이 王昌齡을 만난 해는 천보 元年 봄으로, 45세의 王昌齡이 江寧縣의 縣丞으로 貶謫되어 갈 때 이다. 이때 岑參은 王昌齡보다 17세가 어렸는데, 이때 唱和한 시로는 〈送王大昌齡赴江寧〉, 〈留別岑 參兄弟〉가 있다.

와 위대한 남아가 되고자 하는 염원을 가슴 가득 지녔다. 이에 노력을 거듭하여 그는 천보 3년(744) 진사시에 급제하여, 우내솔부병조참군右內率府兵曹參軍이라는 말직이 주어졌다. 그렇지만 당시까지 이룩해 놓은 업적이 없음을 부끄러워하고 있던 그는 미관이라 해서 주저할 처지가 못 되었다. 벼슬길로 들어선 이후 자신의 염원을 성취할 기회가 주어지지 않는 말직만을 전전하던 그에게 처음으로 자신의 뜻을 펼칠 기회가 왔다. 두 차례에 걸친 변방으로의 종군이 바로 그것이다. 천보 8년(749)부터 천보 10년(751)까지 안서사진절도사安西四鎭節度使 고선지高仙芝의 장서기掌書記가 되어 안서安西에 부임하였고, 3년 후인 천보 13년(754)부터 천보 15년(756)까지 안서북정절도판관安西北庭節度判官에 임명되어 봉상청封常淸을 보좌하였다. 북정에서의 생활을 마감하고 장안으로 돌아오던 지덕至德 2년(757) 봄, 잠삼은 봉상鳳翔에 이르러 숙종肅宗의 행차를 따르게 되었다. 이때 두보 등 여러 사람이 그를 조정에 추천하자, 조정에서는 그를 우보궐右補闕에 임명하였다. 우보궐에 있으면서 그는 자주 글을 올려 당시 득세하던 고관과 총애를 받던 신하들을 탄핵하는 등 공평무사하게 자신의 직무를 수행했다. 그러나 그의 정직함은 오히려 권문세가들의 미움을 사서 다른 직으로 옮겨야만 했다.

건원乾元 2년(759), 그는 기거사인起居舍人을 거쳐 괵주장사虢州長史로 부임하게 되었으며, 보응寶應 원년(762)에는 태자중윤겸전중시어사太子中允兼殿中侍御史 등을 거쳐 사부원외랑祀部員外郎, 이부위고공원외랑吏部爲考功員外郎과 우부·고부이정랑虞部·庫部二正郎 등을 역임하였다. 영태永泰 원년(765), 가주자사嘉州刺史에 임명되어 가주로 부임하는 도중에 촉蜀 지방에 대란이 발생하자 그는 양주梁州까지 갔다가 장안으로 되돌아와야 했다. 장안으로 돌아와 있던 대력大曆 원년(766), 두홍점杜鴻漸이 산남검남부원수·서천절도사山南劍南副元帥·西川節度使에 임명되어 촉 지방의 난을 평정하라는 명을 받자, 두홍점은 표表를 올려 잠삼을 직방낭중겸시어사職方朗中兼侍御史로 임명해줄 것을 청하였다. 이에 2월 장안을 출발한 잠삼은 7월에 촉으로 들어가게 되었다. 이때 이미 촉의 난은 평정되어 막부에서 달리 할 일이 없게 되자, 잠삼은 제갈량諸葛亮의 사당, 문옹文翁의 강당, 사마상여司馬相如의 금대琴臺 등을 유람하기도 했다.

대력 2년(767) 4월, 두홍점이 조정에 들어가 지정사知政事에 임명되자, 잠삼은 재차 가주자사에 임명되어 이곳에 부임하였다.

대력 3년(768) 7월, 잠삼은 자사직을 그만두고 장안으로 돌아오게 되었다. 융주戎州에 이르렀을 때, 도적의 무리를 만나 더 이상 나아가지 못하고 이곳에서 오랫동안 머물러야만 했다. 그러나 상황이 호전될 기미가 보이지 않자, 하는 수 없이 장안으로 가는 계획을 포기하고 성도成都로 돌아가 기거하다 대력 5년(770)에 세상을 뜨니, 그의 나이 56세 때였다.

저서로는 잠가주집岑嘉州集이 전하며, 고적과 더불어 성당 변새시파의 대표시인으로 당나라 병사들의 영웅적인 기개와 서북 변방의 이국적인 경치, 병사들의 향수 등을 기이하고도 장려한 풍격으로 표현하였다.

주마천에서 봉대부의 서쪽 원정을 삼가 전송하며

走馬川行奉送封大夫出師西征

그대는 보지 못했는가	君不見
주마천의 설해 가에	走馬川行雪海邊[3]
끝없는 사막이 하늘 끝과 이어진 것을	平沙莽莽黃入天[4]
윤대의 구월 바람은 밤에 울음을 토하고	輪臺九月風夜吼[5]
온 시내에 깨진 거대한 돌은	一川碎石大如斗
광풍 따라 어지러이 구르네	隨風滿地石亂走
흉노는 풀이 마르고 말이 살찌는 가을에 침입하여	匈奴草黃馬正肥[6]
금산의 서쪽에 연기와 먼지 날리는 것 보이자	金山西見煙塵飛[7]
봉상청 장군 서쪽으로 군대를 출동시키네	漢家大將西出師
장군은 밤이 되어도 갑옷 벗지 않고	將軍金甲夜不脫[8]
한밤 행군에 창은 부딪혀 울리며	半夜軍行戈相撥
칼 같은 매서운 바람은 얼굴을 할퀴네	風頭如刀面如割
말 잔등에 눈 내려 모락모락 피어오르는 김은	馬毛帶雪汗氣蒸
오화마, 연전마의 잔등에서 곧 얼음이 되고	五花連錢旋作氷[9]

3 雪海(설해) : 天山 일대 지역으로, 여름에도 눈이 내린다.
4 莽莽(망망) : 아득하다.
5 輪臺(윤대) : 唐代 北庭都護府 관할하의 요지로 지금의 新疆省 烏魯木齊 동북쪽의 輪臺縣이다.
6 匈奴(흉노) : 여기에서는 변방의 異族 침략자를 가리킨다.
7 金山(금산) : 阿爾泰山. 여기에서는 변방의 산맥을 가리킨다.
8 金甲(금갑) : 철로 만든 갑옷
9 五花(오화) : 갈기를 꽃잎 다섯 개의 모양으로 장식한 말

군영의 초격을 쓴 먹물이 얼어붙었네	幕中草檄硯水凝
적병은 이를 듣고 두려워하여	虜騎聞之應膽懾
감히 싸우려 하지 않으리니	料知短兵不敢接
거사의 서문에서 전리품 바칠 날을 기다리노라	車師西門佇獻捷[10]

■ 해설

이 시는 당의 병사들이 국가를 보위코자 하는 애국적 기개를 열렬하게 칭송하고 있다. 먼저 출사의 환경을 지리 조건과 기후 조건 두 방면에서 과장과 은유의 기법으로 환경의 혹독함을 여실히 드러내고 있다. 이어 밤에 갑옷도 벗지 못하고 경계를 게을리할 수 없는 상황의 급박함을 묘사하고 있다. 동시에 병사들의 투지가 왕성함을 부각하고 있다. 이 시는 3구마다 한번 환운하는 독창적인 용운 형식을 취하고 있는데, 이러한 형태는 시의 음절을 급박하게 하여 눈보라 치는 밤 행군의 어려움과 매우 잘 어울리고 있다. 이와 같은 용운은 또 과장과 상상 수법과도 조화를 이루어 낭만주의 정조가 전편에 흘러넘치게 하는 효과를 거두고 있기도 하다. 이렇듯 기이한 용운과 구성이 시의 주제와 조화를 이루어 주제를 한결 두드러지게 하고 있다.

좌성의 두보에게 寄左省杜拾遺[11]

함께 조회에 나가	聯步趨丹陛[12]
자미성을 사이에 두고 좌우로 나아가네	分曹限紫微[13]

連錢(연전) : 털에 동전 모양의 무늬가 있는 말. 『爾雅・釋畜』: 靑驪驎驒. 郭注: 色有深淺斑駁隱粦(日 驒, 今之連錢驄.
旋(선) : 곧

10 車師(거사) : 지금의 新疆 烏魯木齊市 동북쪽으로 당시 北庭都護府가 설치되었던 곳이다.
捷(첩) : 전리품

11 左省(좌성) : 門下省. 大明宮 宣政殿 좌측에 있어서 이렇게 불렸다.

12 丹陛(단폐) : 宣政殿 앞의 붉은 계단으로, 조회를 하던 곳이다. 岑參과 杜甫는 至德 2년부터 乾元 元 年 초까지 함께 조정에서 근무한 적이 있다.

13 分曹(분조) : 杜甫가 근무하던 門下省을 左曹라 하고, 岑參이 근무하던 中書省을 右曹라 했다.
限(한) : 사이에 두다.
紫微(자미) : 여기에서는 조회할 때 황제가 머무르던 宣政殿을 가리킨다.

새벽 의장대를 따라 입장하여 　　　　　曉隨天仗入[14]

저녁에 향내에 배어 돌아오네 　　　　　暮惹御香歸[15]

백발 되니 떨어지는 꽃 서글프고 　　　　白髮悲花落

청운에 높이 나는 새 부러워지네 　　　　青雲羨鳥飛

조정에는 잘못하는 일 없어 　　　　　　聖朝無闕事[16]

간언 올릴 일 드물어지네 　　　　　　　自覺諫書稀[17]

■ 해설

건원乾元 원년(758), 작자와 두보는 각 각 우보궐右補闕과 좌습유左拾遺로 함께 조정
에서 근무하게 되었는데, 이 때 작자가 두보에게 준 시이다. 조정에서 함께 근무
하지만 작자는 우보궐로서 중서성中書省에 속해 우서右署에 있게 되었고, 두보는
좌습유로서 문하성門下省에 속해 좌서左署에 있게 되어 서로 떨어져야 하는 것을
묘사한 후에 백발이 되어도 중용 되지 못하고 한낱 높은 지위만을 부러워하고 있
는 자신의 실의를 그리고 있다.

14 天仗(천장) : 황제의 의장대. 仙仗이라고도 했다.
15 惹(야) : 냄새에 물들다.
　御香(어향) : 조회 시에 조정에 피우던 향
16 闕事(궐사) : 잘못
17 諫書稀(간서희) : 간언 올릴 일 드물어지다. 후대의 사람들은 위 시의 이 구절을 놓고 조정에 같이
근무하던 잠삼과 두보 두 사람 중 누가 자신의 직무에 충실했던가를 평하곤 했다. 『苕溪漁隱叢話』
를 보면, "肅宗 至德 초에 두보는 拾遺였고 잠삼은 補闕이었는데, 어떤 사람이 두 사람 중에 누가
더 현명하냐고 묻기에 나는 '두보가 더 현명하다.'라고 대답하였다. 그러자 그는 '그것을 어떻게
아는가?'하고 물었다. 그래서 나는 '그들의 시로 그것을 알 수 있다. 두보의 시에는 '사람 피해 군
주가 잘못 언급한 간언의 초고를 불태우고, 말을 타고 돌아가려 하니 닭은 횃대에 오르네.'(《晩出
左掖》)라고 하였을 뿐 아니라 '내일 아침 봉사 올릴 일 있어 자다가도 밤이 어느 때쯤 되었나 자주
묻네.'(《春宿左省》)라고 했다. 그런데 잠삼의 시에는 '조정에는 잘못이 없어 간언 올릴 일 드물어
짐을 알겠도다.'라고 하였으니 至德 초에 안사의 난이 극렬해져 현종은 蜀으로 피난을 가는 등
朝野가 소란했는데도 과연 조정에 잘못이 없던 때인가?'라고 대답했다.(肅宗至德初, 子美爲拾
遺, 岑參爲補闕, 或問二人誰賢, 余日子美賢. 或日何以知之, 日以其詩知之, 子美之詩日, 避人焚諫草,
騎馬欲鷄栖. 又日, 明朝有封事, 數問夜如何. 參之詩日, 聖朝無闕事, 自覺諫書稀. 至德初, 安史之亂方劇,
上皇在蜀, 朝野騷然, 果無闕事時耶.)"라고 간언을 올리는 일이 드물어졌다는 잠삼의 말을 황제에
게 순종하고 아첨하는 언사로 파악한 것이다. 그러나 이를 아첨하는 언사로 여기는 것은 옳지 않
으며 자기의 직무 수행에서 오는 무기력함에 대한 한탄으로 보아야 할 것이다. 즉 右補闕의 직무
가 간언을 하는 일인데, 실제로는 자기의 의견이 받아들여지지 않는 현실을 반의적으로 말한 것
일 따름이다.

장안으로 들어가는 사신을 만나 逢入京使

고향이 있는 동쪽 바라보니 길은 아득하여	故園東望路漫漫[18]
두 소매는 흐르는 눈물로 마를 날 없네	雙袖龍鍾淚不乾[19]
말 위에서 만나 지필이 없으니	馬上相逢無紙筆
그대가 평안하다고 말로나 전해 주게나	憑君傳語報平安[20]

■ 해설

이 시는 작자가 천보 8년(749), 안서사진절도사安西四鎭節度使인 고선지高仙芝의 막부로 부임하다가 말 위에서 우연히 장안으로 들어가는 사자를 만나 편지를 쓸 여유가 없자, 자신의 평안함을 말로나마 처자에게 전해 달라는 급박한 심정을 잘 묘사하고 있다. 자신의 안전을 걱정하고 있을 집안의 처자를 생각하고는 종군의 고통스러움을 알리지 않은 채 도리어 평안하다고 알리고 있는데, 그 정경이 가슴을 저민다. 이 시는 시어가 매우 평이하지만 표현하고자 하는 바는 매우 핍진하다. 모든 사람에게 흔히 있을 수 있는 평범한 형상을 포착하여 누구도 도달할 수 없는 독창적인 재능으로 그 형상을 극히 자연스럽게 표현하고 있다.

은산 사막의 서관에서 銀山磧西館[21]

은산 어귀엔 바람이 화살처럼 세차고	銀山峽口風似箭
철문관 서쪽엔 달빛이 비단처럼 하얗네	鐵門關西月如練[22]
주르륵 흐르는 근심의 눈물은 말 털을 적시고	雙雙愁淚沾馬毛
휘익 날리는 전쟁터의 모래는 얼굴을 때리네	颯颯胡沙迸人面[23]

---

18 故園(고원) : 岑參은 장안에 별장을 가지고 있어서 이렇게 표현한 것이다.
　　漫漫(만만) : 아득하다.
19 龍鍾(용종) : 눈물이 흐르는 모양
20 憑(빙) : 부탁하다.
21 銀山磧(은산적) : 銀山이라고도 하며 지금의 新疆省 吐魯番 서남쪽에 있다.
　　館(관) : 驛館. 呂光館을 이름
22 鐵門關(철문관) : "自焉耆西五十里過鐵門."(『新唐書·地理志』)
23 颯颯(삽삽) : 세찬 바람 소리

| 대장부 나이 서른이 되었어도 아직 부귀치 못하니 | 丈夫三十未富貴 |
| 어찌 종일토록 책만 읽을 수 있으랴 | 安能終日守筆硯[24] |

■ 해설

이 시는 작자가 천보 8년(749), 안서安西에 도착하여 막장서기幕掌書記에 있으면서
34세가 되어 가도록 뚜렷한 공적을 세우지 못하고 미관에만 머물러 있을 수 없다
는 강개한 심정을 토로하고 있다. 전반 4구는 은산협구銀山峽口의 자연 풍광과 혹
독한 기후를 묘사하고 여기에 자신의 수심을 기탁하였다. 후반 2구에서는 앞의
정조가 변하여 이러한 열악한 환경을 두려워하거나 회피하려는 기색이 전혀 보
이지 않는 영웅 남아의 기상이 넘쳐흐르고 있다. 그리고 고통스러운 환경 속에서
도 부귀와 공명을 이룩하고자 하는 강렬한 열망을 한대漢代 반초(班超 : 32~102)의
사실을 인용하여 효과적으로 드러내고 있다.

안서로 부임하는 그대를 전송하며 送人赴安西[25]

그대는 말에 올라 칼을 차고	上馬帶胡鉤[26]
빠르게 농산을 넘네	翩翩度隴頭[27]
어려서부터 나라를 위해 몸바칠 각오를 새기고	小來思報國
봉후를 얻고자 종군한 것은 아니리	不是愛封侯
만 리 밖에서 고향 생각하고	萬里鄕爲夢

迸(병) : 부딪히다.

24 守筆硯(수필연) : 책상에 앉아 글을 읽다. "少有大志, 家貧, 常爲官傭書以供養, 嘗輟業投筆歎曰, 大丈夫
猶當效傅介子張騫立功異域以取封侯, 安能久事筆硯間乎."(『後漢書 · 班超傳』) 잠삼에게는 여기에서처
럼 한대 명장들의 애국적인 행동을 인용하여 자신의 뜻을 강조한 시가 많다. ① 李廣利 : 〈獻封大夫破
播仙凱歌六首〉"漢將承恩西破戎, 捷書先奏未央官. 天子預開麟閣待, 祇今誰數貳師功."〈登北庭北樓呈幕
中諸公〉"嘗讀西域傳, 漢家得輪臺. 古塞千年空, 陰山獨崔嵬. …" ② 李廣 : 〈使交河郡〉"… 漢代李將軍, 微
功今可哨." ③ 李輕車 : 〈北庭貽宗學士道別〉"萬事不可料, 嘆君在軍中, 讀書破萬卷, 何事來從戎. 曾逐李輕
車, 西征出太蒙. 荷戈月窟外, 摔甲昆侖東. …" ④ 霍去病 : 〈北庭西郊候封大夫受降回軍獻上〉"… 陰山烽火
滅, 劍水羽書稀. 却笑霍嫖姚, 區區徒爾爲. …"〈睢陽酬別暢大判官〉"大夫拔東蕃, 聲冠霍嫖姚. …".

25 安西(안서) : 安西都護府. 지금의 新疆省 吐魯番 서쪽

26 鉤(구) : 굽은 형태의 칼. 여기서는 칼의 총칭

27 隴頭(농두) : 隴山. 지금의 陝西省 隴縣 서쪽으로, 서북 변경으로 나아가기 위해서는 반드시 지나야
하는 곳이다.

서북 변방에서 달을 보고 근심 짓네　　　　　三邊月作愁[28]

일찍 적을 무찌르고　　　　　　　　　　　早須清點虜[29]

가을 가기 전에 무사히 돌아오게나　　　　無事莫經秋[30]

■ 해설

이 시는 이 시는 천보 13년(752) 장안에서 안서安西로 부임하는 친구를 송별하며 지은 시이다. 친구와의 송별에서 아쉬운 마음과 서러운 정조가 전혀 눈에 띄지 않고 강개하고도 영웅적인 기개만이 넘쳐흐르고 있다. 1-2구에서 안서로 부임하여 떠나는 친구의 모습을 그린 후에 3-4구에서는 친구의 내면을 언급하여 애국 정신을 직접적으로 드러내고 있다. 이는 친구에 대한 찬사임과 동시에 작자 자신의 바람으로 파악할 수 있다. 그리고 5-6구의 고향 생각으로 인한 근심은 전쟁에 대한 염오를 표현한 것이라기보다는 작자의 친구에 대한 깊은 우애로 이해될 수 있다. 따라서 작자의 친구에 대한 정회가 진지하게 와 닿을 뿐, 침울한 정조를 느낄 여지가 없다. 마지막 2구는 시인 자신의 축원으로 친구가 변방에서 적을 격퇴한 후 빨리 돌아오기를 갈망하고 있다. 변방으로 친구를 보내며 작별의 아쉬움보다는 오랫동안 마음속으로만 품어 왔던 애국을 실천할 수 있게 되길 바라는 간절한 마음을 드러내고 있다.

28 三邊(삼변) : 幽州, 并州, 凉州 지방. 여기에서는 西北 邊塞를 말한다.
29 淸(청) : 쓸다, 소제하다.
　　點(힐) : 교활하다.
30 經(경) : 거치다.

파선을 격파하고 개선하는 봉대부에게 바치는 시

獻封大夫破播仙鎭凱歌六首[31]

1

봉대부는 황제의 명을 받들어 오랑캐를 깨뜨리고 　　漢將承恩西破戎
승리를 알리는 문서를 먼저 미앙궁에 아뢰네 　　　　捷書先奏未央宮
천자는 미리 인각을 열고 기다리는데 　　　　　　　天子預開麟閣待
지금 누가 이사 장군의 공을 거론하겠는가? 　　　　祗今誰數貳師功[32]

■ 해설

이 시는 천보 13년(752) 겨울, 봉상청封常淸이 파선播仙을 정벌한 것을 칭송하고 있다. 당시 전쟁은 역사서에 기록되어 있지 않을 정도로 소규모 전쟁이었음에도 작자는 연신 이 전쟁에서의 승리를 노래함으로써 봉상청의 전승을 한껏 부각하고 있다. 상관에 대한 이 같은 과도한 칭송은 은연중 자신의 공명에 대한 의도를 드러내는 것이라고 해석할 수 있다.

3

피리와 북소리는 개선하는 병사를 둘러싸는데 　　鳴笳疊鼓擁廻軍
적을 무찌르고 번을 평정한 일은 옛날엔 없었네 　破國平蕃昔未聞
장군의 금인은 변방의 달빛에 빛나고 　　　　　　丈夫鵲印迎邊月
대장의 용기는 구름바다를 압도하네 　　　　　　　大將龍旗掣海雲

---

31 播仙(파선) : 원래 且末, 沮末, 左末 등으로 불리었던 곳으로, 高宗 上元 연간(674~676)에 播仙으로 개명되었다. 晉代에는 鮮卑族의 수령인 吐谷渾의 거점이었으나, 唐 초기에 吐蕃이 토욕혼을 멸망시켜 점령한 후로 당과 토번의 세력이 충돌하는 요지였다. 이곳 播仙은 토번이 동쪽에서 서쪽으로 진출하는 데에 요지였고, 당에도 玉門關에서 남쪽의 于闐 등으로 나아갈 때 반드시 거쳐야 하는 중요한 지역이었다. 당과 토번은 이곳을 놓고 오랫동안 쟁탈전을 벌여 왔는데, 당시에는 토번의 통치 아래 있었다.

32 貳師(이사) : 李廣利. 그는 太初 元年(BC 104), 屬國 기병 6천 명과 郡國의 비행 소년 수만 명을 지휘하여 貳師城의 명마를 탈취해 오도록 명령을 받았기에 貳師 將軍으로 불렸다.

이 시에서도 작자는 봉상청封常淸이 적을 무찌른 것에 대해 전례 없는 대승이라는 말로 상관을 칭송하고, 계속 봉상청이 인솔하는 군대의 혁혁한 위세를 묘사하고 있다. 또한, 변새의 달과 호수 위의 구름을 대장의 금인과 용기에 연결하는 등의 기이한 연상을 통해 위풍당당한 행군 장면을 적절하게 그려내고 있다. 절구 형식이면서도 매우 적절하게 대우를 강구하여 기세가 극히 웅혼하다.

5

당의 군영에서 멀리 토번의 병사 보이는데	蕃軍遙見漢家營
온 골짜기와 산엔 곡소리뿐	滿谷連山遍哭聲
많은 무기로 밤새 살상하니	萬箭千刀一夜殺
새벽에 피는 빈 성으로 흘러들어오네	平明流血浸空城 [33]

■ 해설

작자는 적극적으로 상관의 승전을 칭송하면서 그 승전의 희생물이 된 이족의 병사들에 대해서는 동정심을 조금도 내비치고 있지 않다. 잔혹하게 전멸시킨 후의 섬뜩한 느낌이 전혀 배어 나오지 않고 승리의 희열만이 가득할 뿐이다. 이것은 작자가 공명 달성에만 관심이 있을 뿐, 적의 운명에 대해 관심과 동정을 기울일 여유를 갖지 못했기 때문이라 할 수 있다.

6

저녁 비에 깃발은 젖어 마르지 않고	暮雨旌旗濕未乾 [34]
전쟁터의 연기에 싸인 백초는 햇빛에도 싸늘하네	胡煙白草日光寒
장군은 밤새워 새벽까지 싸우니	昨夜將軍連曉戰
적군은 말 위의 빈 안장만 보일 뿐	蕃軍只見馬空鞍

33 平明(평명) : 새벽
34 旌旗(정기) : 깃발

이 시는 전쟁 후에 연기가 여전히 피어오르는 참담한 정경과 계속되는 전쟁에서 적군이 완전 섬멸당한 처참함을 그리고 있다. 이처럼 작자는 무참하고도 잔혹하게 짓밟히는 적군을 그리면서 매우 긍정적인 태도로 거침없이 적어 내고 있는데, 이는 적군에 대한 적개심이라기보다는 어떻게 해서든지 전쟁에서 승리하여 공명을 획득하고자 하는 작자의 염원이 강렬했기 때문으로 이해할 수 있다.

옥문관에서 장안의 이주부에게 玉關寄長安李主簿

동쪽으로 장안은 만 리 이상 떨어져 있는데	東去長安萬里餘
그대는 어찌 한 줄의 편지마저 아까워하는가	故人何惜一行書
옥관 서쪽을 바라보면 애가 끊어지는 듯한데	玉關西望堪斷腸
게다가 내일이면 세모로다	況復明朝是歲除[35]

■ 해설

이 시는 고향인 장안에 대한 향수를 기조로 친구에 대한 사념을 표현하고 있는데, 종군 첫 해를 옥관에서 보내며 고향에 있는 친구의 편지를 받고 싶어하는 간절한 심정을 잘 드러내고 있다. 앞의 2구는 이주부의 편지가 없음을 책망하고 있으며, 뒤의 2구는 나그네의 쓸쓸함에 세모를 맞으니 서러움이 더욱 커져 자신을 어떻게 위로할 수 없다는 애상감이 짙게 배어 나온다.

35 歲除(세제) : 除夜

화산을 지나며 經火山[36]

화산이 막 보이기 시작하는데	火山今始見
우뚝 포창의 동쪽에 서 있네	突兀浦昌東[37]
붉은 불꽃은 오랑캐 땅 구름을 불태우고	赤焰燒虜雲
뜨거운 공기는 변방의 하늘을 삶네	炎氛蒸塞空
알지 못하겠노라 음양탄이	不知陰陽炭[38]
어찌하여 이곳에서만 타는지를	何獨燃此中
나는 엄동설한일 때 왔는데도	我來嚴冬時
산 아래엔 뜨거운 기운도 많아라	山下多炎風[39]
사람과 말은 모두 땀을 흘리는데	人馬盡汗流
누가 대자연의 조화를 알겠는가?	孰知造化功[40]

■ 해설

이 시는 작자가 안서安西로 부임할 때 화산을 지나면서 지은 시이다. 먼 곳에서 바라본 기이한 장관에서 시작하여 가까이에서 느낀 감정을 과장과 상상을 적절히 배합하여 묘사하는 가운데 작자의 화산에 대한 격정이 흘러넘치고 있다.

---

36 火山(화산) : 신강성(新疆省) 투루판(吐魯番) 북부에 있는 산으로 화염산(火焰山)이라고도 했다. 산이 붉은 사암(砂岩)으로 되어 있어 불꽃처럼 붉게 보이는데다가 기후가 타는 듯이 뜨거웠기에 이렇게 불렸던 것이다.

37 突兀(돌올) : 우뚝 솟은 모양
　　浦昌(포창) : 지금의 新疆省 鄯善縣

38 陰陽炭(음양탄) : 賈誼의 〈鵬鳥賦〉의 "천지는 화로이고, 조화는 공이로다. 음양은 숯이고, 만물은 구리로다.(且夫天地爲爐兮, 造化爲工. 陰陽爲炭兮, 萬物爲銅.)"에서 차용하였다. 여기에서는 陰陽炭이 이곳 화산에서만 타올라 모든 것을 뜨겁게 달구고 있다고 과장해서 그려내고 있다.

39 炎風(염풍) : 뜨거운 바람

40 造化功(조화공) : 대자연의 조화

주천을 지나며 두릉의 별장 생각에 過酒泉憶杜陵別業

어젯밤은 기련에서 묵고　　　　　　　昨夜宿祁連
오늘 아침엔 주천을 지나노라　　　　　今朝過酒泉
황사는 서쪽 끝 바다에 이어지고　　　　黃沙西際海
백초는 북쪽으로 하늘과 이어졌구나　　白草北連天
근심 속에서 하루해를 보내기 어려운데　愁裏難消日
돌아갈 날은 아직 멀기만 하구나　　　　歸期尚隔年
양관 만 리 밖에서 꿈을 꾸어도　　　　陽關萬里夢[41]
두릉전이 있는 곳을 알겠도다　　　　　知處杜陵田[42]

■ 해설

이 시는 작자가 천보 13년(754), 북정北庭으로 부임하는 도중 주천酒泉을 지나며 지은 시이다. 고향에 대한 깊은 사념이 흘러넘치는 이 시는 황량한 변새의 정경과 이곳에서의 고통스러운 생활이 뒤섞여 고향에 대한 그리움이 한껏 드높기만 하다.

사막 한 가운데에서 磧中作[43]

말 달려 서쪽으로 하늘을 오르는 듯하고　走馬西來欲到天
집을 떠나 두 차례나 둥근 달을 보네　　　辭家見月兩回圓
오늘 밤은 어디에서 묵어야 하나?　　　　今夜不知何處宿
끝없이 펼쳐진 사막에는 인적이 드무니　　平沙萬里絕人煙[44]

---

41 陽關(양관) : 지금의 甘肅省 敦煌縣 서쪽
42 杜陵田(두릉전) : 장안의 杜陵에 있던 그의 별장
43 磧(적) : 銀山磧
44 平沙(평사) : 광활한 사막
　　人煙(인연) : 인가에서 밥 짓는 연기

■ 해설

이 시는 작자 자신의 고향에 대한 그리움을 그리고 있는데, 비교적 완곡하고 함축적으로 향수를 그리고 있는 것이 특색이다. 즉 작자는 고향을 떠나 멀리 변방에 왔다는 것을 직접 말하지 않고, 서쪽으로 하늘이 사막과 맞닿아 있다고 표현하여 요원하고도 적막한 여정을 완곡하게 드러내고 있다. 또한, 집을 떠난 날이 오래되었다고 직접적으로 말하지 않고, 집을 떠난 후 보름달을 두 번 보았다는 식으로 기나긴 여정을 묘사하고 있다. 그리고 여정 중의 공허하고 적막한 감정을 황량한 사막에 인적이 끊어진 경물로 대체하여 드러내고 있고, 또 이를 문답식으로 처리하고 있는데 매우 함축적이라 할 수 있다. 이처럼 밤이 되었어도 정처 없는 작자의 상황은 고향의 넉넉한 환경과 암암리에 비교되어 사막에서의 고통스러운 임무를 두드러지게 하고 있다. 자신의 외로움을 직접 언급하지 않고 경물에 기탁하여 드러내고 있는 정경일치의 의경은 작자의 표현 기교 중의 뛰어난 부분이라 할 수 있다.

안서관에서 장안을 생각하며 安西館中思長安

고향집이 해 뜨는 곳에 있어	家在日出處
아침에 기쁘게 동풍을 맞노라	朝來喜東風
바람은 장안에서 불어오지만	風從帝鄕來
집의 편지와는 통하질 않네	不與家信通
이곳은 땅이 끝나는 곳	絶域地欲盡
외로운 성은 하늘의 끝에 있도다	孤城天遂穹
일 년 내내 말 위에서만 지내고	彌年但走馬
온종일 나부끼는 쑥만 쫓네	終日隨飄蓬
적막하여 득의하지 못하니	寂寬不得意
관직에는 고생과 수고로움만 있도다	辛勤方在公
변방엔 잠시 전쟁이 멈추었으나	胡塵淨古塞
전쟁의 기운은 변방의 공기에 가득하네	兵氣屯邊空
고향으로 통하는 길은 아득히 하늘 바깥에 있고	鄕路渺天外

돌아갈 날은 꿈속에 있도다 歸期如夢中
아득히 비장방의 비술을 빌어 遙憑長房術[45]
천산과 장안의 거리를 단축하고 싶도다 爲縮天山東

■ 해설

작자가 천보 9년(750) 봄, 안서安西에 있을 때 지은 작품이다. 당시 안서도호부의 지휘부는 구자(龜玆 : 지금의 新疆 庫車縣)에 있어 그의 고향과는 거리가 매우 멀었다. 작자는 안서에 부임하여 공직에 충실하였으나 자신의 포부를 펼칠 기회가 오지 않자, 이내 좌절에 빠지게 되어 관직을 차지하고 있는 것까지 고통으로 인식하게 되었다. 이러한 자포자기의 정서는 조금이라도 빨리 변새를 벗어나 고향으로 돌아가고자 하는 초조함으로 변해 비장방의 축지법까지 생각해 내고 있다. 위 시는 고시이지만 대우를 많이 사용하여 전 편의 구성이 매우 엄정한 특징을 보여주고 있기도 하다.

화산 구름 아래에서 그대를 보내며 火山雲歌送別

화산은 우뚝 적정의 어귀에 서 있는데 火山突兀赤亭口[46]
5월이 되자 타는 듯한 구름 더욱 짙어지네 火山五月火雲厚
불 같은 구름은 온 산에 엉키어 흩어지지 않으니 火雲滿山凝未開
나는 새조차 가까이 오려 하지 않네 飛鳥千里不敢來
새벽이 되자 바람에 흩어지는가 했는데 平明乍逐胡風斷[47]
저녁이 되자 비를 따라 다시 몰려 왔네 薄暮渾隨塞雨回
화산의 운기는 철관의 나무를 둘러싸서 삼키고 繚繞斜呑鐵關樹[48]
온통 교하성의 수루에 엄습해 오네 氛氳半掩交河戍[49]

45 작자가 이 시처럼 縮地法의 표현을 빌어 고향으로 빨리 가고자 하는 마음을 기탁했던 시로는 이 시 이외에 "帝鄕北近日, 瀘口南連蠻. 何當遇長房, 縮地到京關."(《阻戎瀘間群盜》), "五粒松花酒, 雙溪道士家. 唯求縮却地, 鄕路莫敎賖."(《題井陘雙溪李道士所居》) 등이 있다.
46 赤亭口(적정구) : 화산 아래 동서 교통의 요지
47 乍(사) : 갑자기
48 繚繞(요요) : 에워싸다.

길은 멀리 화산의 동쪽으로 펼쳐져 있고 　　　　迢迢征路火山東[50]

화산 위에는 구름 한 점 친구의 말을 좇고 있네 　　山上孤雲隨馬去

　■ 해설

이 시는 과장된 필치로 화산을 묘사하고, 화산의 구름에 기탁하여 친구와의 이별을 아쉬워하는 마음을 표현하였는데, 홀로 멀리 떠나는 친구의 모습과 한 점 구름의 표상이 잘 어울린다. 그리고 7언 고시의 형식이지만 대구를 강구하여 더욱 웅건한 기상을 드러내고 있다.

열해에서 최시어가 장안으로 귀환하는 것을 전송하며

熱海行送崔侍御還京[51]

천산의 아이들 말을 들으니 　　　　　　　　側聞陰山胡兒語[52]

서쪽 끝 열해의 물은 삶는 듯하다네 　　　　　西頭熱海水如煮[53]

물 위엔 많은 새들이 감히 날지 못하고 　　　　海上衆鳥不敢飛

물속엔 잉어가 잘 자라기도 하네 　　　　　　　中有鯉魚長且肥

언덕 위엔 푸른 풀 시들지 않고 　　　　　　　岸上靑草常不歇[54]

하늘엔 하얀 눈이 금세 녹네 　　　　　　　　空中白雪遙旋滅

삶은 모래, 달궈진 돌은 변방 구름을 태우고 　蒸沙爍石燃虜雲

끓는 물결, 뜨거운 파도는 달을 지지네 　　　　沸浪炎波煎漢月

---

49 氛氳(분온) : 무성한 모양

50 迢迢(초초) : 멀다.

51 熱海(열해) : 淸池라고도 불리는데, 그 호수 중 凌山을 마주 대하고 있는 곳은 얼지 않아 이렇게 불렸다. 하지만 그 호수의 물이 따뜻한 것은 아니었다. 주위가 1,400~1,500리 정도였고, 동서로 길고 남북으로는 좁았다. 그것을 바라보면 수면이 광활하게 펼쳐져 있는데, 바람이 세차지 않아도 큰 파도가 일렁거렸다.(淸池亦云熱海, 見其對凌山不凍, 故得此名, 其水未必溫也. 周千四五百里, 東西長, 南北狹, 望之渺然, 無待激風而洪波數丈.)(『大慈恩寺三藏法師傳』)

52 陰山(음산) : 北庭都護府 경내의 天山

53 西頭(서두) : 서쪽 끝

54 歇(헐) : 시들다.

땅 속의 불은 천지를 화로 삼아 몰래 타올라	陰火潛燒天地爐[55]
어찌 이 서쪽 끝만을 태우는가?	何事偏烘西一隅
열기는 월굴을 삼키고 서쪽으로 이어지고	勢吞月窟侵太白[56]
기세는 적판에 이어져 선우로 통하네	氣連赤坂通單于[57]
천산 성곽에서 취하여 그대 보내자니	送君一醉天山郭
마침 석양은 열해 가에 떨어지네	正見夕陽海邊落
그대의 서릿발 같은 위엄은	柏臺霜威寒逼人
열해의 뜨거운 기운도 차갑게 식히리라	熱海炎氣爲之薄

■ 해설

이 시는 과장과 상상으로 열해의 특징을 묘사하고 있는데, 우선 자신이 직접 열해를 본 것이 아님을 말하고 있다. 그러나 변방에서의 오랜 생활을 통하여 서역의 자연환경을 자세히 관찰해 온 그였기에 얻어들은 것이라 할지라도 열해의 풍광을 변화무쌍하게 묘사해 낼 수 있었던 것이다.

호가 소리 들으며 하롱으로 가는 안진경을 전송하며

胡笳歌送顔眞卿使赴河隴[58]

그대는 듣지 못하였는가?	君不聞
호가 소리가 가장 슬프다는 말을	胡笳聲最悲
붉은 수염 푸른 눈을 한 호인의 호가 소리	紫髥綠眼胡人吹
한 곡 끝나지 않았는데도	吹之一曲猶未了[59]
벌써 변새의 병사들을 서럽게 만드네	愁殺樓蘭征戍兒[60]

55 陰火(음화) : 땅 속의 불
56 月窟(월굴) : 서쪽 끝의 달이 뜨는 곳
57 赤坂(적판) : 지금의 新疆省 吐魯番 경내에 있는 산
58 胡笳(호가) : 북방 異族의 관악기로 그 소리는 구슬프기 짝이 없다.
　　顔眞卿(안진경) : 唐의 정치가이자 서예가
59 了(료) : 끝나다.

서늘한 가을 8월 소관 가는 길은	涼秋八月蕭關道[61]
북풍이 세차 천산의 풀 끊네	北風吹斷天山草
곤륜산 남쪽 달은 지려 하는데	崑崙山南月欲斜[62]
호인은 달 아래 호가를 부네	胡人向月吹胡笳
구슬픈 호가 소리 속에 그대를 전송하는데	胡笳怨兮將送君
이곳 진산에서 그대 갈 농산의 구름 멀리 보이네	秦山遙望隴山雲[63]
변방 성에선 밤마다 근심스런 꿈뿐이거늘	邊城夜夜多愁夢
달 아래의 호가 소리를 누군들 차마 들으리오?	向月胡笳誰喜聞

■ 해설

이 시는 천보 7년(748), 안진경이 옛 호인의 땅인 하롱으로 부임하자 작자가 변방의 특색을 가장 잘 드러내고 서정성이 뛰어난 호가를 제재로 시를 써서 그를 송별한 것이다. 여기에서 작자는 호가와 변새의 병사를 연계시켜 호가의 소리가 병사들의 마음속에 불러일으키는 수심을 묘사하고 있다. 한 곡조가 채 끝나지도 않았는데 병사들은 벌써 근심에 쌓이는 정경을 그려냄으로써 호가의 애절함을 애써 부각하고 있다. 이어 친구를 떠나 보내는 마음을 호가의 소리에 기탁하고 있는데, 소슬한 가을밤 달은 지려 하는데 멀리 소관도로 향하는 친구를 송별하는 마음이 착잡하게 와 닿는다. 게다가 달빛 아래 들려오는 호가의 소리가 이별의 서글픔을 한껏 재촉하고 있다. 여기에서 작자는 송별의 정경과 자신의 심정을 한마디도 직접 언급하지 않으면서도 변새의 경물, 특히 호가의 소리에 투영시켜 전달함으로써 석별의 정회를 배가시키고 있다. 이 시는 이별의 정서가 시종 호가의 애상적인 특징과 매우 잘 어울려, 처량한 의경을 효과적으로 드러내고 있다고 할 수 있다.

60 樓蘭(누란) : 漢代 서역에 있던 나라. 동서교통의 요충인 이곳을 둘러싼 漢과 匈奴와의 쟁패를 거쳐, 漢의 괴뢰정권이 성립된 이후 그 이름을 鄯善으로 바꾸었다.
61 蕭關(소관) : 지금의 寧夏 固原縣 동남쪽으로 關中 땅에서 변방으로 통하는 교통 요지
62 崑崙山(곤륜산) : 지금의 甘肅省 酒泉縣에 있는 산
63 秦山(진산) : 終南山

장안을 그리며 방각에게 부친다 憶長安曲二章寄龐催

동쪽으로 장안을 바라보니	東望望長安
바로 해가 떠오르는 곳이네	正値日初出
장안은 보이지 않으나	長安不可見
장안에서 떠오른 해를 기쁘게 바라보노라	喜見長安日
장안은 어디에 있나?	長安何處在
다만 말발굽 아래에 있도다	只在馬蹄下
내일이면 고향으로 돌아가지만	明日歸長安
그대 볼 생각에 말을 빨리 달리리	爲君急走馬

■ 해설

이 시는 향수를 읊은 시 중 매우 독특한 표현 수법을 사용하고 있다. 즉 향수가 눈물이 되어 흐르는 것이 아니라 고향에서 떠오르는 태양이 되어 나타난다는 점이다. 이것은 매우 기이한 연상이라 할 수 있다. 그리고 고향은 결코 먼 데 있지 않고 자신이 타고 있는 말발굽 아래에 있다고 하여, 말을 달리게 하면 곧 고향을 볼 수 있으리라는 것이다.

앵무새는 말할 줄 아니 赴北庭度隴思家[64]

서쪽 윤대를 향해 만 리나 넘게 오니	西向輪臺萬里餘
고향 편지 날이 갈수록 드물어지겠지	世知鄕信日應疎
농산의 앵무야 너는 말할 줄 아니	隴山鸚鵡能言語
집사람에게 편지 자주 하라 전해 주게나	爲報家人數寄書[65]

64 北庭(북정) : 지금의 新疆省 奇臺縣 서북쪽
　　隴(농) : 隴山, 지금의 섬서성과 감숙성 경계에 위치하고 있다.
65 數(삭) : 자주

이 시는 천보 13년(754) 3월, 작자가 제2차로 종군하는 도중 지은 시다. 제1차 종군의 경험에 비추어 집에서의 소식이 갈수록 드물어지리라는 것을 예상하고 있는 시인의 모습이 애절하다. 특히 앵무새를 통해 자신의 향수를 드러내고자 한 수법은 새롭고 이채롭다. 고향을 그리워하는 심정을 말할 줄 아는 앵무새에 기탁하여 더욱 쓸쓸한 정경을 그려내는 데에서 그리움이 지극함을 넘어 고통스럽기까지 하다.

30.

두보 — 杜甫

■ 두보(712~770)

자는 자미子美, 호는 소릉少陵이다. 중국 최고의 시인으로서 시성詩聖이라 불렸으며, 또 이백李白과 병칭하여 이두李杜라고 칭해졌다. 본적은 양양(襄陽 : 지금의 호북성 양양현)이나, 증조부 때 공현(鞏縣 : 지금의 하남성 공현)으로 옮겨와 살았다. 초당의 시인 두심언杜審言이 그의 조부이다. 그는 소년 시절부터 시를 잘 지었으나 과거에는 급제하지 못하였고, 각지를 방랑하여 고적高適, 이백 등과 알게 되었다. 천보 3년(744) 5월, 그의 계조모季祖母인 노씨盧氏가 진류군陳留郡에 있는 집에서 세상을 뜨자 8월에 언사偃師에 장사를 지내고, 양송梁宋 지방에 와서 고적, 이백을 만났다. 당시 두보는 계조모의 상이 나기 전 이백을 처음 만나 양송을 유람할 것을 약속한 바 있는데, 상을 치른 후 이 약속을 지킨 것이었다. 두보는 이들과 송주宋州의 맹제택孟諸澤 일대에서 함께 말을 몰며 사냥을 하기도 하고, 밤이면 술을 마시며 연회를 하느라 날이 새는 줄도 모르고 흐드러지게 놀았다. 천보 4년(745) 가을 제노齊魯지방에서 두보는 이들을 다시 만났다. 이후 두보는 장안으로 돌아가 6년을 장안에서 보냈다. 이해 두보는 고적, 설거薛據, 잠삼岑參, 저광희儲光羲 등과 장안의 자은사慈恩寺 탑[1]에 올라 각자의 감회를 토로하기도 했다.

---

1 『長安志』에 "慈恩寺는 縣의 동남쪽 8里에 위치하고 있는데, 高宗이 春宮에 있을 때 文德皇后를 기리기 위해 세운 절이라서 이름을 慈恩이라고 명명했다. … 7층 탑으로 높이는 300尺인데, 永徽 3年(652)에 玄奘 法師가 세웠다."(『長安志』: "慈恩寺, 在縣東南八里, 高宗在春宮爲文德皇后立, 故名慈恩. … 浮圖七級, 崇三百尺, 永徽三年沙門玄奘所立.")라는 기록이 보인다.

숙종肅宗 지덕至德 2년(757) 안녹산安祿山 반란군에게 포로가 되어 장안에 연금된 지 1년 만에 탈출에 성공한 두보는 새로 즉위한 황제 숙종肅宗이 있던 봉상鳳翔으로 달려갔고, 그 공으로 좌습유左拾遺의 관직에 오르게 되었다. 이듬해 가을인 건원乾元 원년(758) 가을 좌습유의 직책에 있던 두보는 좌천당한 재상 방관房琯의 사면을 위해 상소했던 일이 화근이 되어 화주華州의 사공참군司功參軍으로 폄적되었고, 건원 2년(759) 두보는 벼슬을 버리고 화주를 출발, 진주秦州를 거쳐 성도成都에 도착하여 省에서 서쪽으로 7리 떨어진 완화계浣花溪 가에 초당草堂을 짓고 머무르게 되었다. 성도에서의 두보의 상황은 궁핍하기 이를 데 없었다. 두보가 성도에 온 지 2년이 되었을 때, 이전부터 교류가 있었던 엄무嚴武가 성도부윤成都府尹 겸 어사대부御使大夫로 부임해 왔다. 그들의 부친 때부터 우의가 돈독했던 두보와 엄무는 둘 사이에 비록 나이 차가 많았지만 매우 친밀한 관계를 유지했다. 엄무는 여러 차례 두보를 직접 방문하기도 하고, 사람을 보내 술과 식량을 보내기도 하는 등 두보에게 경제적으로 많은 도움을 주었다.

대종代宗 보응寶應 원년(762) 촉 지방에서 군벌들이 혼전을 벌이자 두보는 재주梓州와 낭주閬州 지방을 유랑했으며, 광덕廣德 2년(764) 성도로 돌아와 엄무의 막료로서 공부원외랑工部員外郎의 관직을 지냈으므로 이 때문에 두공부杜工部라고 불리게 되었다. 영태永泰 원년(765) 엄무가 죽자 의지할 곳을 잃게 된 두보는 성도를 떠나 장강을 따라 내려오다가 기주夔州의 협곡에 이르러 2년 동안 체류하였고, 다시 악주岳州, 담주潭州, 형주衡州 일대를 방랑하다가 상수湘水의 작은 배 위에서 병사하였다.

그의 시는 5, 7언 고체시와 율시에서 특히 뛰어난 성과를 거두었으며 백성들의 현실을 사실적으로 묘사하여 중당 신악부 운동을 이끌어내었다. 사실적인 내용을 침울돈좌沈鬱頓挫한 독특한 풍격, 정련된 시어, 정밀한 성률 등을 운용하여 사상성과 예술성이 통일된 시 세계를 창조해냈다.

두보 『중국역대명인화상보(中國歷代名人畵像譜)』(海峽文藝出版社, 2003)

태산을 바라보며 望嶽

태산의 모양은 어떠한가	岱宗夫如何[2]
옛 제나라와 노나라 쪽의 푸르름은 끝없네	齊魯靑未了[3]
천지의 빼어남이 모두 여기에 모인 듯하고	造化鍾神秀[4]
남과 북이 명암이 나뉘어 있네	陰陽割昏曉[5]
가슴 울렁이게 층층 구름 일고	盪胸生層雲[6]
눈 크게 뜨니 둥지로 돌아오는 새 보이네	決眥入歸鳥[7]
마땅히 정상에 올라	會當凌絶頂[8]
뭇 산들이 자그마한 것을 보아야 하리라	一覽衆山小[9]

■ **해설**

현재 전하는 두보의 작품 가운데 가장 이른 작품으로 과거에 낙방한 후인 개원 24년(736) 처음으로 제齊와 조趙 지역을 유람할 때 지은 것이다. 작자의 호매한 기상을 생동감 있게 드러내고 있으며, 아울러 조국 산하에 대한 애정을 표시하고 있다. 특히 제2구의 "옛 제나라와 노나라 쪽의 푸르름은 끝없네,齊魯靑未了"는 역대 수많은 평자들이 찬탄해 마지 않은 명구이다[10].

---

2 岱宗(대종) : 泰山. 태산은 山東省 泰安市 경내에 있는 산으로, 오악의 으뜸이라 하여 岱宗으로 칭해졌다. 主峰은 天柱峰(玉皇頂)으로 해발 1,524m에 달한다. 동부 지역에 있어서 東岳으로 불리기도 한다. 태산은 평원과 구릉 사이에 우뚝 솟아 있기 때문에 하늘을 찌를 듯한 기세가 느껴진다. 이에 옛사람들은 태산을 숭고한 품덕과 강건한 의지의 표상으로 삼았다. 봉건 시대의 제왕들은 태산을 신의 화신으로 여겨 泰山에 와서 제사를 지내기도 하고 封禪을 하기도 했다. 등산로는 동서 양쪽에 두 개가 있는데, 中天門에서 합류하여 곧장 산 정상으로 이어져 있다. 총 노정은 9㎞이고 계단은 6,293개가 있다. 태산에는 역대 제왕들이 제사를 지냈던 岱廟와 1畝가 넘는 거대한 바위 위에 金剛經 전문을 篆書와 隸書로 새긴 經石峪 등이 유명하다.
3 齊魯(제노) : 태산의 북쪽은 옛 제나라 땅이었고, 태산의 남쪽은 옛 노나라 지역이었다.
  靑未了(청미료) : 산의 푸른 색은 끝이 없다.
4 造化(조화) : 천지, 대자연
  鍾(종) : 모이다.
5 陰陽(음양) : 산의 남쪽을 陽, 산의 북쪽을 陰이라 했다.
6 盪胸(탕흉) : 가슴이 울렁이다.
7 決眥(결자) : 눈을 크게 뜨다.
8 會當(회당) : 마땅히
  凌(능) : 올라가다.
9 一覽衆山小(일람중산소) : 『孟子 · 盡心章』, 登東山而小魯, 登泰山而小天下.
10 沈德潛, 『唐詩歸』: 五字已盡泰山.

〈태산의 소나무(泰山松)〉 명대 화가 성무엽(盛茂燁: 생졸년 미상)이 태산의 소나무 숲 아래에서 유유자적하는 이들을 묘사하였다. 308.3×96.7cm, 상하이박물관 소장

술 마시는 신선 여덟 명 飮中八仙歌

하지장이 말 탄 모습 마치 배를 탄 듯하고	知章騎馬似乘船
취한 눈으로 우물에 떨어져도 물속에서 잠자네	眼花落井水低眠[11]
여양왕 진은 세 말 술을 마시고서야 입조하지만	汝陽三斗始朝天[12]
길에서 누룩 수레 보면 입가에는 침이 흐르고	道逢麴車口流涎[13]
주천으로 영지를 옮기지 못해 한탄했네	恨不移封向酒泉[14]
좌상 이적지는 날마다 흥이 나서 만 냥을 쓰며	左相日興費萬錢[15]
술을 고래가 모든 강물을 들이마시듯 하고	飮如長鯨吸百川
잔 들고 맑은 술 즐기며 현인을 멀리한다 하네	銜盃樂聖稱避賢[16]
최종지는 맑고 깨끗한 미소년으로	宗之簫灑美少年[17]
잔을 들고 백안으로 청천을 바라보면	擧觴白眼望靑天[18]
고결하기가 옥수가 바람에 서 있는 것 같네	皎如玉樹臨風前[19]
소진은 수불 앞에 길이 머리를 숙였다가도	蘇晉長齋繡佛前[20]
취중에는 왕왕 선에서 이탈했네	醉中往往愛逃禪[21]
이백은 한 말 술에 시 백 편을 지었고	李白一斗詩百篇
장안의 술집에서 취하여 잠들면	長安市上酒家眠

11 眼花(안화) : 눈앞이 아물아물하여 잘 볼 수 없다.
12 汝陽(여양) : 汝陽王 李璡
13 麴車(국거) : 누룩 실은 수레
　涎(연) : 침
14 酒泉(주천) : 지금의 甘肅省 酒泉. 城 아래에 샘이 하나 있는데 물맛이 술맛 같다 하여 酒泉이라 했다.
15 左相(좌상) : 천보 연간 초에 牛仙客의 뒤를 이어 左相에 임명되었으나 李林甫의 모함을 받아 폄적당했다.
16 淸酒를 聖人이라 하고, 濁酒를 賢人이라 하였다. 『魏志』 : 醉客謂酒淸者謂聖人, 濁者謂賢人.
17 宗之(종지) : 李白의 친구인 崔宗之.
　簫灑(소쇄) : 맑고 깨끗하여 俗氣가 없다.
18 白眼(백안) : 경멸하다. 晋의 阮籍은 예의 법도나 들먹이는 세속적인 선비를 보면 눈의 흰자위만 드러낸 채 경멸하였다. (『晋書』 : 阮籍任情不羈, 見禮俗之士, 以白眼對之.)
19 皎(교) : 하얗다, 고결하다.
20 蘇晉(소진) : 進士에 급제한 후 戶部侍郞과 吏部侍郞을 지냈다.
　長齋(장재) : 오랜 동안의 齋戒
21 逃禪(도선) : 禪의 戒律을 어기다.

천자가 불러도 배에 오르지 않으며 　　　　　天子呼來不上船

스스로 일컫기를 술 신선이라 하네 　　　　　自稱臣是酒中仙

장욱은 술 석 잔의 초서의 성인으로 전해오는데 　張旭三盃草聖傳[22]

왕 앞에서도 모자 벗어 맨머리 드러내고 　　　脫帽露頂王公前

붓을 종이에 대면 구름과 연기가 피어나는 듯 　揮毫落紙如雲煙

초수는 다섯 말 술을 마셔야 흥치가 일어 　　焦遂五斗方卓然[23]

오묘한 말과 웅변으로 술자리를 놀라게 하였네 　高談雄辯驚四筵

■ 해설

이 시는 8명의 취한 모습을 그림처럼 그려내고 있는데, 대상에 따라 시풍과 풍격
이 적절하여 변화무쌍한 시의 경계를 느끼게 한다.

이백 명대 화가 두근(杜菫)의 〈술 마시는 신선 여덟명〉 시의도 중 이백 부분. 『명가회당시화보삼백수(名家繪唐詩畵譜三百首)』(上海古籍出版社, 2001)

李白斗酒詩百篇
長安市上酒家眠
天子呼來不上船自稱
臣是酒中仙

청대 화가 개기(改琦)의 〈술 마시는 신선 여덟 명〉 시의도 중 이백 부분 청두(成都) 두보초당(杜甫草堂)박물관 소장

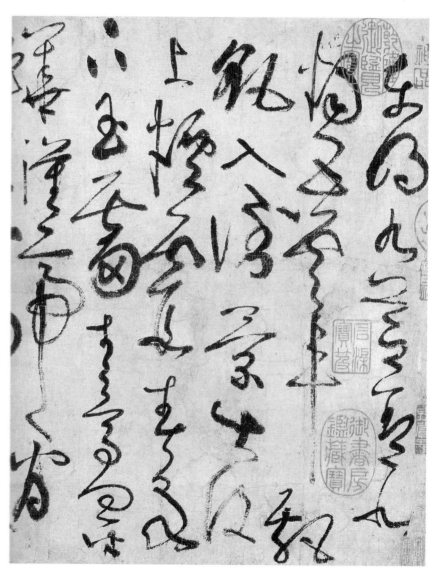

장욱의 초서 〈고시사첩(古詩四帖)〉 중 일부 장욱이 초서체로 양(梁) 유신(庚信)의 〈보허사(步虛詞)〉
를 쓴 것이다. "东明九芝盖, 北烛五雲车。飘飖入倒景, 出没上烟霞。春泉下玉溜, 青鸟向金华。汉帝
看......". 『중국역대서법대사명작정선 장욱(中國歷代書法大師名作精選 張旭)』, (西泠印社, 2000)

달밤 月夜

오늘 밤 부주의 달을	今夜鄜州月[24]
아내는 홀로 바라보리라	閨中只獨看[25]
가엾게도 먼 곳의 어린 딸들은	遙憐小兒女
장안 생각하는 이 아비의 마음을 모르리	未解憶長安
밤 안개에 아름다운 머리쪽이 젖고	香霧雲鬟濕[26]
맑은 달빛에 고운 팔 차가워지리	淸輝玉臂寒[27]
언제라야 얇은 창문 휘장에 서서	何時倚虛幌[28]
함께 달빛 맞으며 눈물 자국 말리리?	雙照淚痕乾

■ 해설

이 시는 지덕至德 원년(756) 8월에 쓰여진 것이다. 이해 5월 작자는 가족을 데리고 부주로 피난을 갔다. 8월, 숙종이 피난 간 곳을 단신으로 찾아가다가 포로가 되고 장안으로 압송되어 구금된다. 달밤에 달을 보고 아내 생각에 빨리 고향으로 돌아가고 싶은 염원을 표현하였고, 아울러 안사安史의 난이 백성의 생활에 끼친 고통을 완곡하게 묘사하고 있다.

봄은 왔건만 春望

나라는 망했어도 산하는 그대로여서	國破山河在[29]
성에 봄 돌아오니 초목은 우거지네	城春草木深
때가 안타까워 꽃을 보아도 눈물 나고	感時花濺淚[30]

24 鄜州(부주) : 지금의 陝西省 富縣
25 閨中(규중) : 閨房. 여기에서는 杜甫의 아내를 가리킨다.
26 雲鬟(운환) : 둥글게 땋아 올린 여인의 머리 모양
27 淸輝(청휘) : 맑은 달빛
  玉臂(옥비) : 옥같이 하얀 팔
28 虛幌(허황) : 투명한 커튼
29 國破(국파) : 安祿山이 范陽에서 병사를 일으켜 당의 수도인 長安을 점령한 것
30 濺(천) : 흩뿌리다.

이별이 한스러워 새소리에도 놀라네	恨別鳥驚心
전쟁이 오랫동안 계속되어	烽火連三月
집에서 오는 편지는 만금만큼 소중하다	家書抵萬金[31]
흰머리 긁을수록 짧아져	白頭搔更短[32]
정말 비녀도 꽂지 못하겠네	渾欲不勝簪[33]

■ 해설

이 시는 지덕至德 2년(757) 작자가 안사 반란군에게 구금되어 있을 때 지은 것으로, 자연 경물에 자신의 마음을 기탁하고, 나아가 자연 경물을 자신의 감정과 합일시키는 경계를 그려내고 있다.

잠삼의 시에 삼가 답하며 奉答岑參補闕見贈

깊고 맑은 대궐에서	窈窕清禁闥
조회 마치고 같이 돌아오지 못하노라	罷朝歸不同
그대는 승상의 뒤를 좇고	君隨丞相後
나는 동쪽 일화궁으로 가노라	我往日華東
하늘하늘 버들가지는 푸르고	冉冉柳枝碧[34]
고운 꽃부리는 붉도다	娟娟花蕊紅[35]
그대 좋은 글귀를 얻어	故人得佳句
홀로 머리 센 할아비를 주노라	獨贈白頭翁

■ 해설

이 시는 잠삼의 〈좌성 두보에게寄左省杜拾遺〉 시에 화답한 시이다. 잠삼 시의 '함께 조회에 나가 좌우로 헤어진다'라고 한 말을 받아, 작자는 '같이 돌아오지 못한다'

31 抵(저) : 가치가 있다.
32 搔(소) : 긁다.
33 渾(혼) : 정말로, 아주
34 冉冉(염염) : 부드러운 모양
35 娟娟(연연) : 예쁜 모양

라고 답을 하고 있으며, 잠삼의 '백발이 되니 꽃이 지는 것이 서글프다'라고 한 말을 받아서는 반대로 푸른 버들가지와 고운 꽃부리를 들어 답하여 잠삼을 격려하고 있다.

달밤에 고향의 동생 생각하며 月夜憶舍弟

수루 북소리에 인적 끊기고	戍鼓斷人行[36]
가을 변방에 외기러기 우네	秋邊一雁聲
오늘 밤부터 흰 이슬 내리는데	露從今夜白
저 달은 고향도 밝게 비추리	月是故鄉明
아우들 모두 흩어지고	有弟皆分散[37]
집도 없어져 생사를 물어볼 수도 없네	無家問死生
편지 부쳐도 끝내 닿지 않으리	寄書長不達
하물며 아직도 전쟁 중이니	況乃未休兵[38]

■ 해설

이 시는 건원乾元 2년(759) 가족을 데리고 진주秦州를 떠돌 때 사방 각지로 흩어진 동생들을 그리며 쓴 것으로, 자연 경물이 작자의 심정을 따라 움직여 사람의 마음을 감동시키는 힘이 크다.

36 戍鼓(수고) : 수루의 북소리
37 分散(분산) : 흩어지다. 杜甫에게는 아우가 杜穎, 杜觀, 杜豊, 杜占 등 네 명이 있었는데, 乾元 2년(759) 杜甫는 秦州에, 동생들은 洛陽, 許, 齊 등에 뿔뿔이 흩어져 있었다.
38 乃(내) : 시간의 한계를 표시하는 부사로 쓰여 '지금까지'라는 의미이다.

최시어 편으로 팽주자사 고적에게 보내는 절구

因崔五侍御高彭州一絶

백 년의 반이 벌써 넘어	百年已過半
가을이 왔는데도 굶주림과 추위에 떨게 된다	秋至轉飢寒
팽주자사인 고적에게 물어주구려	爲問彭州牧
언제 이 다급한 어려움을 구원해 주겠는가?	何時救急難

■ 해설

이 시는 상원上元 원년(760) 작자가 팽주(彭州 : 지금의 四川省 彭縣) 자사刺史로 있는 고적高適에게 보낸 시이다. 두보가 성도成都에 와서 부윤府尹으로 있던 배면裴冕에게 의지하여 살던 중 갑자기 이약빈李若豳이 성도부윤으로 부임하고 배면이 그곳을 떠나자, 의지할 상대를 잃게 되었다. 이에 작자는 성도에서 가까운 팽주의 자사로 있던 고적에게 도움을 청하지 않으면 안 되는 상황에 이르게 되었다. 성도에 온 후 식량이 떨어질 정도로 궁핍한 생활을 하게 된 작자가 염치 불고하고 팽주로 가는 최시어 편으로 고적에게 구원을 청한 것이다. 이 시에는 성도에서의 작자의 궁곤한 경제적 상황이 여실히 드러나 있다. 수확의 계절인 가을이 와서 굶주림과 추위를 의당 면할 수 있음에도 여전히 이러한 상황을 벗어나지 못하고 있는 작자의 궁핍한 생활의 정도를 상상하고도 남음이 있다. 여기서 작자가 고적의 도움을 청하는 것이 이번이 처음이 아님을 알 수 있는데, 이전에 고적의 도움을 받은 적이 없었다면 이렇게 체면 차리지 않고 요구하지 못했을 것이기 때문이다.

촉나라 승상 蜀相

승상의 사당을 어디에서 찾지	丞相祠堂何處尋[39]
금관성 교외 측백 우거진 곳이네	錦官城外柏森森[40]
계단에 비친 푸른 풀은 저절로 봄빛이고	映階碧草自春色
잎 사이 노란 꾀꼬리 홀로 우네	隔葉黃鸝空好音
유비 삼고초려하여 천하의 계책 묻고	三顧頻煩天下計[41]
두 조정에 충성한 늙은 신하의 마음	兩朝開濟老臣心
출병하였으나 이기지도 못하고 먼저 죽으니	出師未捷身先死[42]
길이 영웅들 옷깃 눈물로 젖게 하네	長使英雄淚滿襟

■ 해설

이 시는 상원上元 원년(760) 성도成都에 초당草堂을 짓고 이곳에 살며, 성도성 밖의 무후사를 방문하여 제갈량을 추념하고 찬미하며 쓴 것이다. 작자는 꿈을 이루지 못하고 세상을 떠난 그의 생애를 애달파 하며, 자신이 애국하려 하지만 애국할 방도가 없음을 한탄하고 있다.

39 승상(丞相) : 諸葛亮(181~234). 字는 孔明으로, 浪耶 陽都(지금의 山東省 沂水縣) 출생이다. 豪族 출신이었으나 어릴 때 아버지를 여의고 숙부를 따라 荊州(지금의 湖北省)로 피난하였다가 후에 隆中에 은거하였다. 建安 12년(207년) 魏의 曹操에게 쫓겨 형주에 와 있던 劉備에게 '三顧草廬'의 예로써 초빙되어, '天下三分之計'를 진언하고 水魚之交를 맺었다. 이듬해, 吳의 孫權과 연합하여 남하하는 조조의 대군을 赤壁大戰에서 대파하고, 형주, 益州를 취하여 유비의 건국 발판으로 삼았다. 그 후에도 수많은 戰功을 세우고 章武 1년(221년) 漢의 멸망을 계기로 유비가 제위에 오르자 승상이 되었다. 유비가 죽자 어린 後主 劉禪을 보필하여 재차 吳와 연합하여 魏와 항쟁하고 蜀의 경영에 힘썼으나, 촉한 建興 12년(234) 군사를 이끌고 위와 결전을 벌이던 중 五丈原의 軍中에서 병사하였다.
　　승상사(丞相祠) : 蜀漢의 丞相 諸葛亮을 기념하기 위해 西晉 때 창건된 사당이다. 杜甫는 乾元 2년(759) 12월 초에 성도에 도착하여 이듬해 봄에 무후사에 갔던 것이다.
40 錦官城(금관성) : 成都가 비단 생산지로 유명하여 이렇게 불렸던 것이다.
　　森森(삼삼) : 우거진 모양
41 삼고(三顧) : 三顧草廬. 劉備가 諸葛亮을 얻기 위해 그의 누추한 초가집을 세 번이나 찾아간 데서 유래하는데, 유능한 인재를 얻기 위해서는 인내심을 발휘하고 최선을 다해야 한다는 뜻이 들어 있다. 建安 12년(207) 유비는 제갈량을 추천받고 그를 등용시키기 위해 張飛, 關羽와 함께 襄陽에 있는 그의 초가집에 세 번 찾아가서야 비로소 만날 수 있었다. 이때 제갈량은 27세, 유비는 47세였다.
42 捷(첩) : 승리하다.

명 선종(宣宗) 주첨기(朱瞻基: 1398~1435)의 〈한가로이 누워있는 제갈량(武侯高臥圖)〉 유비의 삼고초려로 출사하기 전 자연에 묻혀 한가로운 생활을 영위하던 제갈량을 묘사한 그림이다. 대나무그늘에 가슴을 풀어헤치고 책을 베개 삼아 유유자적하는 제갈량의 풍모를 엿볼 수 있다.. 27.7×40.5cm, 베이징 고궁박물원 소장

〈삼고초려도(三顧草廬圖)〉 유비, 관우, 장비가 융중의 제갈량을 세 번 방문한 고
사를 묘사한 명 대진(戴進: 1389~1462)의 그림. 172.2×107cm, 베이징 고궁박물원
소장

고적에게 寄高適

초는 천지를 사이에 두고 머니	楚隔乾坤遠
병든 내 넋을 부르기 어렵도다	難招病客魂
시명은 오직 나와 누릴 수 있는데	詩名惟我共
세간의 일은 누구와 의논하리오	世事與誰論
북궐에 새 임금 오르시니	北闕更新主
남녘의 별은 고원으로 떨어지누나	南星落故園
틀림없이 아노라 서로 볼 날에	定知相見日
꽃 술잔 흐드러지게 비울 것을	爛漫倒芳樽

■ 해설

보응寶應 원년(762) 4월, 현종과 숙종肅宗이 연이어 세상을 뜬 후, 엄무嚴武는 부임한 지 반년 남짓 되던 7월에 장안으로 소환되고 성도부윤成都府尹의 자리에 고적이 부임하였다. 이때 작자는 장안으로 소환되던 엄무를 면주綿州까지 전송하다가 검남병마사劍南兵馬使인 서지도徐知道의 반란을 만나 재주梓州로 갈 수밖에 없었다. 재주에서 작자는 재주자사 겸 동천절도류후東川節度留侯인 장이章彝에게로 가서 몸을 의탁하였다. 본래 장이는 엄무의 아래 있던 사람이었던 관계로 각별한 관심을 가지고 작자를 보살폈다. 이 시는 당시 재주에서 작자가 고적에게 보낸 시이다. 이 시에서 작자는 초楚와 촉蜀은 거리가 너무 멀어 〈초혼招魂〉을 지은 송옥宋玉이라 할지라도 자신 같은 병든 나그네의 혼을 부르기 어려울 것이라고 술회하고 있다. 그리고 고적만이 자신과 시명을 같이 누릴 수 있고, 그 밖의 다른 사람들과는 세상일을 같이 논할 수 없다고 말하고 있다. 그리고 성도부윤으로 발탁된 고적이 자신의 초당에 와 주기를 간절히 소망하고 있다. 만나게 될 그날, 자신과 고적은 아무런 구속을 받지 않고 흐드러지게 술로 회포를 풀어야 할 것이라고도 말하고 있다.

삼가 고적에게 奉寄高常侍

문수 가에서 서로 만난 지 어언 오래	汶上相逢年頗多
그대의 날아오름을 누구도 따라가지 못하네	沸騰無那故人何
회남과 서천절도사 때 재능 다 쓰지 않았지만	總戎楚蜀應全未
문학 재능은 조식 유정이라야 나란히 할 수 있으리	方駕曹劉不啻過
오늘날 조정에는 급암같이 직간하는 신하 필요하고	今日朝廷須汲黯
중원의 장수들은 염파 같은 장수를 그리네	中原將帥憶廉頗
하늘가의 봄빛은 늙음을 재촉하고	天涯春色催遲暮
이별은 금강에 서러운 눈물을 보태네	別淚遙添錦水派

■ 해설

이 시는 작자가 재주梓州에 머물면서 고적에게 보낸 시이다. 이 시에서 작자는 이전에 고적과 문수 가에서 만났던 것을 회상하고, 관직에서의 잇단 승진에 대해 칭송을 아끼지 않고 있다. 조정에서는 급암 같이 직간을 하는 고적에 대한 기대가 커서 그를 상시로 임명했다고 말하면서 고적이 회남淮南, 서천절도사西川節度使로 있을 때 토번을 치면서 아무런 공을 세우지 못한 데 대해서는 불만을 보이기도 하였으나, 한편으로는 오랜 세월 교우 관계를 맺어 온 고적과의 이별을 매우 아쉬워하는 마음이 여실히 드러나고 있다.

관군이 하남과 하북을 수복했다는 소식을 듣고

聞官軍收河南河北

검문 남쪽에 계북 수복 소식 홀연 전해지니	劍外忽傳收薊北[43]
처음 들었을 때 눈물로 옷을 모두 적셨네	初聞涕淚滿衣裳

---

43 劍外(검외) : 劍閣 이남의 蜀中 지역으로 통상 四川 지방을 이른다. 검각은 옛날 陝西省과 甘肅省 방향에서 蜀(四川省) 지방으로 들어가는 유일한 통로였다.
薊北(계북) : 薊州, 幽州 일대. 지금의 河北省 북부로, 반군의 거점

다시 보니 처자도 수심이 가신 듯하고 　　　却看妻子愁何在[44]

책 챙기며 기쁜 마음 한량없네 　　　　　漫卷詩書喜欲狂[45]

대낮부터 목청껏 노래하고 맘껏 술 마시고 　白日放歌須縱酒

좋은 봄날 가족 이끌고 고향에 가리라 　　青春作伴好還鄉[46]

즉시 파협에서 무협을 거쳐 　　　　　　卽從巴峽穿巫峽[47]

양양으로 내려갔다가 다시 낙양으로 가리라 便下襄陽向洛陽[48]

■ 해설

보응寶應 원년(762) 10월 당나라 군사가 낙양洛陽, 개봉開封 등을 수복하자 사조의史
朝義는 하북으로 패주하였다가 이듬해(763) 자살하여 8년간 계속된 안사의 난이
종결되었다. 작자는 재주梓州에서 이 소식을 듣고 고향과 수복한 고토로 내달리
고 싶은 바람을 표출하였다.

누대에 올라 登樓

높은 누대 옆의 꽃은 나그네 설움 더하고 　花近高樓傷客心

온 세상 어지러운데 이 누대를 오르노라 　萬方多難此登臨

금강엔 봄빛 완연하고 　　　　　　　　錦江春色來天地[49]

옥루산 뜬구름은 고금으로 변하네 　　　玉壘浮雲變古今[50]

북극성 같은 조정은 영원토록 흔들리지 않으리니 北極朝廷終不改[51]

서산의 도적들은 쳐들어오지 말길 　　　西山寇盜莫相侵[52]

44 却看(각간) : 돌아보다.
45 漫卷(만권) : 되는대로 챙기다.
46 青春(청춘) : 봄의 경색
47 巴峽(파협) : 지금의 四川省 동북부에 巴江에 있는 峽
　　巫峽(무협) : 三峽의 하나로, 길이가 가장 길다.
48 襄陽(양양) : 지금의 湖北省에 속함
　　洛陽(낙양) : 唐의 東京으로, 당시 시인의 집이 이곳에 있었다.
49 錦江(금강) : 岷江의 지류로 成都의 서남쪽을 흐른다.
50 玉壘(옥루) : 지금의 四川省 灌縣 서북쪽에 있는 산
51 北極(북극) : 북극성. 여기에서는 唐의 왕조를 비유했다.

가련한 후주의 사당도 있어 | 可憐後主還祠廟[53]
날 저물자 잠시 양보음을 읊노라 | 日暮聊爲梁父吟[54]

■ 해설

광덕廣德 2년(764) 봄, 작자는 성도成都에 있었는데, 이때 곽자의郭子儀가 장안을 토번으로부터 수복했으나 토번이 다시 삼주(松州, 幽州, 保州)를 함락시켜 나라 전체가 불안해졌다. 이에 느낀 바가 있어 쓴 것으로 웅위한 기상으로 이름 높은 시이다.[55]

나그네의 밤 회포 旅夜書懷

가느다란 풀에 실바람 부는 강기슭	細草微風岸
높다란 돛대의 쓸쓸한 밤 배	危檣獨夜舟[56]
별은 넓은 벌판에 쏟아져 내릴 것 같고	星垂平野闊
달빛은 커다란 강에서 솟구쳐 오르는 듯하네	月湧大江流
어찌 문장으로 이름이 나리오	名豈文章著
벼슬도 늙고 병들어 그만두어야 하리	官應老病休
이곳저곳 떠도는 생활 무엇에 비기리	飄飄何所似[57]
천지간에 한 마리 갈매기일세	天地一沙鷗

---

52 西山寇盜(서산구도) : 吐藩
53 後主(후주) : 蜀의 後主 劉禪으로 촉의 2대 황제이다. 자는 공사(公嗣). 무능한 인물로서 諸葛亮에 이어 蔣琬, 費褘가 보좌하고 있는 동안은 나라가 평안했으나, 그들이 잇달아 죽은 뒤 유선은 환관들을 신임하여 국정의 부패를 초래했다. 이어서 魏나라의 침입을 받아 성도가 함락됨으로써 삼국정립의 시대는 종말을 고했다. 위나라는 그를 안락현공에 봉했는데 그는 이것에 대단히 만족했다. 그 후 중국에서는 그의 아명인 '阿斗'가 무능한 사람을 가리키는 대명사가 되었다.
54 聊(료) : 잠시
　梁父吟(양보음) : 諸葛亮이 밭을 갈 때 즐겨 불렀던 樂府의 篇名
55 沈德潛,『唐詩別裁集』: 氣象雄偉, 籠蓋宇宙, 此杜詩之最上者.
56 危檣(위장) : 높은 돛대
57 飄飄(표표) : 방랑하는 모양
　何所似(하소사) : 무엇과 비슷한가?

작자는 광덕廣德 2년(765) 6월 엄무嚴武의 추천으로 엄무의 막부로 들어갔다가, 이듬해 영태永泰 원년 정월에 이 직을 사퇴하고 성도成都의 초당으로 돌아왔다. 4월 엄무가 세상을 뜨자 이곳에 더 머무르지 못하고, 5월 가족들을 데리고 배에 몸을 실어 동쪽으로 향하였다. 이 시는 유주(渝州 : 지금의 重慶), 충주(忠州 : 지금의 忠縣)를 지나며 배에서 지은 시이다. 고립무원한 작자의 처지가 가슴을 미어지게 한다.

팔진도 八陣圖

제갈량의 공적은 삼국을 덮고	功蓋三分國
명성은 팔진도에서 이루어졌네	名成八陣圖
강물은 흘러도 돌은 구르지 않으니	江流石不轉
오나라를 평정하지 못한 것을 한하노라	遺恨失吞吳[58]

■ 해설

이 시는 작자가 대력 원년(766) 기주夔州에 도착하여 지은 시이다. 작자는 먼저 제갈량의 공적을 개괄한 후에, 오를 평정하지 못한 아쉬움을 드러내고 있다.

---

58 遺恨失吞吳(유한실탄오) : 諸葛亮은 평소 吳의 孫權과 연합하여 魏의 曹操를 칠 것을 주장했지만 劉備는 關羽가 오에서 죽음을 당한 원수를 갚기 위해 章武 元年(221) 오를 쳤다. 그러나 도리어 오에 대패하고 이 때문에 蜀漢의 국력이 급속도로 쇠퇴하기 시작했다. 이 시는 촉한의 우둔하기 짝이 없는 계책과 그로 말미암아 야기된 심각한 결과에 대해 유감을 표하고 있다.

옛 자취에 대한 감회 詠懷古迹

3

| 모든 산과 골짜기는 형문을 향한 듯한데 | 群山萬壑赴荊門⁵⁹ |

모든 산과 골짜기는 형문을 향한 듯한데　　群山萬壑赴荊門[59]

명비가 나서 자란 마을 아직 있네　　生長明妃尚有村[60]

한번 궁궐 떠나 흉노로 가서　　一去紫台連朔漠[61]

남겨진 푸른 무덤만 황혼에 물들고 있네　　獨留青塚向黃昏[62]

그림으로 아리따운 얼굴 잘못 보니　　畫圖省識春風面[63]

명비는 혼이 되어 달밤에 쓸쓸히 떠도네　　環珮空歸月下魂[64]

천 년 비파 소리엔 오랑캐 말뿐인데　　千載琵琶作胡語

원한을 노래로 호소함이 분명하네　　分明怨恨曲中論[65]

■ 해설

대력 원년(766) 작자가 기주夔州에 있을 때 지은 작품으로, 한대 왕소군王昭君의 고사를 빌어 당의 통치자가 제대로 사람을 가려 쓰지 못하고 간신들에 둘러싸여 있는 상황을 풍자하고 있다.

---

59 荊門(형문) : 지금의 湖北省 宜都縣 서북쪽에 있는 산
60 明妃가 자란 마을은 歸州(지금의 湖北省 秭歸縣)의 동북쪽 40리에 위치하고 있다.
61 紫臺(자대) : 帝臺라고도 하며 황제가 기거하는 궁궐
　　朔漠(삭막) : 북방 匈奴族이 거주하는 사막
62 靑塚(청총) : 왕소군의 묘로 지금의 內蒙古自治區 呼和浩特 남쪽 20리에 있다.
63 『西京雜記』에 의하면 元帝에겐 후궁이 너무 많아 천자가 그녀들을 일일이 볼 수가 없었다. 그래서 화공에게 초상을 그려 바치게 했다. 이에 후궁들은 너도나도 화공에게 뇌물을 바쳐 자신을 실물보다 아름답게 그리도록 부탁했다. 하지만 유독 왕소군만은 자신의 용모에 자신이 있어서 뇌물을 바치지 않았다. 화공에게 밉게 보인 왕소군은 초상이 실물보다 터무니없이 못나게 그려져서 천자를 알현할 기회를 잡지 못했다. 그때 匈奴 單于가 입조하여 미인을 구하고자 하였다. 원제는 화공이 올린 초상화를 보고 왕소군을 흉노족에게 시집 보내기로 하였다. 그녀가 수레에 실려 가는 때에 이르러서야 그녀를 본 원제는 그녀의 미모에 놀라움을 금할 수 없었다. 원제는 이미 결정된 일인지라 번복할 수가 없었고 그녀의 초상을 실물에 훨씬 못 미치게 그린 畵工 毛延壽에게 책임을 물어 棄市刑에 처하고 재산을 몰수하였다.
　　省識(성식) : 잘못 알다.
　　春風面(춘풍면) : 만면에 봄바람이 불다. 여기에서는 아리따운 얼굴을 이름
64 環佩(환패) : 부녀자들이 허리에 차는 장식품. 여기에서는 왕소군을 이름
65 論(론) : 표현하다.

〈흉노에 시집가는 왕소군(〈明妃出塞〉)〉 한 원제에겐 후궁이 너무 많아 화공에게 초상을 그려 바치게 했다. 후궁들은 다투어 화공에게 뇌물을 바쳐 자신을 실물보다 아름답게 그리도록 부탁했지만, 유독 왕소군만은 자신의 용모에 자신이 있어서 뇌물을 바치지 않았다. 그림은 흉노에 시집가는 광경을 그린 명대 구영(仇英)의 작품이다.
41.1×33.8cm, 베이징 고궁박물원 소장

왕소군의 자는 嬙으로 南郡 사람이다. 당초 元帝 때 양갓집 규수를 뽑아 掖庭으로 들여보냈다. 그때 흉노의 呼韓邪 선우가 내조하자, 황제는 궁녀 다섯 명을 뽑아 그에게 보낼 것을 명령했다. 소군은 입궁한 지 여러 해가 지났으나 황제를 알현하지 못해 슬픔이 쌓였다. 이에 액정령에게 흉노로 갈 것을 청하였다. 호한야가 떠날 때, 황제는 다섯 명의 궁녀를 불러 그에게 보였다. 왕소군은 용모가 수려하고 단정하게 꾸미고 있어서 궁궐을 밝게 빛나게 했다. 자신의 그림자를 돌아보며 배회하는 모습은 좌우의 사람들을 놀라게 했다. 황제 역시 그녀를 보고 매우 놀라서 그녀를 붙들고 싶었지만, 신의가 떨어질까 두려워 흉노에게 보냈다. 소군은 두 아들을 두었는데, 호한야가 죽은 뒤 閼氏의 아들이 뒤를 이어 즉위하여 자신을 아내로 맞으려고 하자 성제에게 글을 올려 돌아갈 것을 호소했지만 성제는 흉노의 풍속을 따를 것을 명령했고, 그녀는 다시 선우의 알지가 되었다.[66]

---

66 昭君字嬙, 南郡人也. 初, 元帝時, 以良家子選入掖庭. 時呼韓邪來朝, 帝敕以宮女五人賜之. 昭君入宮數歲, 不得見御, 積悲怨. 乃請掖庭令求行. 呼韓邪臨辭大會, 帝召五女以示之. 昭君豐容靚飾, 光明漢宮, 顧景裴回, 竦動左右. 帝見大驚, 意欲留之, 而難于失信, 遂與匈奴. 生二子, 及呼韓邪死, 其前閼氏子代立, 欲妻之, 昭君上書求歸, 成帝敕令從胡俗, 遂復爲後單于閼氏焉. (『後漢書·南匈奴列傳』)

가을의 감흥 秋興八首

1

옥 같은 이슬에 단풍나무 이파리는 우수수	玉露凋傷楓樹林
무산과 무협에 가을 기운 쓸쓸하네	巫山巫峽氣蕭森[67]
장강 거센 물결 하늘로 치솟고	江間波浪兼天湧
변방의 풍운은 땅에 나지막이 깔려 어둡도다	塞上風雲接地陰[68]
국화가 두 번째 피니 그 옛날 생각에 눈물짓고	叢菊兩開他日淚[69]
외로운 배 매여 있어 고향이 그리워라	孤舟一繫故園心
겨울옷은 곳곳에서 재봉질을 재촉하고	寒衣處處催刀尺[70]
높은 백제성엔 저녁 되니 다듬이 소리 빨라지네	白帝城高急暮砧[71]

■ 해설

이 시는 대력 원년(766) 가을, 작자가 기주夔州에서 가을 경치를 보고 느낀 감흥을 적은 시이다. 여기에서 그는 시국에 대한 우려와 장안에 대한 그리움, 정치적으로 뜻을 펴지 못하는 고민을 표현하고 있다. 당대 7언율시 가운데 최고봉으로 꼽히는 작품 중 하나이다.

---

67 巫山巫峽(무산무협) : 夔州 일대의 산과 협곡
   蕭森(소삼) : 쓸쓸하다.
68 塞上(새상) : 변방. 여기에서는 夔州를 가리킨다.
   接地陰(접지음) : 짙은 구름이 땅에 낮게 드리웠다.
69 他日(타일) : 지난날
70 刀尺(도척) : 의복의 재봉
71 暮砧(모침) : 저녁 다듬이 소리

청대 화가 원요(袁燿: 생졸년 미상)가 그린 〈가을의 감흥〉 시의도 하늘로 치솟는
장강 물결의 거친 기세를 느낄 수 있다. 『명가회당시화보삼백수(名家繪唐詩畵譜
三百首)』(上海古籍出版社, 2001)

산에 올라 登高

세찬 바람 높은 하늘에 원숭이 소리 구슬프고	風急天高猿嘯哀
맑은 모래톱 하얀 모래밭에 물새 날아 돌아오네	渚淸沙白鳥飛回[72]
가없는 나뭇잎은 바스락 떨어지고	無邊落木蕭蕭下[73]
끝없는 장강은 세차게 밀려오네	不盡長江滾滾來[74]
만리타향 쓸쓸한 가을에 기약 없는 나그네 되어	萬里悲秋常作客
평생 병 많은 몸으로 홀로 누대에 오르노라	百年多病獨登臺[75]
고생으로 백발 되고	艱難苦恨繁霜鬢[76]
병들어 거친 술마저 끊었노라	潦倒新停濁酒杯[77]

■ **해설**

이 시는 대력 2년(767) 작자가 기주(夔州 : 지금의 四川省 奉節縣)에 있을 때 9월 9일 중양절을 맞아 산에 올라 지은 시이다. 두보의 7언율시 중 최고의 작품으로 평가받고 있다.[78]

---

72 渚(저) : 모래톱
73 蕭蕭(소소) : 나무 잎새가 떨어지는 소리
74 滾滾(곤곤) : 물이 세차게 흐르는 모양
75 百年(백년) : 평생
76 繁霜鬢(번상빈) : 백발이 많아지다.
77 潦倒(료도) : 노쇠한 모양. 당시 杜甫는 폐질환을 앓고 있어서 술을 끊어 이러한 표현을 썼다.
78 楊倫, 『杜詩鏡銓』: 高渾一氣, 古今獨步, 唐爲杜集七言律詩第一.

악양루에 올라 登岳陽樓[79]

예로부터 들어온 동정호를	昔聞洞庭水[80]
오늘에야 악양루에 올라 바라보네	今上岳陽樓
오나라와 초나라가 동남으로 나누이고	吳楚東南坼[81]
천지가 밤낮으로 떠있네	乾坤日夜浮[82]
친구들에게선 소식 감감하고	親朋無一字[83]
늙고 병든 몸 외로운 배에 의탁했네	老病有孤舟[84]
관산의 북쪽에는 전쟁이 계속되니	戎馬關山北[85]
난간에 기대어 눈물짓노라	憑軒涕泗流[86]

■ 해설

이 시는 대력 3년(768) 작자가 형荊, 상湘 지역을 표박할 때 악양루에 들러 지은 것이다. 작자는 먼저 동정호를 장엄하고도 생동감 있게 묘사하고, 이어 자신의 불행한 처지를 직접적으로 드러내고 있다. 여러 시인들이 악양루를 소재로 여러 편의 시를 지었으나, 그중에서도 두보의 이 시가 독보적인 경지에 이르렀다고 할 수 있다.[87]

---

79 岳陽樓(악양루) : 岳陽古城 위에 자리 잡은 岳陽樓는 岳陽城을 등지고 洞庭湖를 굽어보고 서 있는데, 삼국 시대 魯肅이 지었던 閱兵臺 자리에 716년 이곳으로 좌천되어 온 재상 張說이 만들었다. 악양루는 武漢의 黃鶴樓와 南昌의 藤王閣과 함께 강남 3대 명루로 꼽힌다. 3층으로 된 이 누각은 층마다 황금색 띠를 두르고 있는 모습이 우아하거니와 못을 하나도 쓰지 않고 지었기 때문에 구조역학적인 면에서도 걸작이라고 한다. 누각 주위에는 왼쪽으로 三醉亭, 오른쪽으로 仙梅亭, 앞으로 杜甫亭 등이 있다.
80 洞庭水(동정수) : 洞庭湖. 동정호는 중국에서 두 번째로 넓은 담수호로 호수의 면적은 계절에 따라 큰 차이가 날 정도로 수량의 변화가 많다. 춘추 전국시대 이래 역대의 개간과 수리공사 끝에 오늘과 같은 호수가 되었는데, 湘水, 沅水, 資水, 澧水 등 4대 하천이 흘러들었다가 다시 長江으로 흘러나간다. 동정호 안에는 '은쟁반 위에 놓인 푸른 소라(白銀盤裡一靑螺)'라고 불리는 君山이라는 조그만 섬이 떠 있다.
81 吳楚(오초) : 春秋戰國時代의 吳나라와 楚나라의 지역으로, 중국의 동남부 지역을 이른다.
  坼(탁) : 나누다.
82 乾坤(건곤) : 天地
83 無一字(무일자) : 소식이 없다.
84 有(유) : '在'와 통한다.
85 戎馬關山北(융마관산북) : 大曆 3년 8월, 吐藩이 북쪽 국경을 침략한 것을 이른다.
86 憑軒(빙헌) : 난간에 기대다.
  涕泗(체사) : 눈물과 콧물
87 劉克莊,『後村詩話』: 岳陽樓賦詠多矣, 須推此篇獨步, 非孟浩然輩所及.

원대 화가인 하영(夏永: 생졸년 미상)이 그린 〈악양루도(岳陽樓圖)〉 25.2×25.8cm, 타이베이 고궁박
물원 소장

강남에서 이구년을 만나 江南逢李龜年

기왕의 집에서 늘 보았고	岐王宅里尋常見[88]
최구의 집 앞에서도 몇 번 이야기를 들었네	崔九堂前几度聞[89]
참으로 강남 땅 풍경 좋은데	正是江南好風景
꽃 지는 시절에 또 그대를 만났도다	落花時節又逢君

■ 해설

대력 5년(770) 작자는 담주(潭州 : 현재의 湖南省 長沙市)에 왔다가 이구년을 우연히 만났다. 옛날 명망이 있던 이구년이 국가의 전란에 휩쓸려 왜소한 모습으로 전락한 것을 보고 동병상련의 마음을 표현한 것이다.

88 岐王(기왕) : 李範. 睿宗의 넷째 아들
  尋常(심상) : 항상
89 崔九(최구) : 殿中監 崔滌

31.

유장경 ― 劉長卿

■ **유장경**(709?~786)

자는 문방文房으로 하간(河間 : 지금의 하북생 河間縣) 출신이다. 소년 시절에는 숭산嵩山에서 공부를 했고 파양鄱陽으로 이사하여 오랫동안 그곳에서 살았다. 개원開元 21년(733)에 진사가 되어 소주 장주위蘇州 長州尉를 역임했다. 지덕至德 3년(758) 모함을 받아 반주 남읍위潘州 南邑尉로 좌천되었다. 대력 5년(770) 악악전운유후鄂岳轉運留后에 발탁되었다가 강직한 성격으로 악악관찰사鄂岳觀察使 오중유吳仲孺의 무고를 받아 재차 목주사마睦州司馬로 폄적 당했다. 덕종德宗이 즉위한 후에 수주자사隨州刺史를 끝으로 관직에서 은퇴하였다. 이 때문에 유수주라 불린다. 강직한 성격에 오만한 면이 있어, 시에 서명할 때는 자기 이름이 널리 알려져 있다는 자부심에서 성을 빼고 '장경長卿'이라고만 표기하기도 했다. 『당재자전唐才子傳』의 작자인 신문방辛文房은 그를 매우 추숭하여 그의 자를 자신의 이름으로 삼았다.

유장경은 5언시 중에서도 5언율시에 뛰어나 자칭 '오언장성五言長城'이라 했는데, 당시 사람들도 이를 인정하였다. 그의 시는 시어의 중복이 눈에 거슬리고 내용이 매우 빈약하지만, 폄적당한 후의 감개와 산수에 은거하고자 하는 한적한 심정을 섞어 표현한 작품들은 도연명, 왕유, 맹호연의 작품과 풍격이 흡사하다.

남계의 상산도인이 은거한 곳을 찾아 尋南溪常山道人隱居

상산의 도인 찾아가는 길	一路經行處
푸른 이끼 위에 발자국 남네	每苔見履痕[1]
흰 구름 적막한 모래톱을 서성이고	白雲依靜渚[2]
무성한 봄풀은 고요한 사립문을 막고 있네	春草閉閑門
비 갠 후 솔빛 바라보며	過雨看松色
산골짜기 따라 물 솟는 곳까지 가네	隨山到水源
시냇가의 꽃과 선의 경지	溪花與禪意[3]
이것들을 마주하니 이미 말을 잊었노라	相對亦忘言

■ 해설

이 시는 상산의 도인을 찾아가는 길에 보게 된 원근과 고하의 한적한 경치를 그
린 것으로, 도인의 속세를 초탈한 경지를 더욱 두드러지게 묘사하고 있다.

가의의 고택에서 長沙過賈誼宅[4]

귀양살이 삼 년 이곳에 머물러	三年謫宦此棲遲[5]
만고에 초나라 나그네의 슬픔 남겼네	萬古惟留楚客悲[6]

1 莓苔(매태) : 푸른 이끼
　履痕(이흔) : 발자국
2 渚(저) : 모래톱
3 禪意(선의) : 생각이 차분해지고 마음이 깨끗해지는 경지
4 賈誼(가의) : 前漢 文帝 때의 저명한 문인이자 정치가. 洛陽 출신으로 시문에 뛰어나고 제자백가에
　정통하여 문제의 총애를 받아 약관으로 최연소 박사가 되었다. 1년 만에 太中大夫가 되어 秦나라
　때부터 내려온 율령, 관제, 예악 등의 제도를 개정하고 전한의 관제를 정비하기 위한 많은 의견을
　상주하였다. 그러나 周勃 등 당시 고관들의 시기로 長沙王太傅로 좌천되었고 3년 후에 梁懷王太傅
　에 임명되었으나, 양회왕이 낙마하여 급서하자 그도 상심한 나머지 1년 후 33세의 나이로 죽었다.
5 謫宦(적환) : 귀양살다.
　棲遲(서지) : 머물다.
6 楚客(초객) : 초나라의 나그네. 長沙는 옛 楚나라 지역이기에 이렇게 묘사한 것이다. 여기에서는
　가의를 이르는 말이다.

그대 떠난 후 가을 풀 우거진 곳 홀로 찾으니 　秋草獨尋人去後
차가운 숲에 햇빛만 비껴 비추이네 　寒林空見日斜時
한문제 현명하나 그대에 대한 은덕 야박한데 　漢文有道恩猶薄
상강의 강물 무정하니 그대의 마음 어찌 헤아릴까 　湘水無情弔豈知
쓸쓸히 낙엽 지는 이곳에 　寂寂江山搖落處[7]
가련한 그대는 무슨 일로 이 하늘 끝까지 왔는고 　憐君何事到天涯

■ 해설

이 시는 작자가 강직한 성격으로 인해 오중유吳仲儒의 모함을 받아 파주潘州 남읍
위南邑尉로 좌천되어 가다가, 장사長沙를 지나며 가의賈誼를 회상하고 지은 시이다.
오직 가의에 대해서만 묘사하였으나 자신의 뜻이 저절로 드러나고 있다.[8]

영철 스님을 전송하며 送靈澈上人[9]

울창한 죽림사에서 　蒼蒼竹林寺[10]
아득히 들려오는 저녁 종소리 　杳杳鍾聲晩[11]
삿갓 등에 지고 비낀 석양 속으로 　荷笠帶斜陽[12]
푸른 산 멀리 홀로 돌아가네 　靑山獨歸遠

■ 해설

이 시는 작자가 대력大曆 초에 공무로 강남에 가다 윤주潤州에 이르러 죽림사에서
영철 스님을 만나 그를 전송하며 지은 시이다.

---

7 寂寂(적적) : 쓸쓸하다.
8 吳喬, 『圍爐詩話』: 只言賈誼, 而己意自見.
　 王闓運, 『湘綺樓說詩』: 運典無痕.
9 靈澈(영철) : 절강 會稽 출신으로 俗姓은 湯씨고 字는 源澄이다. 당시의 저명한 詩僧이다.
　 上人(상인) : 僧에 대한 존칭
10 蒼蒼(창창) : 울창하다.
　 竹林寺(죽림사) : 지금의 江蘇省 鎭江市 남쪽에 있는 사찰
11 杳杳(묘묘) : 아득하다.
12 荷笠(하립) : 삿갓을 등에 지다.

거문고 소리 彈琴

맑고 고운 일곱 줄 거문고 소리	泠泠七弦上[13]
처량한 솔바람 가락이어라	靜聽松風寒[14]
예스러운 가락이 절로 좋으나	古調雖自愛
지금 사람들은 거의 연주하지 않네	今人多不彈

■ 해설

작자는 맑고 고운 가락이 세상 사람들에게 사랑받지 못하는 현실에 빗대어 세상에 자신을 알아주는 이 없음을 서러워하고 있다.

스님을 전송하며 送上人

외로운 구름과 고고한 학이	孤雲將野鶴[15]
어찌 인간 세상에 살 수 있으리오	豈向人間住
옥주산에 은거하지 말게나	莫買沃洲山[16]
세상 사람들 벌써 그곳을 알고 있다네	時人已知處

■ 해설

이 시는 구름과 학같이 세속의 때가 전혀 없는 은사를 묘사하고, 아울러 은거라는 미명하에 공명을 얻으려는 세속 사람들의 행태를 풍자한 것이다.

---

13 泠泠(영령) : 맑고 고운 소리
14 松風(송풍) : 琴曲 중에 〈風入松〉이라는 곡조가 있는데, 여기에서는 소나무에 부딪히는 바람 소리를 이 가락에 비유한 것이다.
15 孤雲, 野鶴(고운, 야학) : 은사를 비유한 것이다.
16 沃洲山(옥주산) : 지금의 浙江省 新昌縣 동쪽에 있는 산으로 晋代 스님 支道林이 이곳에서 학을 놓아 기르고 말을 길렀다고 한다.

눈을 만나 부용산 주인에게 가서 묵다

逢雪宿芙蓉山主人[17]

해 저문 푸른 산 멀리
매서운 날씨에 초라한 초가집
사립문에 들리는 개 짖는 소리
눈보라 치는 이 밤에 나그네 맞아들이네

日暮蒼山遠
天寒白屋貧[18]
柴門聞犬吠[19]
風雪夜歸人

■ 해설

해 저문 뒤 눈보라 치는 산에서 묵을 곳을 찾으며 주위 상황을 묘사하고 있는데, 쓸쓸하고 적막한 분위기가 전혀 느껴지지 않는다. 사립문에서 짖는 개도 모처럼 보는 낯선 사람에게 경계심을 늦추지 않으면서도 반가운 마음이 앞서는 것이 느껴진다.[20]

17 芙蓉山(부용산) : 芙蓉이라는 이름을 가진 산은 많다. 山東省 臨沂縣, 福建省 閩侯縣, 湖南省 桂陽縣, 湖南省 寧鄕縣 등에 부용산이 있는데, 여기에서는 어떤 산을 말하는지 정확하지 않다.
18 白屋(백옥) : 초라한 초가집
19 柴門(시문) : 사립문
　　犬吠(견폐) : 개가 짖다.
20 吳逸一, 『唐詩正聲評』: 極肖山庄淸景, 却不寂寞.
　　黃叔燦, 『唐詩箋注』: 上二句孤寂況味. 犬吠歸人, 若警若喜, 景色入妙.

〈눈을 만나 부용산주인에게 가서 묵다(逢雪宿芙蓉山主人)〉 시의도 『명청화보힐수(明淸畫譜擷萃)』,
(中國文聯出版公司, 1997)

32.

원결 ― 元結

■ 원결(719~772)

자는 차산次山으로 자호를 의우자猗玕子라 했다. 무창(武昌 : 지금의 호북성 鄂城縣) 출신으로 어려서는 구속받는 것을 싫어하여 이곳저곳 떠돌다가 17세가 되어서 마음을 잡고 공부하기 시작했다. 천보 12년(753) 진사에 급제하였으나 곧 안녹산의 난이 발발하자 강서성江西省의 의우동猗玕洞에 은거하고 있다가, 건원乾元 2년(759) 소원명蘇源明의 추천으로 우금오위병조참군右金吾衛兵曹參軍이 되어 안사安史 반란군을 토벌하는 데에 공을 세웠다. 광덕廣德 원년(763) 도주(道州 : 지금의 호남성 永州市 道縣)의 자사刺史[1]를 거쳐 768년 용관경략사容管經略使를 지냈는데, 권신들의 시기를 받자 벼슬을 내놓고 의우동에 다시 은거했다. 이 때문에 그를 '의우자'라 부르는 것이다.

성품이 고결하고 우국의 충정이 넘친 그는 형식주의적인 시풍을 반대하고 전란으로 인한 백성의 고통과 사회 현실을 반영한 침울한 작품을 많이 지었다. 그의 시와 문학 주장은 후대에 깊은 영향을 미쳤는데, 그의 대표작 〈용릉행舂陵行〉은 두보를 크게 감동시켜 이것에 화답하는 시를 짓게 했을 정도였으며, 백성의 소리를 천자에게 들려주려는 의도에서 지어진 〈계악부系樂府〉는 백거이白居易의 〈신악부新樂府〉의 선구가 되었다. 시문집인 『원차산집元次山集』이 전해오고 있으며, 동시대 시인들인 심천운沈千運, 맹운경孟雲卿 등 7인의 시 24수를 모아 편찬한 『협중집篋中集』은 형식주의 시풍을 반대하고, 질박하고 돈후한 시를 창작할 것을 주장한 그의 실천 저작이라 할 수 있다.

---

1 원결이 도주자사로 재임 시 명명한 호남성 영주시의 浯溪에는 그의 〈大唐中興頌〉을 그의 친한 친구 顔眞卿이 글씨로 새긴 마애 석각이 있다.

〈대당중흥송〉 탁본 안녹산의 난을 평정하고 당을 중흥시킨 숙종의 공적을 찬양한 원결의 글을 안진경이 해서체로 썼다. 오계의 마애(磨崖)에 새겼기에 마애 석각이라고도 한다.

석어호 가에서 취하여 石魚湖上醉歌

석어호는 동정호를 닮아	石魚湖 似洞庭[2]
여름 물 불면 군산은 더욱 푸르네	夏水欲滿君山靑[3]
산을 술잔 삼고 호수를 술 담은 못으로 삼아	山爲樽 水爲沼
술꾼들은 하나 둘 모래톱에 앉아 있네	酒徒歷歷坐洲島
거센 바람 날마다 큰 풍랑 일게 해도	長風連日作大浪
술 실은 배 막지 못하네	不能廢人運酒舫[4]
나는 큰 쪽박 들고 파구산에 앉아	我持長瓢坐巴丘[5]
권커니 잣거니 술 마시며 시름 잊노라	酌飮四座以散愁[6]

■ 해설

이 시는 원결이 도주자사로 있을 때 지은 시로, 먼저 석어호의 기이함과 주흥의 호방함을 묘사한 후에 술을 빌려 시름을 잊고자 하는 소망을 적고 있는데 기묘한 상상과 비유가 충만하다.

2 石魚湖(석어호) : 지금의 호남성 도현에 있는 호수
3 君山(군산) : 동정호 안에 있는 섬으로 湘山이라고도 한다.
4 廢(폐) : 막다, 저지하다.
  酒舫(주방) : 술 실은 작은 배
5 巴丘(파구) : 동정호 가에 있는 산으로 巴陵山이라고도 한다.
6 散愁(산수) : 시름을 풀다.

원대 황공망(黃公望: 1269~1354)의
〈동정기봉도(洞庭奇峰圖)〉 동정호 가
의 다양한 모양의 봉우리를 묘사하였
다. 120.7×51.4cm, 타이베이 고궁박
물원 소장

33.

고황 — 顧況

자는 포옹逋翁으로 절강성 해녕海寧 사람으로 지덕至德 2년(757) 진사에 급제하였
다. 해학을 좋아하였고, 시와 그림에 능했다. 비서랑秘書郞과 저작랑著作郞 등의 관
직을 역임하였는데, 정원(貞元) 5년(789) 권문세가를 풍자하고 조롱한 시가 문제
가 되어 요주사호참군饒州司戶參軍으로 좌천되었다가, 후에 모산茅山에 은거하여
자호를 '화양산인華陽山人'이라 하고 연단煉丹에 힘썼다.

고황은 시는 풍자하고 권선징악하는 효능이 있어야 한다고 주장하며 내용을 중
시하여 사회 현실을 반영한 시를 많이 창작했다. 그의 시에는 고체시가 많은데,
풍격은 질박하고 시어는 속어와 구어를 거리낌 없이 구사하여 매우 평이하였
다. 백거이가 숭앙하던 인물로 그의 신악부운동에 영향을 미친 것으로 평가받
고 있다.

황궁 宮詞

하늘로 치솟은 황궁에선 은은한 생황 소리	玉樓天半起笙歌
바람에 날려 오는 궁녀들의 웃음소리	風送宮嬪笑語和[1]
달빛 그림자 지는 전각에는 어디선가 물시계 소리	月殿影開聞夜漏[2]
수정 주렴 걷으니 다가서는 가을 은하수	水精簾卷近秋河[3]

■ 해설

이 시는 정원 3년(787)경에 창작된 것으로 궁궐에서 총애를 받는 자와 그렇지 못한 자를 직접적인 묘사 방식이 아닌 대비시키는 방식으로 쓸쓸한 궁녀의 서러움을 효과적으로 전달하고 있다.

호각 소리에 고향 생각이 나서 聽角思歸

꿈속 고향엔 푸른 이끼 위에 누런 낙엽 가득하더니	故園黃葉滿青苔
꿈 깨니 성가에서 들리는 구슬픈 새벽 호각 소리	夢後城頭曉角哀
이 밤 창자 끊는 듯한 슬픔 남들은 알지 못하리	此夜斷腸人不識
일어나 어슴푸레한 달 그림자 밟으며 서성이노라	起行殘月影徘徊

■ 해설

이 시는 권문세가들을 조롱한 일로 폄적당한 후의 침울한 심정을 묘사한 시이다. 고향인 해녕으로 돌아가고 싶어도 돌아갈 수 없는 자유롭지 못한 처지가 마음속의 번민과 수심을 더해줄 뿐이다.

1 宮嬪(궁빈) : 皇宮 안의 宮女
2 漏(루) : 물시계
3 水精(수정) : 水晶

〈당인궁락도(唐人宮樂圖)〉 당나라 후궁과 비빈들이 긴 탁자에 둘러앉아 악기 연주를 들으며 차와 술을 즐기는 광경이다. 비파(琵琶), 고쟁(古箏), 생황(笙簧) 등의 악기가 보인다. 48.7×69.5cm, 타이베이 고궁박물원 소장

34.

장
계
─ 張繼

■ 장계(?~?)

자는 의손懿孫으로 양주(襄州 : 지금의 호북성 襄樊市) 사람이다. 천보 12년(753) 진사가
된 이후로 대력 연간에 조정에 들어가 검교사부낭중(檢校祠部郞中)을 끝으로 은퇴
했다.

현재 『전당시』에 그의 시 47수가 전하는데, 백성들의 고통을 묘사한 시가 대부분
이며 수식에 신경 쓰지 않아 질박하고 자연스럽다. 그의 〈농촌의 현실閭門卽事〉 시
는 난리 후의 황량한 경관을 그림처럼 묘사하고 있다. 특히 〈밤에 배를 풍교에 정
박시키고楓橋夜泊〉는 수많은 당시 가운데에서도 우뚝 솟아있는 걸작 중의 걸작이
라 할 수 있다.

창문의 농촌 현실 閶門卽事[1]

농부 징집당해 병선 뒤를 따르니   耕夫召募逐樓船[2]
봄 되자 드넓은 밭은 온통 풀만 무성하네   春草靑靑萬頃田
오문 성에 올라 성곽을 바라보매   試上吳門窺郡廓[3]
청명절 왔지만 몇 집이나 새로 불을 피울까?   淸明幾處有新煙[4]

■ 해설

이 시는 대다수의 농민들이 징집당해 피폐해진 농촌의 현실을 그리고 있다.

---

1 閶門(창문) : 蘇州에 있는 城門
2 耕夫(경부) : 농민
   樓船(누선) : 兵船
3 吳門(오문) : 蘇州의 별칭
   郡廓(군곽) : 성곽
4 淸明幾處有新煙(청명기처유신연) : 불을 피우지 못하는 寒食이 지나가고, 이어 불을 피울 수 있는
   淸明節이 돌아왔건만 몇 집에서 불 피워 밥을 지을까?

밤에 풍교에 배를 정박시키고 楓橋夜泊[5]

달은 지고 까마귀 우짖는데 서리는 하늘 가득하고 　月落烏啼霜滿天
강촌교와 풍교에 돌아온 어선 불빛은 　　　　　江楓漁火對愁眠
시름 잠긴 잠을 마주하네
고소성 밖 한산사의 　　　　　　　　　姑蘇城外寒山寺[6]
한밤중 종소리 객선의 뱃전을 두드리네 　　夜半鐘聲到客船

■ 해설

이 시는 과거에 낙방하고 실의에 빠진 작자가 여러 곳을 유람하다 풍교 나루에
배를 정박시키고 하룻밤을 묵으며 지은 시이다. 주위 경물에 자신의 수심 어린
감정을 이입시켜 과거에 떨어진 선비의 우수를 잘 그려냈다. 이 시는 그의 일반
적인 시 경향과는 조금 동떨어져 있는 시이다. 그런데 만약 그에게 이 시가 없었
다면, 그는 지극히 평범한 시인으로 이름조차 남기지 못하는 처지가 되었을는지
도 모른다.

5 楓橋(풍교) : 지금의 江蘇省 蘇州市 서쪽에 있는 다리
6 姑蘇(고소) : 蘇州. 소주 서남쪽에 姑蘇山이 있어서 이렇게 불렸다.
　寒山寺(한산사) : 南北朝 시대인 梁 天監 年間(502~519)에 지어진 사찰로 처음에는 '妙利普明塔院'
　이라 불렸는데 唐 太宗 때 高僧인 寒山과 拾得이 이 사찰에서 수행을 하여 이름을 '한산사'라 바꾸
　었다.

한산사 이곳에서 당의 고승인 한산이 수행하였기에 이렇게 불리게 되었다.

35.

전기 一

錢起

■ **전기**(722?~780?)

자는 중문仲文으로 오흥(吳興 : 현재의 절강성 湖州市) 출신이다. 일찍이 여러 차례 장안으로 가서 과거에 응시했으나 번번이 낙방하다가 천보 10년(751) 진사시험에 급제한 후 비서성秘書省 교서랑校書郎에 임명되었다. 건원乾元 2년(759) 전후로 남전현藍田縣의 현위縣尉로 나아갔다가 고공낭중考功郎中으로 승진하여 전고공錢考功이라고도 불린다. 그 후 성당盛唐에서 중당中唐으로의 전환기였던 대력 연간(766~779)에는 사훈원외랑司勳員外郎, 한림학사翰林學士 등을 역임했다. 그는 노륜盧綸, 한굉韓翃, 사공서司空曙 등 9인과 함께 '대력십재자大曆十才子'라 불렸는데, 그는 10명의 시인 중에 나이가 가장 많았고 명성도 가장 높았다. 그는 송별시에 재능을 한껏 발휘하여 낭사원郎士元과 병칭되었는데, 당시의 사람들은 "앞에는 심송(沈宋 : 沈佺期, 宋之間)이 있고, 뒤에는 전낭(錢郎 : 錢起, 郎士元)이 있다."라고 평가하였다.

그의 시는 현실 사회를 진실하게 반영하기보다는 태평성대를 미화하는 데 힘을 쏟았다. 그러나 형식적인 면에 힘을 기울여 성당시와는 색다른 풍격의 시를 창조해냈다.

일본으로 돌아가는 스님을 전송하며 送僧歸日本

인연 따라 당나라에 와 머물렀는데	上國隨緣住[1]
오던 길 생각해 보면 꿈길 같았네	來途若夢行
하늘에 떠 있는 푸른 바다 먼 길을 건너왔는데	浮天滄海遠
속세 떠나 고향 가는 배 가벼우리라	去世法舟輕
물속의 달은 그대를 선의 경지로 이끌고	水月通禪寂[2]
물속의 물고기는 그대의 설법을 듣는 듯하네	魚龍聽梵聲[3]
오직 어둠에서 빛나는 등을 소중히 여겨	惟憐一燈影
만 리 밖 사람들의 눈을 광명으로 밝히기를	萬里眼中明

■ 해설

이 시는 당에 유학 왔다가 일본으로 돌아가는 스님을 전송하며 지은 시이다. 중국과 일본의 교류는 한대부터 있었는데, 당대에 들어서서 교류는 더욱 빈번해졌다. 정관貞觀 4년(630) 일본이 처음으로 당에 사신을 보낸 이후 소종昭宗 건녕建寧 원년(894)까지 13차례 '견당사遣唐使'를 파견했다. 그의 5언율시의 성취는 유장경에게도 뒤지지 않는다는 평가를 받고 있다.[4]

---

1 上國(상국) : 唐
　隨緣(수연) : 佛家語로, 억지로가 아닌 機緣에 따른 것이라는 의미이다.
2 禪寂(선적) : 선의 경지
3 魚龍(어룡) : 비늘 달린 물고기를 전체적으로 부르는 말이다.
4 吳瑞榮, 『唐詩箋要』: 仲文五言律句, 與隨州伯仲.

돌아온 기러기 歸雁

소상강에서 어찌하여 마음대로 돌아왔는가?	瀟湘何事等閑回[5]
푸른 물과 반짝이는 모래와 언덕의 이끼 놓아두고	水碧沙明兩岸苔[6]
달 밝은 밤 스물다섯 줄 비파를 타니	二十五弦彈夜月[7]
맑은 설움 이기지 못해 날아왔네	不勝淸怨却飛回

■ 해설

이 시는 문답식으로 이루어져 있는데 전반부는 시인의 물음이고, 후반부는 기러기의 대답이다. 작자는 기이한 구상과 풍부한 연상력을 동원하여 봄이 되면 기러기가 북쪽으로 돌아가는 일반적인 자연 현상을 묘사하고 있다.

---

5 瀟湘(소상) : 湘江은 湖南省 零陵縣 서쪽에서 瀟水와 합류한다고 해서 이렇게 불렸다. 기러기가 겨울에 소상강 근처의 衡山까지 날아왔다가 봄이 되면 다시 북쪽으로 날아간다고 하는데, 형산 72개의 봉우리 중 제일봉이 기러기가 되돌아간다는 回雁峰이다.
　等閑(등한) : 마음대로
6 沙明(사명) : 반짝이는 모래
7 二十五弦(이십오현) : 비파. 전설에 湘水의 靈인 舜임금의 妃가 순임금을 생각하며 비파를 탔다고 한다.

36.

위응물 — 韋應物

■ 위응물(737?~791?)

경조부(京兆府 : 지금의 섬서성 서안) 출생. 15세 때 현종玄宗의 삼위랑三衛郞이 되어 현종의 경호를 책임지며 방약무인하였으나, 현종이 죽은 후에는 뜻을 바꿔 학문에 정진하였다. 이후 벼슬길로 나아가 좌사낭중左司郞中, 강주자사江州刺史, 소주자사蘇州刺史, 저주자사滁州刺史 등을 역임하였다. 이 때문에 그를 위강주 혹은 위소주라고 부르기도 한다. 만년에 소주의 영정사永定寺에 은거하였다.

삶에 우여곡절이 많아서 그의 시 또한 내용이 다양하고도 복잡하다. 그 가운데 전원과 산수의 고요한 정취를 소재로 한 작품이 많은데, 그윽한 경치를 도연명陶淵明의 백묘白描 수법과 사령운謝靈運의 시어를 정련하는 기교를 결합하여 담담하게 묘사해낸 것으로 평가받고 있다. 자연시파의 대표 시인으로서 왕유, 맹호연, 유종원柳宗元 등과 함께 왕맹위유王孟韋柳로 병칭되고 있다. 그의 자연시는 사회 현실을 반영하는 것이 미흡하다는 비판을 받지만, 풍격이 청려하고 표일하여 예술적 성취가 비교적 높다고 할 수 있다.

장안에서 풍저를 만나 長安遇馮著

동쪽에서 온 그대	客從東方來
파릉에서 비를 만났네	衣上灞陵雨[1]
그대 무슨 일로 왔는지 물으니	問客何爲來
나무 베려고 도끼 사러 왔다고 하네	采山因買斧
꽃 만발한 이때	冥冥花正開[2]
제비는 새끼에게 먹이 나르느라 분주하네	颺颺燕新乳[3]
작년에 이별했다 다시 봄이 되니	昨別今已春[4]
흰 머리카락 얼마나 많이 생겼는가?	鬢絲生幾縷

■ 해설

이 시는 작자가 장안에서 풍저를 만나 그에게 준 시이다. 풍저는 작자의 친구로 『전당시』에 시 4수가 전한다.

저녁에 우이현에 묵다 夕次盱眙縣[5]

우이현에 묵고자 돛 내리고	落帆逗淮鎭[6]
고요한 나루터에 배를 대었네	停舫臨孤驛[7]
강바람 불어 커다란 파도 일고	浩浩風起波[8]

---

1 灞陵(파릉) : 지금의 陝西省 西安 동쪽 灞河 西岸. 처음 이름은 灞上이었는데 漢 文帝를 이 곳에 장사 지내고 이렇게 고친 것이다.
2 冥冥(명명) : 무성한 모양
3 颺颺(양양) : 나는 모양
4 昨(작) : 작년
5 次(차) : 머무르다.
  盱眙縣(우이현) : 지금의 江蘇省 盱眙縣
6 逗(두) : 머물다.
  淮鎭(회진) : 淮河 가의 마을. 즉 盱眙縣
7 驛(역) : 驛站
8 浩浩(호호) : 커다란 모양

해 지자 사방 어둑어둑해지네	冥冥日沈夕[9]
사람들 집에 다 돌아가니 산 마을 어둠 속에 잠기고	人歸山郭暗[10]
달빛 비친 갈대 무성한 모래톱에 기러기 내려앉네	雁下蘆洲白
홀로 지새는 밤에 고향 생각나	獨夜憶秦關[11]
종소리 들으며 잠 못 이루네	聽鍾未眠客

■ 해설

이 시는 작자가 우이수盱眙水 가에 머물면서 저녁 풍경을 보고 고향 생각에 잠 못
이루는 쓸쓸한 심정을 묘사하고 있다.

저녁비 내리는데 이주를 전송하며 賦得暮雨送李冑[12]

초강은 보슬비에 잠겨 있는데	楚江微雨里[13]
건업 성가에 들려오는 저녁 종소리	建業暮鍾時[14]
아득한 빗속을 뚫고 오는 돛단배 무겁고	漠漠帆來重[15]
땅거미 속 새들은 머뭇거리네	冥冥鳥去遲
바다와 합쳐지는 곳 너무 멀어 보이지 않고	海門深不見[16]
포구의 나무는 비를 머금어 윤기가 흐르네	浦樹遠含滋
그대 보내는 슬픔 끝없어	相送情無限
눈물은 빗물 되어 옷깃을 적시네	沾襟比散絲[17]

---

9 冥冥(명명) : 어두운 모양
10 山郭(산곽) : 산촌
11 秦關(진관) : 작자의 고향인 長安
12 賦得(부득) : 唐의 科擧 시험 출제 때 사용한 용어로 '詠詩'의 의미가 있다.
13 楚江(초강) : 長江 가운데 三峽으로부터 安徽省 경내까지는 옛날 楚나라 지방이기에 이렇게 불렀다.
14 建業(건업) : 지금의 江蘇省 南京市
15 漠漠(막막) : 아득한 모양
16 海門(해문) : 長江이 바다와 합쳐지는 곳
17 散絲(산사) : 가랑비

이 시는 저녁 비를 제재로 하여 동쪽으로 떠나는 친구를 전송하며 지은 시인데,
경물과 석별의 정이 주밀하게 짜여 있다.

가을밤 그대 생각나 秋夜寄邱員外[18]

가을밤 그대 생각나	懷君屬秋夜
서늘한 밤길 거닐며 시를 읊조리네	散步詠涼天
고요한 산에 때로 솔방울 떨어져	空山松子落
그대 역시 잠 못 이루리라	幽人應未眠[19]

■ 해설

이 시는 작자와 친구의 심경이 서로 교통하고 있음을 묘사하고 있는데, 맑고 그
윽한 맛을 한없이 느끼게 한다.[20]

홀로 저주의 시냇가에서 滁州西澗[21]

나 홀로 시냇가의 그윽한 풀을 즐기는데	獨憐幽草澗邊生
풀 위 울창한 나무 위에 꾀꼬리 울고 있네	上有黃鸝深樹鳴[22]
봄 조수는 저녁 되자 봄비와 어울려 급히 몰려오는데	春潮帶雨晚來急
나루터엔 인적 없고 빈 배만 비껴 떠있네	野渡無人舟自橫

18 邱員外(구원외) : 邱丹. 현재의 절강 嘉興 사람으로 尙書員外郞을 지냈다. 시인 邱爲의 동생이기도
   한 그는 위응물이 蘇州刺史로 있을 때 臨平山(지금의 浙江省 余杭縣 동북쪽)에 은거하고 있었다.
19 幽人(유인) : 은자. 여기에서는 邱丹을 가리킨다.
20 李維楨, 『唐詩雋』 : 從來咏物佳句, 夸此爲最.
21 西澗(서간) : 저주 서쪽 교외에 있던 하천으로 지금의 西澗湖
22 黃鸝(황리) : 꾀꼬리

이 시는 작자가 덕종德宗 건중建中 2년(781) 저주(滁州 : 지금의 安徽省 滁縣)자사刺史로
있을 때 지은 시로, 사물의 특징을 두드러지게 표현하기 위해서는 대상에 대한
세밀한 관찰을 통해서만 가능하다는 것을 보여주는 시이다. 송대 궁정화원에서
화가를 선발할 때 이 시의 3, 4구의 의경을 묘사하도록 했을 정도로 3, 4구는 시詩
와 화畵를 절묘하게 결합했다는 평가를 받고 있다.[23]

한식에 장안의 여러 동생들에게 寒食寄京師諸弟[24]

비 와도 불 피우지 못해 냉기 가득한 서재	雨中禁火空齋冷[25]
강 위에 떠도는 꾀꼬리 소리 홀로 듣네	江上流鶯獨坐聽[26]
술잔 들고 꽃 바라보며 고향 동생들 생각에	把酒看花想諸弟
고향에도 한식 되니 꽃 만발하겠지	杜陵寒食草青青[27]

■ 해설

이 시는 시인이 저주滁州에서 고향에 있는 동생들에게 보낸 시이다. 타향에서 명
절을 맞아 더욱 사무치는 향수가 가슴에 절절하다.[28]

---

23 黃叔燦, 『唐詩箋注』: 分明是一幅畫圖.
24 京師(경사) : 長安
25 空齋(공재) : 서늘한 서재
26 流鶯(유앵) : 나는 꾀꼬리. 여기에서는 꾀꼬리의 울음 소리
27 杜陵(두릉) : 지금의 陝西省 西安 동남쪽
28 黃叔燦, 『唐詩箋注』: 此詩情味不減遍揷茱萸少一人也. 王詩粘, 韋詩脫, 各極其致.

명 문징명(文徵明: 1470~1559)이 그린 〈홀로 저주의 시냇가에서〉 시의도 『명가회당시화보삼백수 (名家繪唐詩畵譜三百首)』(上海古籍出版社, 2001)

37.

노
륜
―
盧
綸

■ **노륜**(?~799?)

자가 윤언允言으로 포주(蒲州 : 지금의 산서성 永濟縣) 사람이다. 대력 연간에 여러 차례 진사시에 응시하였으나 급제하지 못하고 각지를 떠돌았다. 얼마 후 재상이던 원재元載와 왕진王縉의 천거로 문향현(閺鄕縣 : 지금의 하남성 靈寶縣)의 현위에 임명되었고 얼마 후 감찰어사監察御使로 자리를 옮겼다. 이후 관직이 검교호부낭중檢校戶部郎中에 이르렀다.

그의 시는 송별시와 증답시가 많고 만년에 막부 생활을 오래 한 관계로 변새에서 지은 시가 많은데, 이 시들은 풍격이 웅장하여 볼만한 것이 있다. 대력십재자大曆十才子 중 7언율시를 가장 많이 지었지만, 간혹 거칠어 정교하지 못한 흠이 있다.

화산(華山) 노륜은 젊은 시절 뜻을 제대로 펼치지 못하고 여러 곳을 떠돌았던 적이 있는데, 화산에 거처를 마련하고 한동안 寓居했던 적도 있다. 명대 화가 왕리(王履: 1332~1391)의 작품. 34.5×50.5cm, 베이징 고궁박물원 소장

저녁 악주에서 묵다 晚次鄂州[1]

구름 걷히니 멀리 보이는 한양성	雲開遠見漢陽城
그래도 돛단배로 하룻길 여정	猶是孤帆一日程
장사꾼 낮잠에 파도 고요함을 알겠고	估客晝眠知浪靜[2]
뱃사람 이야기 소리에 조수 들어옴을 알겠네	舟人夜語覺潮生
삼상 땅 나그네 신세 센 머리 또 가을 되니	三湘愁鬢逢秋色[3]
만 리 밖 고향 생각에 밝은 달 바라보네	萬里歸心對月明
옛 가업은 전쟁통에 풍비박산 났는데	舊業已隨征戰盡
또다시 강가에서 북소리 들어야 하네	更堪江上鼓鼙聲[4]

■ 해설

안사의 난을 피해 남쪽으로 향하던 도중 악주鄂州에서 쓴 시로, 정해진 곳 없이 표박해야만 하는 나그네의 형상을 생동감 있고 세밀하게 묘사하고 있는데, 대력 연간에 지어진 작품 가운데 명작이라 할 수 있다.[5]

---

1 鄂州(악주) : 지금의 湖北省 武漢市 武昌區
2 估客(고객) : 상인
3 三湘(삼상) : 湖南省 일대
4 鼓鼙(고비) : 戰鼓
5 喬億, 『大曆詩略』: 有情景, 有聲調, 氣勢亦足, 大曆名篇.

변경에서 塞下曲 四首

3

달빛조차 없는 밤하늘 기러기 높이 나는데
선우는 밤을 틈타 도주하네
장군은 날랜 기병으로 뒤쫓는데
활과 칼엔 눈이 가득 쌓였네

月黑雁飛高[6]
單于夜遁逃
欲將輕騎逐[7]
大雪滿弓刀

■ **해설**

도주하는 적을 눈을 맞으며 뒤쫓는 장군의 위엄을 사실적으로 묘사하고 있다.

6 月黑(월흑) : 달빛이 없다.
7 將(장) : 거느리다.

38.

이익 一 李益

■ **이익**(748?~827?)

자는 군우君虞로 농서 고장(隴西 姑臧 : 지금의 감숙성 武威市) 사람이다. 대력 4년(769) 진사시에 급제하여 정현위鄭縣尉에 임명되었으나, 동료들에 비해 승진이 늦자 벼슬을 버리고 연燕, 조趙 지방(지금의 하북성 일대)을 떠돌다가 유주절도사幽州節度使 유제劉濟의 부름을 받아 종사從事가 되었다. 그 후 다시 빈녕절도사邠寧節度使의 막부에 들어가 10여 년간 막부 생활을 하였다. 헌종憲宗은 그의 문학적 재능에 대한 소문을 듣고 장안으로 그를 소환하여 집현전학사集賢殿學士에 임명하였다. 이후 태자빈객太子賓客과 우산기상시右散騎常侍 등을 역임하였고 대화大和 원년(827) 예부상서禮部尚書직을 끝으로 세상을 떴다.

이익의 시의 명성은 이하李賀와 어깨를 나란히 하여, 시 한 편을 지어낼 때마다 교방教坊의 악사들은 앞다투어 그에게 뇌물을 주면서 시를 구해 황제에게 노래를 지어 바치기까지 하였다. 그는 변새시에서 특히 뛰어난 성과를 거두었는데, 10여 년간의 막부 생활로 인해 그의 변새시는 매우 사실적이었다. 내용은 주로 변방 병사들의 향수와 울분, 시인 자신의 관직에서의 고난과 공명을 이루고자 하는 열망 등을 표현하고 있다. 그는 특히 7언절구에서 뛰어난 성과를 거두어 개원, 천보 연간 이래로 7언절구 방면에서는 이익이 최고라는 평가를 받았다. 또한 5언율시와 5언절구에도 가작이 많다.

너의 이름을 듣고서야 喜見外弟又言別[1]

난리 통 십 년 만에	十年離亂後[2]
어른 되어 만난 동생	長大一相逢
성씨 묻고는 처음 본 듯 낯설어 놀랐는데	問姓驚初見
이름 듣고서야 옛 모습 떠올렸다	稱名憶舊容
이별 후의 수많은 우여곡절	別來滄海事[3]
이야기 마치자 저녁 종소리 울린다	語罷暮天鍾
날 밝으면 파릉으로 떠나는 길	明日巴陵道[4]
가을 산은 또 몇 겹일까?	秋山又几重

■ 해설

이 시는 오랜만에 만난 이종사촌 동생과 다시 이별해야 하는 정경을 그린 시로, 시어가 자연스럽고 소박하며, 전란에 휩쓸린 일반 백성의 고통을 사실적으로 드러내고 있다.

수항성의 밤 피리 소리 夜上受降城聞笛

회락봉 앞의 모래밭은 눈 같고	回樂峰前沙似雪[5]
수항성 밖의 달은 서리 같네	受降城外月如霜[6]
어디선가 들려오는 갈대 피리 소리	不知何處吹蘆管[7]
출정한 병사들은 모두 오늘 밤 고향 생각에 잠기겠지	一夜征人盡望鄕

1 外弟(외제) : 이종사촌. 시인 盧綸을 이르는 것이다.
2 十年離亂後(십년리난후) : 安史의 난이 일어난 지 10년이 되다.
3 滄海事(창해사) : 桑田碧海
4 巴陵(파릉) : 지금의 湖南省 岳陽市
5 回樂峰(회락봉) : 지금의 甘肅省 靈武縣 서남쪽에 있는 봉우리
6 受降城(수항성) : 黃河 이북에 突厥의 침입을 막기 위해 唐代 張仁愿이 축조한 성
7 蘆管(노관) : 갈대잎을 말아 만든 피리

작자는 빈녕절도사邠寧節度使의 막부에 들어가 종군 생활을 하였기에 변방 생활
의 고통을 누구보다도 깊이 인식하고 있었다. 이 시는 변방의 경색과 병사들의
향수를 교묘히 결합한 정경교융情景交融의 수법을 운용하여 뛰어난 감응력을 가
지고 있다. 7언절구에서 뛰어난 성과를 거둔 그의 시는 시어가 진솔하고 자연스
러웠다.[8]

낙교에 올라 上洛橋[9]

금곡원의 버들은	金谷園中柳[10]
봄 되니 춤추는 기녀의 허리일세	春來似舞腰
이 좋은 풍경을 보기 위해	何堪好風景
홀로 쓸쓸히 낙교에 오르노라	獨上洛陽橋

■ 해설

낙교에서 볼 수 있는 봄 풍경과 자신의 실의를 대비시켜 표현하고 있다.

---

8 黃叔燦, 『唐詩箋注』: 李君虞絕句, 專以此擅場, 所謂率眞語, 天然畵也
9 洛橋(낙교) : 지금의 河南省 洛陽에 있던 다리
10 金谷園(금곡원) : 晉의 石崇이 건축한 정원. 석숭은 자신이 사랑하는 첩 녹주(綠珠)를 위해 금곡원
이라는 거대한 별장을 만들어 그녀의 향수를 달래 주었다.

39.

맹교 ─ 孟郊

■ 맹교(751~814)

자는 동야東野로 절강성 호주湖州 무강(武康 : 지금의 절강성 德淸縣) 출신이다. 젊었을 때
는 숭산嵩山의 소실산少室山에 은거하여 자칭 '처사'라 하였다. 성격이 강직하고 지
조가 있어 한유韓愈는 그를 보자마자 교우 관계를 맺고 그와 창화하기도 하였다.
정원貞元 12년(796), 46세가 되어서야 겨우 진사進士 시험에 합격하여 50세에 율양
(溧陽 : 현재의 常州市 溧陽市)의 현위縣尉가 되었으나, 공무는 등한히 한 채 산수만을 유
람하여 상부의 질책을 받자 벼슬을 내놓고 귀향했다. 이후 다시 등용되었지만 여
러 변변찮은 관직을 맴돌다 빈곤 속에 죽었다. 이에 친구 장적張籍 등은 그에게 빛
이 사방을 비춘다는 의미로 정요선생貞曜先生이라는 시호를 지어주기도 하였다.
한유와 가까이 지내 시풍 또한 그와 비슷했으며, 그의 복고주의에 동조하여 육의
六義와 풍골風骨의 전통을 계승할 것을 주장하였고, 또한 대력 연간 이래의 시풍에
반대하여 창의적인 감정과 사실적인 내용이 담겨 있어야 한다고 주장하였다. 그
는 유명한 고음苦吟 시인으로 시어와 조구에 있어서 평범한 것을 극력 피하고 예스
럽고 괴상한 것을 추구하였다. 가도賈島와 병칭되어 '교한도수郊寒島瘦'라는 평을
받기도 했지만, 가도 시의 성과는 그에 훨씬 미치지 못하였다. 북송北宋의 강서시
파江西詩派에 영향을 끼쳤으며 『맹동야시집』 10권에 400여 수의 시가 전한다.

열녀의 정절 烈女操

오동나무는 서로 기다리며 늙고	梧桐相待老[1]
원앙은 쌍쌍이 죽길 원하네	鴛鴦會雙死
열녀는 지아비 위해 죽는 것을 귀하게 여겨	貞婦貴殉夫
목숨 버리는 것 이와 같도다	舍生亦如此
파란 일으키지 않기를 맹세하며	波瀾誓不起
나의 마음 우물 속 물 같아지기를	妾心井中水

■ 해설

열녀의 정절을 가송한 시이다.

떠돌이 아들의 노래 游子吟

인자한 어머니 손끝의 실은	慈母手中線
떠돌이 신세인 나의 옷이네	游子身上衣
떠나기 전 한 땀 한 땀 촘촘히 꿰매시는 것은	臨行密密縫
아들 더디 돌아올까 걱정해서라네	意恐遲遲歸
누가 감히 말하리오 풀 같이 연약한 효심이	誰言寸草心[2]
봄 빛 같은 어머니 은혜를 갚을 수 있다고	報得三春輝

■ 해설

이 시는 백묘白描 수법을 동원하여 아들에 대한 어머니의 숭고하고 순결한 사랑을 묘사한 작품으로, 질박하고 자연스러우면서도 은근하여 읽는 이의 심금을 울린다.

---

1 梧桐(오동) : 오동나무는 雌雄異體로 서로 그리워함을 이렇게 표현했다.
2 寸草心(촌초심) : 자식들의 부모에 대한 효심이 미약하다는 것을 비유한 말이다.

청대 화가 전혜안(錢慧安: 1833~1911)이 그린 〈떠돌이 아들의 노래〉 시의도 〈유자음〉 시는 중국 초등학교 1학년 교과서에 수록될 정도로 유명한 천고의 절창이다. 『명가회당시화보삼백수(名家繪唐詩畵譜三百首)』(上海古籍出版社, 2001)

40.

장
적

張
籍

■ **장적**(767~830)

자가 문창文昌으로 오군(吳郡 : 지금의 강소성 소주) 사람이다. 곤궁한 가정 출신으로 정원貞元 15년(799) 진사에 합격하여 태상시태축太常侍太祝이라는 낮은 벼슬에 나아갔다. 그가 처음 장안으로 가서 한유韓愈를 만났을 때 두 사람은 마치 옛 친구를 만난 듯 이내 교우 관계를 맺었다. 그 후 한유의 추천으로 국자박사國子博士가 되었고 수부원외랑水部員外郞으로 옮겼다가 국자사업國子司業이 되었다. 이 때문에 장수부 혹은 장사업이라 불린다.

평생을 가난과 고통 속에 보낸 그는 자기 속의 불만을 시로 표현하였고, 두보를 좋아하여 그를 배우려고 노력하였다. 70여 수에 이르는 악부시는 광범위하게 당시 사회의 모순을 반영하고 있다. 이 밖에 5언율시와 7언절구에도 뛰어난 작품이 많은데, 두보와 백거이를 연결해주는 중당 신악부운동의 핵심적인 인물이라 할 수 있다.

가을 생각 秋思

낙양성에 가을바람 불어	洛陽城里見秋風
고향집에 편지 쓰려 하니 만감이 교차하네	欲作家書意萬重
서두르다 할 말 다 못했을까	復恐忽忽說不盡[1]
나그네 떠나려 하는데 봉함 뜯고 다시 읽어보네	行人臨發又開封

■ 해설

이 시는 매우 평담하고 자연스러우며 정련된 시어로 고향에 대한 그리움을 표현하고 있다.[2]

변경 凉州詞 三首

변방 성 저녁 비 내리는데 기러기 낮게 날고	邊城暮雨雁飛低
갈대 순은 돋아나 점점 가지런해지려 하네	蘆笋初生漸欲齊[3]
끝없는 방울 소리 멀리 사막을 지나니	無數鈴聲遙過磧[4]
하얀 비단 싣고 안서로 향하는 것이리라	應馱白練到安西[5]

■ 해설

토번吐藩은 광덕廣德 원년(763)부터 매년 병사를 일으켜 당을 공격하였다. 이에 덕종德宗은 구차하게 화의를 요청하였는데, 작자는 이에 불만을 토로하고 있다. 비단이 서쪽으로 운반되는 것을 보고 작자는 변방의 현실을 사실적으로 묘사함으로써 조정에 정확한 현실 인식을 요구하고 있다.

---

1 忽忽(총총) : 바쁘다.
2 潘德興, 『養一齋詩話』: 文昌洛陽城里見秋風一絕, 七絕之絕境, 盛唐諸巨手到此者亦罕, 不獨樂府古淡足與盛唐抗衡也.
3 蘆笋(노순) : 갈대 순
4 磧(적) : 사막
5 安西(안서) : 지금의 新疆省 吐魯番 서쪽. 唐 貞觀 연간에 이곳에 安西都護府를 설치했는데 당시 이미 吐藩에 점령당하였다.

토번과의 전투에서 전사한 친구 沒蕃故人[6]

이전에 월지를 치다가	前年伐月支[7]
성 아래에서 전군이 몰사했네	城下沒全師
토번과 이곳은 연락이 두절되었고	蕃漢斷消息
삶과 죽음이 우리를 영원히 갈라놓았네	死生長別離
버려진 장막 거둘 사람 없는데	無人收廢帳
찢어진 깃발 알아보고 말들만 돌아오네	歸馬識殘旗
제사 지내려 해도 그대 혹시라도 살아 있을까	欲祭疑君在
지금 하늘 끝에서 그대 생각으로 통곡하네	天涯哭此時

■ 해설

이 시 역시 매년 침략해 들어오는 토번吐蕃에 대항하여 싸우다 전사한 병사들의
참상을 묘사하고 있는데, 비통한 언사 중에 반전 정서가 충만하다.

---

6 沒蕃故人(몰번고인) : 吐蕃과의 전투에서 전사한 친구
7 月支(월지) : 漢代 西域에 있던 나라. 여기에서는 吐蕃을 가리킨다.

41.

설도
薛濤

■ **설도**(760~832?)

자는 홍도洪度로 장안長安의 양갓집 출신이다. 어려서 부친인 설운薛鄖을 따라 촉(蜀 : 지금의 사천성)으로 이주하였다. 부친이 세상을 떠난 후 패가하여 기녀妓女가 되었는데, 용모가 수려하고 시적 재능이 뛰어나 유명해졌다. 정원貞元 연간(785~805) 중에 위고韋皐가 검남절도사黔南節度使로 부임해 왔을 때 설도를 주연에 불러 시를 짓게 하고 여교서女校書라 칭했는데, 후대에 시문에 능한 기녀를 교서라 칭하게 된 것은 여기에서 유래했다. 그녀는 당시 유명한 시인들인 원진元稹, 왕건王建, 백거이白居易, 두목杜牧 등과 시를 창화하며 교제를 하였다. 만년에는 두보의 초당으로 유명한 성도成都의 완화계浣花溪 근처에 은거하여 여도사 복장을 하고 살았다. 완화계 근처는 양질의 종이가 생산되는 곳이었는데, 종이의 크기가 너무 커서 절구 같은 짧은 시를 적기에는 적합하지 않았다. 이에 설도는 특히 선홍색 종이를 직접 만들어 촉의 명사들과 시를 증답하였다. 이것이 풍류인들 사이에 평판이 높아 세칭 '설도전薛濤箋' 또는 '완화전浣花箋'이라는 이름으로 크게 유행하였다.

『전당시』에는 그녀의 시 88수가 수록되어 있는데, 대부분 절구로 응수시와 영물시가 많다. 그녀의 시의 정조는 아스라하고 어조는 애달프다.

청두(成都) 망강루(望江樓) 공원 내의 설도상

설도정(薛濤井) 설도는 이곳의 물을 길어 선홍색 종이를 직접 만들었다.

가을 샘물 秋泉

차가운 빛은 물안개 맑게 하고　　　　　　冷色初澄一帶煙
그윽한 소리는 멀리서 들려오는 비파 소리 같네　幽聲遙瀉十絲絃
침상으로 몰려와 그리움 일게 하여　　　　長來枕上牽情思
수심 가득한 사람 잠 못 들게 하노라　　　不使愁人半夜眠

■ 해설

가을 샘물을 빌어 기녀의 근심을 표현한 작품이다.

봄의 소망 春望詞

3

꽃잎은 날로 바람에 지는데　　　　　　　風花日將老
만날 날은 여전히 아득하기만 하네　　　　佳期猶渺渺[1]
마음과 마음은 맺지 못하고　　　　　　　不結同心人[2]
괜스레 풀잎만 맺으려 하는가　　　　　　空結同心草

4

어찌 견디리 꽃이 흐드러지게 핀 날을　　　那堪花滿枝
바람에 날리어 그리움이 되네　　　　　　飜作兩相思
아침 거울에 떨어지는 두 줄기 옥 같은 눈물　玉箸垂朝鏡
봄바람은 아는지 모르는지　　　　　　　春風知不知

1 渺渺(묘묘) : 아득한 모양
2 結同心(결동심) : 同心結은 면을 엮어서 고리 모양으로 만든 매듭으로, 지조와 절개가 굳은 애정을 상징하였다. 여기에서는 동심결을 맺는다는 의미이다.

■ 해설

봄이 되어 더욱 커지는 그리움을 읊고 있는데, 사랑하는 사람과 마음을 맺지 못
하고 공연히 동심결 매듭만 맺고 있는 서글픔과 허망함이 묻어난다.

■ 참고 **동심초**

김억 역

꽃잎은 하염없이 바람에 지고
만날 날은 아득타 기약이 없네
무어라 맘과 맘은 맺지 못하고
한갓되이 풀잎만 맺으려는고

42.

최호 — 崔護

■ **최호(?~?)**

자는 은공殷功으로 박릉(博陵 : 현재의 하북성 定縣) 출신이다. 정원貞元 연간(795년 내외) 진사가 된 후로 직위가 영남절도사嶺南節度使에까지 다다랐다. 현재 시 6수가 전해지는데, 시어가 모두 깔끔하게 다듬어져 있고 매우 청신하다는 평가를 받고 있다.

작년 이 자리에 그 아가씨는 題都城南莊

작년 오늘 이 문에는

아리따운 얼굴 복숭아꽃에 붉게 물들었지

그 자리 아리따운 얼굴 간 곳 알 수 없는데

복숭아꽃만 예전처럼 봄바람에 웃고 있네

去年今日此門中

人面桃花相映紅[1]

人面不知何處去

桃花依舊笑春風

■ 해설

위 시는 현재 전해지는 그의 시 6수 중에서 가장 많은 사랑을 받고 있는 시로, 인생무상이라는 자연 철칙이 시에 담겨 있어 읽는 이로 하여금 애달프게 한다.[2]

■ 참고 〈偶成〉

李淸照

십오 년 전 달빛 머금은 꽃 아래에서

함께 꽃 보며 시를 지었네

그 옛날 꽃과 달은 예전 그대로인데

내 마음 어찌 예전과 같으리오

十五年前花月底

相從曾賦賞花詩

今看花月渾相似

安得情懷似往時

---

1 인면(人面) : 아가씨의 얼굴
2 [참고] 博陵崔護, 姿質甚美, 而孤潔寡合, 擧進士下第. 淸明日, 獨游都城南, 得居人莊. 一畝之宮, 而花木叢莘, 寂若無人. 叩門久之, 有女子自門隙窺之, 問曰:"誰耶?"護以姓字對, 曰:"尋春獨行, 酒渴求飮." 女入, 以杯水至, 開門, 設床命坐. 獨倚小桃斜柯佇立, 而意屬殊厚, 妖姿媚態, 綽有餘姸. 崔以言挑之, 不對. 彼此目注者久之. 崔辭去, 送至門, 如不勝情而入. 崔亦睠盼而歸, 爾後絶不復至. 及來歲淸明日, 忽思之, 情不可抑, 徑往尋之. 門院如故, 而已鎖扃之. 崔因題詩于左扉曰:"去年今日此門中, 人面桃花相映紅. 人面不知何處去, 桃花依舊笑春風." 後數日, 偶至都城南, 復往尋之, 聞其中有哭聲, 叩門問之. 有老父出曰:"君非崔護耶?"曰:"是也." 又哭曰:"君殺吾女!" 崔驚怛, 莫知所答. 父曰:"吾女笄年知書, 未適人. 自去年已來, 常恍惚若有所失. 比日與之出, 及歸, 見左扉有字. 讀之, 入門而病, 遂絶食數日而死. 吾老矣, 惟此一女, 所以不嫁者, 將求君子以托吾身. 今不行而殞, 得非君殺之耶?" 又持崔大哭. 崔亦感慟, 請入哭之. 尙儼然在床. 崔擧其首枕其股, 哭而祝曰:"某在斯, 某在斯!" 須臾開目, 半日復活. 老父大喜, 遂以女歸之. (孟棨, 『本事詩』)

청대 화가 풍기(馮箕 : 생졸년 미상)가 그린 〈작년 이 자리에 그 아가씨는〉 시의도
풍기는 미녀도에 능했다. 『명가회당시화보삼백수(名家繪唐詩畵譜三百首)』(上海古籍出版社, 2001)

43.

왕건
─ 王建

■ **왕건**(766?~832?)

자가 중초仲初로 영천(潁川 : 지금의 하남성 許昌市) 사람이다. 젊어서 13년간 종군하였으며 원화元和 연간에 소응현승昭應縣丞, 비서랑秘書郞 등을 역임했다. 이후 비서승秘書丞, 시어사侍御史 등을 거쳐 태화太和 연간에 협주사마陜州司馬가 되어 변방으로 종군했다가 함양咸陽에 은거했다.

그는 악부시에 뛰어났으며 악부시의 제재와 예술 풍격이 장적張籍과 흡사하여 '장왕張王'이라 칭해졌다. 시의 대부분은 자기가 인생 역정에서 겪은 경험을 묘사하고 있어서 내용이 풍부하였고, 일반적인 제재를 가지고도 다른 시인들이 감히 접근하지 못한 의경을 창조해냈다. 그의 시집 10권이 현재 전하고 있다.

새댁 新嫁娘

시집온 지 삼 일 되어 주방에 들어가
손 씻고 국을 끓이네.
시어머니의 식성 알지 못해
먼저 시누이에게 맛보게 하네

三日入廚下[1]
洗手作羹湯
未諳姑食性[2]
先遣小姑嘗

■ 해설

이 시는 시집온 신부의 총명함과 세심함을 사실적으로 묘사한 시이다.

중추절에 달을 보며 두낭중에게 十五夜望月寄杜郎中

정원에는 온통 달빛인데 까마귀는 나무에 깃들고
찬 이슬 소리 없이 계수나무 꽃을 적시네
오늘 밤 밝은 달 모든 사람 바라보지만
가을 생각 누구에게 있는지 알 수 없네

中庭地白樹棲鴉
冷露無聲濕桂花
今夜月明人盡望
不知秋思在誰家

■ 해설

이 시는 중추절에 달을 보고 느낀 감회를 적은 시이다.

1 三日入廚下(삼일입주하) : 옛날 여자들은 시집가서 3일이 되면 부엌에 들어가 요리를 하였다.
2 姑(고) : 시어머니
　未諳(미암) : 잘 알지 못하다.

〈중추절에 달을 보며 두낭중에게(十五夜望月寄杜郎中)〉 시의도 『명청화보힐수(明淸畵譜擷萃)』(中國文聯出版公司, 1997)

촉 땅의 설도에게 寄蜀中薛濤校書[3]

만리교 가의 여교서	萬里橋邊女校書[4]
비파 꽃 피었는데 문을 닫고 사네	枇杷花里閉門居
문학에 재능 있는 여인들은 많지만	掃眉才子知多少
재능 모두 설도만 못하네	管領春風總不如

■ 해설

설도의 문학적 재능을 찬미한 시이다.

3 校書(교서) : 원래는 서적을 校勘하는 일을 하는 관명
4 萬里橋(만리교) : 지금의 四川省 成都市 남문 바깥에 있는 다리. 설도는 만리교 부근의 浣花溪에 살
  았다.

설도(760~832?)
명대 사람이 그렸다.

44.

한유 — 韓愈

■ 한유(768~824)

자는 퇴지退之이고 시호는 문공文公이다. 하양(河陽 : 지금의 하남성 孟州市) 출신이다. 3
살 때 부모를 잃고 형수 밑에서 학문을 하였다. 정원貞元 8년(792) 진사에 급제하
여 선무군절도부관찰추관宣武軍節度府觀察推官에 임명된 후로 사문박사四門博士, 감
찰어사監察御使 등을 역임했는데, 감찰어사로 있을 때 관중關中 땅에 큰 가뭄이 들
자 요역과 조세의 감면을 요청하는 상소를 올렸다가, 덕종德宗의 미움을 사서 도
리어 양산현(陽山縣 : 현재 광동성 淸遠市 양산현)의 현령으로 좌천되었다. 원화元和 원년
(806) 소환되어 국자박사國子博士가 되었다. 원화 12년(817) 재상 배도裵度의 행군
사마行軍司馬가 되어 오원제吳元濟의 반란을 평정하는 데 공을 세워 형부시랑刑部侍
郞이 되었으나, 원화 14년(819) 헌종憲宗 황제가 불골佛骨을 모신 것을 간하다가 조
주(潮州 : 현재의 광동성 조주시) 자사刺史로 좌천되었다. 이듬해 헌종이 죽자 소환되어
이부시랑吏部侍郞까지 올랐다.

그는 시 창작에서 사부와 산문의 작법을 채용하고 웅혼한 기세와 기이한 상상
을 동원하여 기괴하고 독특한 풍격을 창조해냈다. 이러한 시 경향은 노동(盧소 :
795~835)[1]의 험괴한 시풍에 영향받은 바 크다. 그의 시는 현재 300여 수가 전하고
있는데, 때로는 난해하고 기괴하다는 비난도 받지만, 시 제재의 확충과 더불어
대력 이래의 평범한 시풍을 일소했다는 긍정적인 평가를 받고 있다.

---

1 노동 : 지금의 河南省 涿縣 출신으로 젊어서 嵩山 少室山에 은거하여 벼슬길로 나아가지 않았다. 그
  는 차 마시는 것을 극히 좋아했고, 차를 찬미하는 작품을 많이 남겨, '茶仙'이라 칭해지기도 한다

한유 당대의 위대한 문장가로 당송팔대가 중 으뜸으로 손꼽히고 있으며,
시가 방면에서는 난해하고 기괴한 시풍으로 비난도 받지만, 시 제재의 확충
과 더불어 새로운 영역을 개척해냈다는 평가 또한 받고 있다. 『중국역대명
인화상보(中國歷代名人畵像譜)』(海峽文藝出版社, 2003)

〈차를 끓이는 노동(盧仝烹茶圖)〉
노동이 새로 수확한 차를 맛보는 광경
을 그린 남송 전선(钱选:1239~1301)의
그림. 128.7×37.3cm, 타이베이 고궁박
물원 소장

산의 돌 山石

산 돌 험한 좁은 오솔길로	山石犖确行徑微[2]
해 질 녘 도착한 절에는 박쥐떼 날고 있네	黃昏到寺蝙蝠飛[3]
절의 섬돌에 앉으니 막 비가 흡족히 내려	升堂坐階新雨足
파초 잎은 커지고 치자꽃 활짝 피었네	芭蕉葉大梔子肥
스님은 낡은 벽의 불화 자랑하며	僧言古壁佛畫好
불 밝혀 비추니 과연 훌륭하네	以火來照所見稀
상 펴고 자리 쓸어 국과 밥 차렸는데	鋪床拂席置羹飯
거친 메조쌀밥일지언정 주린 배 채우기 족하네	疏糲亦足飽我飢[4]
밤 깊어 고요히 눕자 온갖 벌레 소리 들리지 않고	夜深靜臥百蟲絕
맑은 달은 봉우리에 솟아 사립문 열고 들어오네	淸月出嶺光入扉
날이 새자 홀로 길도 없는 산길에서	天明獨去無道路
들락날락 오르락내리락 온통 안갯속을 헤매네	出入高下窮煙霏[5]
붉은 산 푸른 개울물은 어지러이 눈부시고	山紅澗碧紛爛漫[6]
언뜻 보이는 소나무 상수리나무는 크기도 하네	時見松櫪皆十圍[7]
시냇물에 들어가 맨발로 시냇물 속 돌 밟으니	當流赤足蹋澗石[8]
시냇물은 콸콸 흐르고 바람은 옷깃을 날리네	水聲激激風吹衣[9]
인생은 이처럼 즐길만한 것인데	人生如此自可樂

2 犖确(낙각) : 산에 큰 돌이 많은 모양.
3 蝙蝠(편복) : 박쥐
4 疏糲(소려) : 거친 메조쌀밥
5 煙霏(연비) : 산 속의 안개
6 爛漫(난만) : 눈이 부신 모양
7 松櫪(송력) : 松樹와 櫪樹. 소나무와 상수리나무
  十圍(십위) : 열 아름드리가 되다.
8 赤足(적족) : 맨발
  蹋(답) : 밟다.
9 激激(격격) : 물이 세차게 흐르는 소리

어찌 구차하게 세속에 얽매일까   豈必局束爲人覊[10]

아 아 우리 친구들아   嗟哉吾黨二三子

늙으면 어찌 돌아가지 않으리오   安得至老不更歸

■ 해설

이 시는 작자가 서주徐州의 막부직을 사임하고 낙양에서 한가하게 지낼 때 쓴 시이다. 친구와 더불어 황혼녘에 한 사찰에 들러 하룻밤을 묵고 다음날 산수를 유람한 내용을 적은 한 편의 유기游記와 흡사한데, 서사가 분명하며 시어 또한 유창하고 자연스러워, 문장으로 시를 지었던 한유의 특색이 잘 드러나는 작품이다.

봄 눈 春雪

새해가 왔어도 꽃이 피지 않더니   新年都未有芳華

2월 경칩이 되어서야 새싹을 보네   二月初驚見草芽[11]

흰 눈은 도리어 봄빛이 늦은 것을 싫어하여   白雪却嫌春色晩[12]

일부러 정원의 나무에 꽃이 되어 바람에 날리네   故穿庭樹作飛花[13]

■ 해설

상투적인 제재를 교묘한 구상과 묘사로 통념을 뛰어넘는 경지에 다다랐다.

10 局束(국속) : 자유롭지 못하다.
     覊(기) : 재갈
11 初驚(초경) : 경칩이 막 되다.
12 嫌(혐) : 싫어하다.
13 故(고) : 일부러

늦봄 晩春

초목은 머지않아 봄이 물러갈 것을 알아 　草樹知春不久歸
온갖 빛깔의 꽃을 피워 어여쁨을 다투네 　百般紅紫鬪芳菲[14]
버드나무 꽃과 느릅나무 꼬투리는 별 재주가 없는 듯 　楊花楡莢無才思
온 하늘에 눈꽃 날리게만 할 줄 아네 　惟解漫天作雪飛

■ 해설

늦은 봄의 경치를 묘사한 시로, 의인 수법을 써서 집정자를 풍자하고 있다.

이른 봄 장적에게 早春呈水部張十八員外[15]

장안 거리의 이슬비는 연유 같이 윤기가 흐르고 　天街小雨潤如酥[16]
멀리서 보이던 푸른 풀빛은 다가가니 푸른 빛이 없네 　草色遙看近却無
일 년 가운데 가장 좋은 때인 이른 봄은 　最是一年春好處
안개와 버드나무 장안을 휘감는 늦봄보다 훨씬 좋다네 　絕勝煙柳滿皇都

■ 해설

장안의 이른 봄 경치를 묘사한 시로 관찰력이 극히 세밀하여 마치 그림을 보는 듯한 착각에 빠지게 하는 시이다.

---

14 百般(백반) : 온갖
15 張十八員外(장십팔원외) : 張籍
16 天街(천가) : 장안의 거리
　酥(수) : 연유

45.

유우석 ─ 劉禹錫

■ **유우석**(772~842)

자는 몽득夢得으로 흉노족匈奴族의 후예로 알려져 있으며 팽성(彭城 : 지금의 강소성 徐州) 출신이다. 소년 시절 소주蘇州에 기거하여 교연皎然과 영철靈澈 등 스님을 쫓아 시를 배웠다. 정원貞元 9년(793) 진사에 급제한 후 다시 박학홍사과博學宏詞科에 급제하여 회남절도사淮南節度使 두우杜佑의 막료가 되었다. 얼마 후 중앙의 감찰어사監察御史로 영전되어 왕숙문王叔文, 유종원柳宗元 등과 함께 정치 개혁을 꾀하였으나, 정원 21년(805) 왕숙문이 실각한 후 낭주사마朗州司馬로 좌천되었다. 이때 그는 굴원屈原의 자취가 남아 있는 완수浣水와 상수湘水 일대를 거닐며 굴원의 창작 정신을 계승하여 민가를 모방한 작품을 창작하기도 하였다. 10년 후인 원화元和 10년(815) 다시 장안으로 소환되었으나, 당시 지은 시가 비판의 대상이 되어 파주자사播州刺史로 좌천되었다가 다시 연주자사連州刺史로 전직되었으며, 그 후 중앙과 지방의 관직을 역임하다 검교예부상서檢校禮部尙書를 끝으로 생애를 마쳤다. 그는 유종원과 친밀한 관계를 유지하여 사람들은 그들을 '유유劉柳'라고 불렀으며, 만년에는 백거이白居易와 교유하며 창화하여 '유백劉白'이라 칭해지기도 했다.

그의 시는 현재 800여 수가 전해지는데 7언시와 절구에 특히 뛰어났으며, 독특한 일가를 이루며 성취가 비교적 높아 백거이는 그를 '시호詩豪'라고 칭한 바 있다. 송대의 강서시파江西詩派 시인들에게 영향을 미쳤다.

모란꽃 賞牡丹

정원 앞의 작약 요염하기는 해도 품격이 없고　　　庭前芍藥妖無格
연못 속의 연꽃 단아하기는 해도 운치가 없네　　　池上芙蕖淨少情
모란꽃만이 국색으로　　　　　　　　　　　　　　唯有牡丹眞國色
꽃 필 때 온 장안을 들썩이네　　　　　　　　　　花開時節動京城

■ 해설

작약이나 연꽃도 아름다운 꽃이기는 하지만, 시인은 이 두 꽃 역시 조금은 부족한 점이 없지 않다고 평가하고 모란꽃만은 부족함이 없는 완벽한 꽃이라고 찬양하고 있다.[1]

---

1 모란꽃에는 다음과 같은 전설이 전해져 내려오고 있다. 武則天이 어느 봄날 궁궐의 정원을 거닐고 있을 때, 모든 꽃이 흐드러지게 피었는데 모란꽃만이 더디어 아직 꽃을 피우고 있지 않았다. 당시 권세가 하늘을 찌르고 있던 무측천은 이에 화가 나서 얼토당토않은 명령을 내렸다. 명령인즉슨 모란꽃들이 보기 싫다 하여 장안에 있던 모란꽃들을 모두 낙양으로 옮기라는 것이었다. 이 이야기는 사실 여부와 관계없이 무측천의 오만방자한 태도를 폄하하고 모란의 절개 높은 기상을 찬양할 때면 늘 인용되고 있다.

청대 화가 운빙(惲水: 생졸년 미상)이 그린 포당추염도(蒲塘秋艶圖) 만개한 연꽃
이 바람에 흔들리는 순간을 포착하였다. 126.4×56.4cm, 베이징 고궁박물원 소장

유비 사당에서 蜀先主廟

천하 영웅호걸의 기개는	天地英雄氣
천 년이 지났어도 여전히 위엄이 있네	千秋尙凜然[2]
삼국 가운데 한 나라를 차지하여	勢分三足鼎[3]
한나라의 왕업을 회복하였도다	業復五銖錢[4]
승상 제갈량의 도움으로 촉나라를 세웠으나	得相能開國[5]
아쉽게도 아들은 아버지처럼 어질지 못했네	生兒不象賢[6]
처량하게도 옛 촉나라 기생이	凄涼蜀故妓
위나라 궁전에서 춤을 추도다	來舞魏宮前[7]

■ 해설

이 시는 작자가 기주자사夔州刺史로 있을 때 지은 것으로 전반부 4구는 유비의 영웅적 기개를, 후반부 4구는 아들을 제대로 가르치지 못해 황제의 업을 잇지 못함을 한탄하고 있다.

---

2 凜然(늠연) : 위엄이 있다.
3 三足鼎(삼족정) : 魏, 吳, 蜀 三國의 정립
4 五銖錢(오수전) : 漢 武帝 元狩 5년(BC 118)에 주조한 동전. 여기에서는 漢 王朝
5 相(상) : 丞相인 諸葛亮
6 兒(아) : 劉備의 아들인 劉禪
7 來舞魏宮前(내무위궁전) : 劉禪이 洛陽에 도착하자 司馬懿는 유선을 위해 연회를 베풀고 옛 촉의 歌妓들을 동원하여 시중을 들게 했는데 옆의 신하들은 모두 비애감을 느꼈으나 유선만은 그것을 희희낙락하며 즐겼다.

당대 화가 염립본(閻立本)이 그린 『역대제왕도권(歷代帝王圖卷)』 중의 유비 부분　51.3×531cm, Museum of Fine Arts, Boston 소장

오의항 烏衣巷[8]

주작교 가엔 온갖 들풀 꽃을 피우고	朱雀橋邊野草花[9]
오의항 어귀에는 석양이 비껴 있네	烏衣巷口夕陽斜
그 옛날 호족인 왕씨와 사씨 집 앞을 날던 제비	舊時王謝堂前燕
지금은 일반 백성 집에 예사로 날아드네	飛入尋常百姓家

■ 해설

오의항의 변화를 권문세가의 쇠락과 연결 지어 묘사하고 있는데, 감개가 무궁하고 표현이 완곡하다. 제비를 빌어 역사의 영고성쇠를 묘사한 것은 절묘하기 그지없다.[10]

봄날의 외로움 春詞

새로 곱게 화장을 하고 붉은 누대를 내려오니	新妝宜面下朱樓[11]
굳게 닫힌 정원 비추는 봄 햇살은 근심을 재촉하네	深鎖春光一院愁
정원 안으로 걸어 들어가 하릴없이 꽃을 세는데	行到中庭數花朵
어디선가 잠자리 날아와 옥비녀 위에 내려앉네	蜻蜓飛上玉搔頭[12]

■ 해설

봄날 궁녀의 쓸쓸하고 외로운 마음을 그린 시이다.

8　烏衣巷(오의항) : 지금의 南京市 동남쪽 秦淮河 근처로 東晉의 재상이던 王導와 謝安 두 집안이 이곳에 거주하였는데, 그들 자녀들이 烏衣를 입기 좋아하여 이렇게 불렸다.
9　朱雀橋(주작교) : 烏衣巷 가까이에 있는 다리로 육조시대 때 건설되었다.
10　唐汝詢, 『唐詩解』: 借言于燕, 正詩人托興玄妙處.
11　宜面(의면) : 얼굴과 잘 어울리다.
12　蜻蜓(청정) : 잠자리
　　玉搔頭(옥소두) : 옥비녀

저녁 우저에 묵다 晚泊牛渚[13]

갈대에 저녁 바람 일어나니	蘆葦晚風起
가을 강에 물결 이도다	秋江鱗甲生[14]
지는 노을은 흘연 색이 변하고	殘霞忽變色
하늘 높이 나는 기러기 쉬지 않고 우네	遠雁有餘聲
수자리 북 소리 끊어졌는데	戍鼓音響絶
고기잡이 집 등불은 환하도다	漁家燈火明
같이 역사를 읊조릴 사람 없으니	無人能詠史[15]
홀로 달빛을 밟을 수밖에	獨自月中行

■ 해설

이 시는 작자가 덕종穆宗 장경長慶 4년(824) 기주蘷州에서 화주자사和州刺史로 부임
하는 도중 쓴 시로, 소슬하고 처량한 늦가을 저녁 풍경에 자신의 적막하고 쓸쓸
한 감정을 기탁하고 있다.

가을 저녁 강에 배를 대고 秋江晚泊

긴 부두에는 가을빛 돌고	長泊起秋色
고요한 강은 비 개고 햇살을 머금고 있네	空江涵霽暉[16]
저녁노을은 온갖 모양을 엮어내는데	暮霞千萬狀
잠시 머물던 기러기는 줄 맞춰 날아가네	賓鴻次第飛
옛 수자리에는 멀리 깃발이 보이고	古戍見旌逈[17]
황량한 마을에는 개 짖는 소리 드무네	荒村聞犬稀

13 牛渚(우저) : 지금의 安徽省 當涂縣 서북쪽 長江가에 있는 산
14 鱗甲(인갑) : 강물 위에 이는 물결을 비유한 것이다.
15 詠史(영사) : 李白의 〈晚泊牛渚懷古〉詩 참조
16 霽暉(제휘) : 비갠 후의 햇빛
17 逈(형) : 멀다.

커다란 거룻배 위에서 나그네 되어   軻峨艑上客[18]
술 권하며 밤을 지새우리   勸酒夜相依

■ 해설

이 시 역시 장경長慶 4년(824) 화주자사和州刺史로 부임하는 도중 지은 작품이다.

가을바람 秋風引

어디서 가을바람이 불어오는지   何處秋風至
살살 불어 기러기 무리를 보낸다   蕭蕭送雁群
아침이 되어 정원의 나무에까지 불어오는데   朝來入庭樹
외로운 나그네 가장 먼저 이 소리를 듣도다   孤客最先聞

■ 해설

이 시는 자유롭게 무리 지어 이곳저곳을 날아가는 기러기와 자신을 대비시켜, 자신의 처량한 정회를 더욱 두드러져 보이게 묘사하고 있다.

18 軻峨(가아) : 커다란 모양
　　艑(편) : 호남 일대의 커다란 배

46.

백거이 — 白居易

■ **백거이**(772~846)

자는 낙천樂天이고 호는 취음선생醉吟先生 혹은 향산거사香山居士로, 하규(下邽 : 지금의 섬서성 渭南縣) 출신이다. 어려서부터 총명하여 5세 때부터 시 짓는 법을 배웠으며, 15세가 지나자 주위 사람을 놀라게 할 정도의 시적 재능을 보였다. 정원貞元 16년 (800) 29세에 진사에 급제하였고 32세에 황제의 친시親試에 합격하였으며, 807년 36세로 한림학사翰林學士가 되었다. 이듬해에 좌습유左拾遺가 되어 유교적 이상주의의 입장에서 정치와 사회의 부조리를 비판하는 일련의 작품을 계속 써냈는데, 〈신악부新樂府〉 50수는 이 시기의 대표작이다. 811년 40세 때 어머니를 여의고 이듬해에 어린 딸마저 잃자 인생에서 죽음의 문제를 깊이 생각하게 되어 불교에 큰 관심을 갖기 시작했다. 원화元和 9년(814) 태자 좌찬선태부左贊善太夫에 임용되었으나, 이듬해 재상 무원형武元衡이 피살당하여 장안의 민심이 흉흉해지자 백거이는 상소하여 범인을 빨리 색출할 것을 간하였는데, 간관도 아니면서 간언을 올린 것에 대한 권문세가들의 비난을 뒤집어쓰고 강주사마江州司馬로 좌천되었다. 그곳에서 인생에 대한 회의와 문학에 대한 반성을 거쳐 명시 〈비파행琵琶行〉이 탄생했다. 원화 13년(818) 충주자사忠州刺史가 되었으며, 임기를 마치고 장안에 돌아왔다가 권력 다툼의 소용돌이를 피하기 위하여 장경長慶 2년(822) 자진해서 항주자사杭州刺史가 되었다. 이후 보력寶曆 원년(825) 소주자사蘇州刺史로 옮겼다가, 보력 3년(827) 조정에 소환되어 비서감秘書監에 임명되었다. 대화大和 3년(829) 58세가 되던 해 낙양에 영주하기로 결심하여 태자빈객太子賓客이라는 명목상의 직책에 자족하면서 시와 술과 거문고를 세 벗三友으로 삼아 '취음선생'이란 호를 쓰며 유유자적하는 나날을 보냈다. 대화 5년(831) 원진元稹 등 옛 친구들이 세상을 떠나자 인생의 황혼을 의식하고 낙양 교외의 여러 절을 자주 찾았고, 그곳 향산사香山寺를 보수 복원하고 '향산거사'라는 호를 쓰며 불교에 심취했다. 이후 그는 장안으로 돌아가지 않은 채 846년 8월 세상을 떠나 낙양의 용문산龍門山에 묻혔다.

그는 중당 신악부운동의 주창자로 『시경詩經』의 시 정신뿐 아니라 두보杜甫의 현실주의 전통을 계승 발전시켜, 시는 현실을 반영해야 한다고 주장했다. 그는 자신의 시를 풍유시, 한적시, 감상시, 잡률시 등 넷으로 나누었는데, 이 중 풍유시는 자기의 문학적 주장을 실천하여 과감하게 당시 정치의 암흑상을 폭로하고 백성들의 고난에 깊은 동정을 표시하였다. 특히 〈신악부新樂府〉 50수와 〈진중음秦中吟〉 10수의 영향은 대단했는데, 그의 시의 풍격은 심오한 내용을 쉽게 표현하여 통속, 평이하였으며 음절은 유창하고 정취가 풍부하여 생존 시에 이미 백성 속에 파고들었다. 그는 시를 지으면 언제나 이웃집 할머니에게 먼저 들려주었는데, 만약 이해하지 못하면 몇 번이고 다시 쉽게 고쳐 썼기에 대중의 환영을 받을 수 있었다. 그의 현실주의적 창작은 만당의 피일휴皮日休, 섭이중聶夷中과 송대의 왕우칭王禹稱, 소순흠蘇舜欽, 육유陸游, 청대의 황준헌黃遵憲 등에게 영향을 미쳤다.

백거이 『중국역대명인화상보(中國歷代名人畵像譜)』(海峽文藝出版社, 2003)

언덕 위의 무성한 풀 賦得古原草送別

언덕 위의 무성한 풀	離離原上草[1]
해마다 시들었다 다시 우거지네	一歲一枯榮
들불도 다 태우지 못해	野火燒不盡
풀은 봄바람만 불면 되살아나네	春風吹又生
멀리 퍼지는 풀 내음 옛길을 뒤덮고	遠芳侵古道
화창한 날 푸르름은 황량한 성터에 닿았네	晴翠接荒城
이제 다시 떠나 보내는 좋은 벗	又送王孫去[2]
무성한 풀처럼 가득한 이별의 정	萋萋滿別情[3]

■ 해설

이 시는 비흥수법을 써서 친구를 송별하는 정회를 표현하고 있는데, 풍격이 예스럽고 소박하다. 백거이가 젊은 시절 장안에 올라가 당시 문단의 영수였던 고황顧況을 만났을 때, 이 시에 대해 고황으로부터 높은 평가를 받았던 일화는 유명하다.

전쟁통에 사방으로 흩어진 형제들에게

自河南經亂, 關內阻饑, 兄弟離散, 各在一處。因望月有感, 聊書所懷, 寄上浮梁大兄, 於潛七兄, 烏江十五兄, 兼示符離及下邽弟妹。

세상 어려운데 해마다 흉년 들어 가업은 거덜 나고	時難年荒世業空[4]
형제들은 사방으로 흩어져 살 궁리하네	弟兄羈旅各西東[5]
전쟁 끝난 후 정원은 황폐해지고	田園寥落干戈後[6]

---

1 離離(리리) : 풀이 무성한 모양
2 王孫(왕손) : 여기에서는 친구를 말한다.
3 萋萋(처처) : 초목이 무성한 모양
4 世業(세업) : 조상이 물려준 가업
5 羈旅(기려) : 나그네가 되다.
6 寥落(요락) : 황폐하다.

형제자매들은 길에서 사방으로 흩어졌네 　骨肉流離道路中[7]

천 리 밖 서로 헤어짐을 애달파 하며 　　吊影分爲千里雁

가을 쑥처럼 고향 떠나 타향 떠도네 　　辭根散作九秋蓬[8]

모두 밝은 달 바라보며 틀림없이 눈물 흘리리니 　共看明月應垂淚

밤새워 고향 그리는 마음은 어디서든 똑같으리 　一夜鄉心五處同

■ 해설

이 시는 정원貞元 15년(799) 작자가 어머니를 모시고 낙양에 거주할 때 새벽에 달을 보고 고향을 그리며 지은 시이다.

새로 익은 술 한잔 問劉十九

푸른 개미 뜨듯 새 술 익고 　　　　綠蟻新醅酒[9]

붉은 질화로에 모닥불 피어오르네 　　紅泥小火爐

저녁 되니 하늘은 눈 내리려 꾸물대는데 　晚來天欲雪

그대 나와 함께 한잔할 수 있는가? 　　能飮一杯無

■ 해설

이 시는 원화元和 12년 작자가 강주사마江州司馬로 재임할 때, 추운 겨울밤 술을 함께 하고 싶어 친구를 초청한 것을 적은 것으로, 시어가 우미하고 색채감이 현란하여 독자로 하여금 포근한 감정이 절로 솟게 한다.

---

7 骨肉(골육) : 형제
　流離(유리) : 뿔뿔이 흩어지다.
8 九秋(구추) : 가을이 90일이기에 이렇게 표현했다.
　蓬(봉) : 쑥. 가을이 지난 후 쑥이 바람 따라 이곳저곳 날아다니는 것으로 떠도는 삶을 비유했다.
9 蟻(의) : 술 위에 뜨는 泡沫

궁녀의 설움 後宮詞

눈물이 비단 손수건을 온통 적셔 잠을 이룰 수 없고	淚濕羅巾夢不成[10]
밤 깊은데 궁전에서는 박자 맞춘 노랫소리 여전하네	夜深前殿按歌聲[11]
아리따운 여인 젊지만 황제의 사랑 이미 시들었으니	紅顏未老恩先斷
향로에 기대앉아 밤을 지새우네	斜倚薰籠坐到明[12]

■ 해설

이 시는 깊은 궁궐 속에 갇혀 적막하게 날을 보내는 궁녀를 묘사한 시이다.

---

10 羅巾(나건) : 비단 손수건
11 按歌聲(안가성) : 박자 맞춘 노랫소리
12 薰籠(훈롱) : 향기가 옷에 배도록 향초를 피우는 화로를 대나무로 싼 통

〈궁녀도〉 섬서성 건현(乾縣)의 영태공주묘(永泰公主墓) 벽화. 궁녀들의 손에는 공주를 모시는 데 필요한 용구들이 들려 있다.

숯 파는 영감 賣炭翁 苦宮市[13]也

숯 파는 영감	賣炭翁　賣炭翁
남산에서 땔감 베어 숯을 굽네	伐薪燒炭南山中[14]
온통 얼굴은 재투성이고 연기로 그을리고	滿面塵灰烟火色
귀밑머리는 하얗고 열 손가락은 새까맣네	兩鬢蒼蒼十指黑
숯 팔아 번 돈 어디에 쓸까	賣炭得錢何所營
몸에 걸칠 옷 사고 입에 맞는 음식 사리	身上衣裳口中食
불쌍하도다 몸에는 홑옷 걸쳤는데도	可憐身上衣正單
마음은 숯값 떨어질까 날씨 추워지길 바라네	心憂炭賤愿天寒
밤새 성 밖에는 한 자나 되는 눈 쌓여	夜來城外一尺雪
새벽부터 숯 실은 수레 몰아 빙판을 달리네	曉駕炭車輾氷轍
소도 사람도 허기졌는데 해는 벌써 중천이라	牛困人飢日已高
장안성 남문 밖 진흙탕 속에서 쉬네	市南門外泥中歇
휘익 말을 타고 오는 두 사람은 누구인가	翩翩兩騎來是誰
노란 옷은 왕의 사자요 흰옷은 동자네	黃衣使者白衫兒
손에 문서 들고 칙령이라 하며	手把文書口稱敕
소를 북쪽으로 돌리라 하네	回車叱牛牽向北[15]
숯 한 수레 천근 남짓 되는데	一車炭重千餘斤
사자가 끌고 가니 아까워도 어쩔 수 없네	宮使驅將惜不得
반 필 홍사와 열 자의 명주를	半匹紅紗一丈綾
소머리에 매면서 숯값으로 때우네	繫向牛頭充炭値

■ 해설

신악부 50수 가운데 하나로 원화元和 4년(809), 작자가 좌습유左拾遺·한림학사翰林學士로 재임할 때 쓴 작품이다.[16]

---

13 宮市(궁시) : 황궁에서 필요한 물품을 일반 시장에서 구매하는 것으로 실제로는 정상적인 거래가 아닌 일종의 백성의 재물을 공개적으로 약탈하는 행위이다. 德宗 대에 들어와 宦官이 이 일을 전적으로 관장하면서 상황이 더욱 악화되었다.

14 南山(남산) : 長安 남쪽의 終南山

15 回車叱牛牽向北(회거질우견향북) : 唐代에 長安의 東市와 西市는 장안 남쪽에 있었고, 皇宮은 북쪽에 있었기에 수레를 북쪽으로 돌리라고 한 것이다.

연자루 燕子樓

금년 봄 낙양에서 온 나그네	今春有客洛陽廻
장상서의 무덤을 찾아갔었다네	曾到尚書墓上來[17]
장상서 무덤의 백양목이 기둥으로 쓸 만큼 자랐다는데	見說白楊堪作柱
관반반의 아리따운 얼굴 어찌 시들지 않았으리오	爭教紅粉不成灰

■ 해설

이 시는 시인이 장중소張仲素라는 친구로부터 관반반(關盼盼 : 785~820)에 관한 소식을 전해 듣고, 10여 년 전 만났던 관반반을 떠올리며 인생무상을 이야기하고 있다.

■ 참고   **연자루와 관반반**

연자루는 당대 정원 연간에 서주(徐州)에서 절도사로 재임하고 있던 장음(張愔)이라는 자가 자신이 사랑하던 기생인 관반반을 위해 지어준 누각이다. 당시 백거이는 교서랑(校書郎) 직에 있을 때였는데, 매우 한가한 직위였기에 자주 여러 지방을 여행할 수 있었다. 서주에 재직하고 있던 장음의 초청을 받은 백거이는 연자루에서 그의 후한 대접을 받는다. 관반반은 장음의 요청으로 당대 유명 인사인 백거이를 위해 주연석 상에서 열정적인 가무로 흥을 돋웠는데, 그의 아리따운 자태에 넋이 나간 백거이는 그녀를 위해 시를 짓기도 하였다. 관반반은 보답으로 자신이 직접 개발한 요리로 백거이를 대접하였다. 그녀와 연회석상에서 만난 지 10여 년이 지난 어느 날, 백거이는 장중소(張仲素)라는 친구로부터 관반반에 관한 소식을 접하게 된다. 장음이 병으로 세상을 뜬 후 관반반은 그를 그리워하며 연자루를 떠나지 못한 채, 10여 년을 절개를 지키며 여전히 그곳에서 살고 있다는 뜻밖의 소식이었다. 그 소식을 듣고 백거이는 위 시를 지었던 것이다.

16 『唐宋詩醇』: 直書其事, 而其意自見, 更不用着一斷語.
17 尚書(상서) : 관반반을 사랑했던 장음(張愔)

關
盼
盼

관반반. 『명각역대백미도(明刻歷代百美圖)』(천진인민미술출판사, 2003)

강소성 서주의 운룡공원(雲龍公園) 내에 있는 연자루

저녁 강 暮江吟

한 줄기 석양의 빛 물 위에 퍼지니	一道殘陽鋪水中
강의 반쪽은 푸르고 반쪽은 붉도다	半江瑟瑟半江紅[18]
아름다운 구월 초사흘 밤에	可憐九月初三夜
이슬은 진주 같고 달은 활 같도다	露似眞珠月似弓

■ 해설

이 시는 대략 장경長慶 원년(821) 작자가 장안에 있을 때 지은 시로, 석양과 달이
교차하는 시점의 풍경을 자연스럽고도 색채감이 풍부하게 묘사하고 있다.[19]

---

18 瑟瑟(슬슬) : 푸른 옥
19 『唐宋詩醇』: 寫意奇麗, 是一幅着色秋江圖.

47.

유종원 ─ 柳宗元

■ **유종원**(773~819)

자는 자후子厚이고 하동 해현(河東 解縣 : 지금의 산서성 永濟市) 출신이라 유하동이라 불렸다. 정원貞元 9년(793) 진사에 급제하였다. 정원 12년(796) 박학홍사과博學宏詞科에 등과하여 교서랑校書郎, 남전현위藍田縣尉 등을 지냈다. 왕숙문王叔文의 혁신집단에 가담하여 예부원외랑禮部員外郎에 임명되었으나 혁신운동이 실패한 후 영주사마永州司馬로 좌천되었다. 10년 후 다시 유주(柳州 : 현재의 광서장족자치구 유주시)의 자사로 옮겼는데, 이 때문에 유유주라고 불리기도 한다. 원화元和 14년(819) 유주에서 47세의 나이로 병사했다.

현재 전하는 그의 시는 163수인데 대부분 폄적되어 간 곳에서 지은 것들이다. 그의 시의 내용은 비교적 광범위하여 백성들의 고통에 대한 동정, 시대에 대한 풍자, 개인적인 울분 토로 등 다양했다. 이 중 사회 현실을 반영한 시에서 뛰어난 성과를 거두었고, 폄적되어 간 곳의 산수를 읊은 산수시는 맑고 담백하며 정경이 합일하여 도연명陶淵明과 위응물韋應物의 시풍과 흡사했다.

유종원 『중국역대명인화상보(中國歷代名人畫像譜)』(海峽文藝出版社, 2003)

시냇가에 살며 溪居

오랫동안 관직에 얽매어 있다가   久爲簪組束[1]
다행히도 이 남쪽 오랑캐 땅으로 귀양왔네   幸此南夷謫[2]
한가롭게 농가와 이웃해서 사니   閑依農圃鄰
우연히도 산림에 파묻혀 사는 은자가 된 듯하네   偶似山林客
새벽에 나가 이슬 맺힌 풀을 갈아엎고   曉耕翻露草
밤에 노 저으며 돌아올 때 시내의 돌 울리네   夜榜響溪石[3]
오고 가도 만나는 이 없고   來往不逢人
긴 노랫소리에 초 땅 하늘은 푸르기도 하네   長歌楚天碧[4]

■ 해설

이 시는 원화元和 5년(810) 작자가 영주永州로 폄적 당하여 영릉(零陵 : 지금의 湖南省 零陵) 염계冉溪[5]에서 스스로 밭을 갈며 여유롭게 생활하는 모습을 묘사하고 있는데, 마음에 아무런 거리낌이 없는 듯이 보이나 실은 원망과 분노를 기탁하고 있다.

늙은 어부 漁翁

늙은 어부 밤중에 서산 곁에서 잠자고   漁翁夜傍西巖宿[6]
새벽엔 맑은 상강 물 긷고 초 땅 대나무 태워 아침밥 짓네   曉汲清湘燃楚竹[7]
안개 걷히고 해 떠올라도 사람 보이지 않고   煙銷日出不見人[8]

1 簪(잠) : 관리들이 관 위에 꽂는 장식
  組(조) : 관인을 매는 끈
  束(속) : 속박
2 南夷(남이) : 永州
3 榜(방) : 노를 젓다
4 楚(초) : 永州는 옛 楚나라 지역이었다.
5 작자는 이곳을 愚溪라 바꾸어 불렀다.
6 西巖(서암) : 永州의 西山
7 湘(상) : 湘江
  楚竹(초죽) : 초 지방에서 자라는 대나무
8 煙銷(연소) : 안개가 걷히다

어기여차 노 젓는 소리에 산도 물도 푸르러지네　　　欸乃一聲山水綠[9]
하늘 끝을 뒤돌아보며 중류로 내려가니　　　　　　　廻看天際下中流
바위 위에는 무심하게 구름만이 오가고 있네　　　　　巖上無心雲相逐

■ 해설

이 시는 상강湘江의 새벽 경치를 묘사하는 데 구상이 기묘하고 생기가 넘쳐 작자의 자유 생활에 대한 열망을 읽을 수 있다.

유주성에 올라 동지들에게

登柳州城樓寄漳汀封連四州刺史[10]

성 위의 높은 누각은 광대한 황야에 닿아 있고　　　城上高樓接大荒
바다와 하늘은 나의 근심처럼 망망하네　　　　　　海天愁思正茫茫
거센 바람은 연꽃 핀 호숫물을 어지러이 일렁이고　驚風亂颭芙蓉水[11]
세찬 비는 벽려 덩굴 덮인 담장에 비스듬히 내리치네　密雨斜侵薜荔牆[12]
고개의 나무들은 빽빽하여 천 리 바라보는 눈을 막고　嶺樹重遮千里目
강물은 구절양장처럼 굽이치네　　　　　　　　　　江流曲似九回腸
문신하는 풍습 있는 백월 땅에 같이 왔건만　　　　共來百越文身地[13]
소식은 여전히 각자의 고을에 머물러 있네　　　　　猶自音書滯一鄉[14]

■ 해설

이 시는 이왕팔사마二王八司馬 사건으로 각지에 유배당해 천하를 표박하고 있는 친

9　欸乃(애내) : 노 젓는 소리
10　柳州城(유주성) : 지금의 廣西省 柳城縣에 있는 城樓
11　驚風(경풍) : 거센 바람
　　颭(점) : 물결이 일다.
　　芙蓉(부용) : 연꽃
12　薜荔(벽려) : 벽려. 덩굴식물로 香草이다.
13　百越(백월) : 남방의 소수민족
14　音書(음서) : 소식, 서신

구들에게 보낸 시이다. 덕종德宗 대에 이르러 조정에서는 환관들이 정권을 농단하고 지방에서는 이들과 내통하는 번진藩鎭과 호족들의 횡포가 극에 달하자, 정원貞元 21년(805) 덕종이 죽고 순종順宗이 즉위한 후에 왕숙문王叔文이 주축이 되어 혁신정치를 펼치고자 했다. 하지만 환관과 번진의 끈질긴 반발로 개혁이 수포로 돌아가 이들이 처형당하거나 유배되었다. 이왕은 왕숙문과 왕비王伾를 이르는 것이며, 팔사마란 유종원柳宗元, 유우석劉禹錫, 위집의韋執誼, 한태韓泰, 능준凌準, 진간陳諫, 정이程异, 한엽韓曄 등을 이르는 것이다. 혁신정책 실패 후 이들은 전국 각지에 사마로 유배를 가게 되었으며, 10년 후인 원화元和 10년(815) 장안에 소환되었다가, 유종원은 유주자사柳州刺史로, 한태는 장주자사漳州刺史로, 한엽은 정주자사汀州刺史로, 유우석은 연주자사連州刺史로, 진간은 봉주자사封州刺史로 다시 폄적 당하였다.

다시 유우석과 이별하며 重別夢得

20년간 그대와 나 모든 일이 똑같더니만	二十年來萬事同[15]
오늘 아침에는 갈림길에서 홀연 동서로 헤어지네	今朝岐路忽西東
황제의 은혜 입어 전원으로 돌아가게 된다면	皇恩若許歸田去
만년에는 마땅히 이웃집 노인 되세	晩歲當爲鄰舍翁

■ 해설

이 시는 원화元和 10년(815) 3월 유종원은 유주자사柳州刺史로, 유우석은 연주자사連州刺史로 부임할 때 형주衡州 형양현(衡陽縣 : 지금의 湖南省 衡陽市)까지 동행하다 헤어지며 지은 시이다.[16]

15 유종원과 유우석은 정원 9년(793)에 같이 진사시에 합격하였고, 정원 21년(805)에 함께 왕숙문의 혁신 정치에 참여하였다가 똑같이 사마로 좌천당하였으며, 원화 10년(815) 3월에 또 똑같이 자사로 폄적된 바 있다.

16 劉禹錫의 答詩 : 弱冠同懷長者憂, 臨岐回想盡悠悠. 耦耕若便遺身世, 黃髮相看萬事休.

눈 내리는 강 江雪

온 산에 새 날지 않고	千山鳥飛絶
온 길에 인적도 끊겼네	萬徑人蹤滅
외로운 배에는 도롱이에 삿갓 쓴 늙은이	孤舟蓑笠翁[17]
홀로 눈 내리는 차가운 강물에 낚싯대 드리우네	獨釣寒江雪

■ 해설

짧은 스무 글자로 눈 내리는 강에서 낚시질하는 노인의 고요한 정취를 매우 사실적으로 그리고 있다. 이 시는 당대나 송대에는 그다지 주목을 받지 못하다가, 명대에 들어서서 유종원의 대표작으로 평가받기 시작하였다.

장안의 친척들에게 與浩初上人同看山寄京華親故[18]

바닷가 뾰족한 산은 마치 칼날 같아	海畔尖山似劍鋩[19]
가을 되자 곳곳에서 수심 깊은 애간장을 끊네	秋來處處割愁腸
만약 이 몸이 천억 개로 변한다면	若爲化得身千億[20]
봉우리마다 흩어져 머나먼 고향을 바라보리라	散上峰頭望故鄉

■ 해설

이 시는 작자가 유주柳州로 폄적 당했을 때 지은 시로, 하루 빨리 폄적 생활로부터 벗어나 고향으로 돌아가고자 하는 열망이 느껴진다.

17 蓑笠(사립) : 도롱이와 삿갓
18 親故(친고) : 친척
19 劍鋩(검망) : 칼날
20 化得(화득) : 변하다.

명대 화가 송욱(宋旭: 1525~1606)이 그린 〈눈 내리는 강〉 시의도 눈 내린 강의 고즈넉한 경계가 잘 드러나 있다. 160.8×52.2cm, 베이징 고궁박물원 소장

48.

원진 — 元稹

■ **원진(779~831)**

자는 미지微之로 낙양洛陽 사람이다. 어려서 집안이 가난하여 각고의 노력으로 공부하였으며, 정원貞元 9년(793) 15세의 나이로 명경과明經科에 급제하여 24세 때 비서성秘書省 교서랑敎書郎이 되었다. 원화元和 원년(806) 좌습유左拾遺에 임명되었으나, 직간을 잘하여 환관과 수구 관료의 노여움을 사서 하남위河南尉로 좌천되었다가, 후에 감찰어사監察御史에 임명되었다. 이후 다시 강릉사조참군江陵士曹參軍으로 폄적되었다가, 후에 통주(通州 : 현재의 사천성 達州市)의 사마司馬로 옮겼다. 이후 동주자사同州刺史, 절동관찰사浙東觀察使, 무창군절도사武昌軍節度使를 역임하다 대화大和 5년(831) 무창에서 세상을 떴다.

그는 백거이와 함께 신악부운동新樂府運動을 주도하여 원백元白으로 불리었다. 백거이보다 시가 일찍 알려졌으나, 문학적 재능은 백거이를 능가하지 못한데다가 정치상의 변절 때문에 그의 명성은 그리 높지 못했다. 다만, 백거이와 문학관을 같이하여 시가의 정치 풍유 작용을 강조하고, 두보의 사실주의 시관을 계승 발전시켜 신악부운동의 전개에 지대한 공헌을 했다. 현재 719수의 시가 전해지는데 내용별로 보면 풍유시가 가장 많다. 그중에서 전쟁으로 고통을 받는 농가의 한을 쓴 〈전가사田家詞〉는 그의 대표적인 작품이다. 또한, 장편 서사시 〈연창궁사連昌宮詞〉는 궁인들의 대화형식을 통해 당나라 현종玄宗의 사치와 황음무도함을 폭로하고 있는데, 말하고자 하는 내용이 뚜렷하고 구성이 치밀하며 묘사가 세밀하여 백거이의 〈장한가長恨歌〉에 비견되는 작품이다. 그리고 〈행궁行宮〉은 궁녀가 현종의 옛이야기를 한가롭게 서술하는 것을 묘사하고 있는데, 편폭은 짧지만 의미는 함축적이어서 사람들의 칭송을 많이 받았다.

그대 없는 이 세상에서 遣悲懷

1

당신은 사씨 집 가장 어리고 사랑받던 딸이었는데	謝公最小偏憐女[1]
검루에게 시집온 이후로 모든 일이 여의치 못했네	自嫁黔婁百事乖[2]
당신은 내가 옷이 없는 것을 알고 옷 상자를 더듬고	顧我無衣搜藎篋[3]
술 사오라 하면 돈이 없어 금비녀를 뽑았네	泥他沽酒拔金釵[4]
들풀로 한 끼니 때우고 쉰 콩잎마저도 달게 먹으며	野蔬充膳甘長藿[5]
낙엽을 땔감으로 보태고자 홰나무를 올려 보았네	落葉添薪仰古槐
지금 나의 봉급이 십만 전을 넘으니	今日俸錢過十萬
이 세상에 없는 당신에게 제사 지내네	與君營奠復營齋[6]

■ 해설

이 시는 자신보다 먼저 세상을 떠난 작자의 아내 위총韋叢을 추념하여 쓴 시이다. 위씨는 두릉(杜陵：지금의 陝西省 西安 동남쪽) 사람으로 태자소보太子少保 위하경韋夏卿의 막내딸이었는데, 작자와 결혼한 지 7년 만인 원화元和 4년(809) 27세의 나이로 세상을 떴다.

1 謝公(사공)：謝奕. 자신의 처를 사혁의 딸인 謝道韞에 비유한 것이다.
2 黔婁(검루)：높은 절조를 지녀 벼슬을 구하지 않고 가난하게 생을 마감했던 春秋 시대 齊나라의
   선비
3 藎篋(신협)：풀을 엮어 만든 옷 상자
4 泥(니)：구하다, 원하다.
   沽(고)：사다.
   金釵(금차)：금비녀
5 充膳(충선)：배를 채우다, 먹다.
   長藿(장곽)：쉰 콩잎
6 營奠, 營齋(영전, 영재)：제사 지내다.

사도온 동진의 여류 시인으로 안서(安西) 장군 사혁의 딸이자 왕희지(王羲之)의 둘째 아들 왕응지
(王凝之)의 아내였다.『중국역대명인화상보(中國歷代名人畵像譜)』(海峽文藝出版社, 2003)

행궁 行宮[7]

쓸쓸한 옛 화청지 행궁 안에	寥落古行宮[8]
꽃은 적막하게 피어 있네	宮花寂寞紅
백발 성성한 궁녀가	白頭宮女在
한가하게 앉아 현종 때를 얘기하네	閑坐說玄宗

■ 해설

이 시는 행궁의 적막한 경색과 궁녀의 불행한 운명을 묘사하면서 흥망성쇠에 대한 감개와 풍유의 뜻을 기탁하고 있는데, 말은 간략하나 그 속에 담긴 뜻은 무궁무진하다.[9]

백거이의 좌천 소식을 듣고 聞樂天授江州司馬[10]

꺼져가는 등불 불꽃 없어 그림자 흔들리는데	殘燈無焰影幢幢[11]
이 저녁 그대가 강주로 좌천되었다는 소식을 들었네	此夕聞君謫九江
죽음 드리운 병환 중에 놀라 일어나 앉았는데	垂死病中驚起坐[12]
어두운 바람은 비를 휘몰아 차가운 창문을 때리네	暗風吹雨入寒窗

■ 해설

지기知己의 정치적 좌절 소식으로 또다시 좌절하는 늙고 병든 작자의 번민과 고통이 고스란히 전해져 온다.

---

7 황제가 出遊할 때 머물던 궁전을 行宮이라하는데, 여기에서는 驪山의 華淸池에 있던 華淸宮을 가리킨다.
8 寥落(요락) : 적막하다.
9 瞿佑,『歸田詩話』: 樂天長恨歌, 凡一百二十句, 讀者不覺其長, 元微之行宮詩, 才四句, 讀者不覺其短, 文章之妙也.
10 元和 10년(815) 3월 작자는 通州(지금의 사천성 달주시) 司馬로 폄적되었고, 8월에는 白居易가 江州(지금의 江西省 九江市)司馬로 폄적 당했다.
11 影幢幢(영당당) : 그림자가 흔들리는 모양
12 垂死病中(수사병중) : 죽음 드리운 병환 중. 당시 작자는 학질을 앓고 있었다.

49.

이
신 ― 李
紳

■ **이신**(772~846)

자는 공수公垂로 윤주 무석(潤州 無錫 : 지금의 강소성 無錫) 사람이다. 원화元和 원년(806)
진사가 되었으며 무종武宗 대에 벼슬이 재상에까지 이르렀다가 회남절도사淮南節
度使로 나아갔다.

그의 시는 통속적인 언어로 당시 농민들의 고통을 사실적으로 묘사하고 동정하
여 '당대 민농시인唐代憫農詩人'이라 불리기도 한다. 그의 이러한 시 경향은 원진,
백거이의 신악부운동의 원동력이 되었다.

농민을 애달파하다 憫農

1

봄에 심은 곡식 한 톨   春種一粒粟

가을에는 만 톨이나 되네   秋成萬顆子

사해에 놀리는 땅 없지만   四海無閑田

농부는 오히려 굶어 죽네   農夫猶餓死

2

곡식 심은 밭 한낮에 김을 매니   鋤禾日當午

땀이 곡식 아래 땅에 떨어지네   汗滴禾下土

누가 알겠는가? 소반 위의 밥은   誰知盤中飱

알알이 농부의 고생 덩어리인 것을   粒粒皆辛苦

■ 해설

위 두 수의 시는 질박하고 통속적인 언어로 농민들에 대한 착취와 이에 따른 고통에 대해 동정을 드러내고 있다.[1]

---

1 李鍈, 『詩法易簡錄』: 此種詩純以意勝, 不在語言之工, 豳之變風也.

50

가도

賈島

■ **가도**(779~843)

자는 낭선浪仙으로 자칭 갈석산인碣石山人이라 했다. 범양(范陽 : 현재의 하북성 保定市 북부) 출신이다. 여러 차례 과거에 응시하였으나 실패하고, 불가에 입문하여 법명을 무본無本이라 했다. 원화元和 6년(811)에 낙양에서 한유韓愈와 교유하면서 환속하였고 다시 관계 진출을 바라며 진사 시험에 응시하였으나 급제하지 못하다가, 59세가 되어서야 장강현(長江縣 : 현재의 사천성 蓬溪縣)의 주부主簿가 되었다. 이에 가장강이라 불리기도 한다. 이어 보주(普州 : 현재의 사천성 安岳縣)의 사창참군司倉參軍으로 나아갔다가 회창會昌 3년(843) 사호참군司戶參軍으로 옮기고자 했으나, 임명받기 전에 병으로 죽었다.

그의 시를 북송의 시인 소식蘇軾이 같은 무렵의 시인 맹교孟郊의 시와 더불어 '교한도수郊寒島瘦'라 평한 것처럼, 그의 시는 제재의 선택 폭이 매우 좁고 감정의 깊이는 결핍되어 있다. 그러나 그는 1자 1구도 소홀히 하지 않고 고음苦吟하여 공교함을 추구하는 시인이었다.[1] 그의 일화 중 '퇴고推敲'는 그의 이와 같은 창작 태도에서 기인한 것이라 할 수 있다. 퇴고란 문장을 다듬고 어휘도 적절한가를 살피는 일을 말한다. 이 말의 유래를 살펴보면 다음과 같다. 가도賈島가 나귀를 타고 가다 시 한 수가 떠올랐다. "새는 연못가 나무에 자고, 스님은 달 아래 문을 민다.鳥宿池邊樹, 僧推月下門)"라는 시구였는데, 달 아래 문을 민다推 보다는 두

---

1 『夢蕉詩話』: 孟郊賈島, 皆窮困至死, 或謂詩能窮人, 未信也, 殆詩必窮者而後工耳.

드린다敲고 하는 것이 어떨까 하고 골똘히 생각하다 그만 당시 경조윤京兆尹이던 한유韓愈의 행차 길을 침범하였다. 한유 앞으로 끌려간 그가 사실대로 이야기하자, 한유는 노여운 기색도 없이 한참 생각하더니, "역시 '민다推'보다는 '두드린다敲'가 좋겠군"하며 가도와 행차를 나란히 하였고, 이후 두 사람은 자주 만나 시를 논하게 되었다(『당시기사唐詩紀事』). 퇴고推敲란 이러한 고사故事에서 생겨난 말이다. 시집『가낭선장강집賈浪仙長江集』(10권)에 그의 시 370여 수가 전해진다.

가도 『중국역대명인화상보(中國歷代名人畵像譜)』(海峽文藝出版社, 2003)

"새는 연못가 나무에 자고, 스님은 달 아래 문을 두드린다.(鳥宿池邊樹, 僧敲月下門)" 시의도 명대
화가 성무엽(盛茂燁: 생졸년 미상)이 그렸다. 그는 詩, 畵의 결합에 공헌했다는 평가를 받고 있다.

은자를 찾아 나섰으나 만나지 못하고 尋隱者不遇

소나무 아래 동자에게 물으니　　　　　松下問童子
스승은 약초 캐러 갔다고 하네　　　　言師采藥去
다만 이 산속에 있건만　　　　　　　　只在此山中
구름이 깊어 있는 곳을 알지 못하네　　雲深不知處

■ 해설

이 시는 자연스럽고 평이한 시어를 사용하여 인물의 사상 경계를 전하고 있는데,
마치 한 폭의 산수화를 보는 듯하다

가도—賈島

51.

이하 ─ 李賀

■ 이하(790~816)

자는 장길長吉로 복창(福昌 : 지금의 河南省 宜陽縣 서쪽) 사람이다. 그는 황제의 종실인 정왕鄭王의 손자로 몰락한 귀족 가문 출신이다. 그는 7세 때 벌써 시문에 능하여 이름이 장안에 자자했다. 한유韓愈와 황보식皇甫湜은 그의 작품을 보고는 이를 비범하다고 생각했지만 믿을 수 없어, "만약 옛사람이라면 우리가 알지 못할 수도 있지만, 지금 사람이라면 어찌 모를 리가 있겠는가?"라고 하며, 이하의 집을 찾아갔다. 이하는 머리를 양 갈래로 딴 채 연꽃잎으로 만든 옷을 입고 나와서 기쁘게 명을 받아들였는데, 태도가 방약무인했다. 이내 붓을 들어 시를 지었는데 시의 제목은 〈고헌과高軒過〉였다. 한유와 황보식 두 사람은 매우 놀라 자신들이 타고 온 말과 이하의 말을 재갈로 잇대어 타고 돌아와, 친히 머리를 묶어주고 대학에 들어가도록 했다.

그는 각고의 노력으로 과거를 준비하였으나, 그의 재능을 시기하는 무리가 이하의 아버지 이름이 진숙晉肅으로 '晉'과 '進'이 동음이어서 진사시에 응시하면 휘諱를 범하는 것이라는 이유로 그의 응시를 막아 진사시에 응시할 수 없었다. 이에 한유는 〈휘변諱辨〉이라는 문장을 지어 그를 옹호하기도 했으나, 그는 평생 봉례랑奉禮郎이라는 말직에 머물러야 했다. 그는 늘 시 창작에 매진하였는데 이 때문에 건강을 해쳐 27세의 나이로 요절했다.

이하는 외모가 호리호리하고 가냘팠고 두 눈썹은 붙었고, 손가락은 가늘고 길었으며 글씨를 매우 빨리 썼다. 그는 대낮에 집을 나서면서 깡마른 말을 타고, 뒤에는 상고머리를 한 어린 계집종으로 하여금 비단으로 만든 자루를 등에 지고 따라오도록 하여, 우연히 좋은 시구가 생각이 나면 곧장 써서 종에게 건네 자루 속에 넣게 했다. 그는 시를 짓는데 언제나 제목을 먼저 달지 않았다. 저녁때 집에 돌아오면 어머니는 계집종으로 하여금 자루 속의 종이를 꺼내도록 하여, 써놓은 시구가 많은 것을 보면 곧 화를 내며 말하기를, "이 아이는 심장까지도 토해내고서야 이 일을 그만둘 것이다."라고 탄식하였다. 저녁밥을 먹은 후 이하는 먹을 갈고 종이를 여러 겹 펼쳐 놓은 다음 계집종의 손에 들려 있는 종이들을 가져가 시를 완성했다. 이하는 술에 만취가 되었거나 상례에 가는 일이 아니면 매일 이 같은 일을 반복하였다.

이하는 풍부한 상상력과 기발한 구상을 통해 낭만적 색채가 풍부한 시가를 창작하였으나 짧은 생애로 인한 경험 부족과 단조로운 생활로 시가의 내용이 풍부하지 못했고, 지나치게 갈고 다듬어 시가 난해하였다.

안문의 태수 雁門太守行[1]

먹구름이 성을 짓눌러 성은 무너질 듯하고	黑雲壓城城欲摧
해는 고기 비늘 같은 갑옷 위를 비추네	甲光向日金鱗開
호각 소리는 가을빛 완연한 하늘에 가득하고	角聲滿天秋色里
변방 병사들의 피는 엉겨 붙어 연지처럼 붉도다	塞上燕脂凝夜紫[2]
반쯤 말린 붉은 깃발 역수까지 다다르는데	半捲紅旗臨易水
된서리에 얼어붙은 북은 소리가 크지 않네	霜重鼓寒聲不起
황금대 지은 황제의 뜻에 보답코자	報君黃金臺上意[3]
옥룡검 뽑아들고 황제 위해 죽으리라	提携玉龍爲君死[4]

■ 해설

이 시는 당나라 군사들의 영웅적 기개를 묘사하면서 다른 한편으로는 자신의 공명과 애국을 완수하고자 하는 염원을 표현하고 있다. 시어 하나하나가 정련精鍊되어 있어 이하의 시 중 가장 성숙한 작품으로 평가받고 있다.[5]

가을 秋來

오동잎에 이는 가을바람에 젊은이 마음 괴롭고	桐風驚心壯士苦
가난한 집 침침한 등불 아래 풀벌레 소리 애달파라	衰燈絡緯啼寒素[6]
누가 나의 시집 한 권을 보고	誰看靑簡一編書
좀벌레에게 버려 가루로 만들지 않으리오	不遣花蟲粉空蠹[7]

1 雁門(안문) : 지금의 山西省 代縣 雁門山 자락에 있다. 지형이 험하여 기러기만이 갈 수 있다고 하여 이렇게 불렸다.
2 燕脂(연지) : 胭脂
3 黃金臺(황금대) : 지금의 河北省 易縣 동남쪽에 있는 누대. 戰國시대 燕昭王이 누대를 만들어 이곳에 千金을 두고 천하의 현사를 초빙하였다.
4 玉龍(옥룡) : 寶劍
5 沈德潛, 『唐詩別裁集』: 字字鍛煉而成, 昌谷集中定推老成之作.
6 絡緯(낙위) : 베짱이와 여치 같은 풀벌레

시에 대한 생각으로 오늘 밤도 애를 태우고	思牽今夜腸應直
찬비 내리는데 아리따운 영혼이 나를 위로하네	雨冷香魂吊書客[8]
가을밤 무덤에서 귀신들은 포조의 시 노래하는데	秋墳鬼唱鮑家詩[9]
한 맺힌 피는 천 년동안 땅속에서 푸른 옥이 되리라	恨血千年土中碧[10]

■ 해설

작자가 벼슬을 그만두고 고향으로 돌아갈 때 지은 시로, 자신이 세상의 주목을
받지 못하고 있는 슬픔을 묘사하고 있다.

사내대장부 南園 十三首

5

사내대장부가 어찌하여 오나라의 굽은 칼 들고	男兒何不帶吳鉤
관산의 오십 주를 취하지 못하는가?	收取關山五十州[11]
그대 잠시 능연각에 올라 초상을 보게나	請君暫上凌烟閣[12]
어느 서생이 만호후에 책봉되었는가?	若個書生萬戶侯[13]

■ 해설

이 시는 사내대장부라면 반드시 국가를 위해 투필종군하고 공명을 세워 이름을
떨쳐야만 하리라는 강개함을 느낄 수 있다.

---

7 花蟲(화충) : 좀(벌레). 몸 위에 은백색의 가는 비늘이 있어서 이렇게 불렸다.
8 香魂(향혼) : 훌륭한 옛 시인의 영혼
9 鮑家(포가) : 南朝 宋의 시인 鮑照.
10 土中碧(토중벽) : 땅속의 푸른 옥. 周代 萇弘이 피살된 후 그의 피가 푸른 옥이 되었다고 한다.
11 五十州(오십주) : 당시 藩鎭이 할거하여 조정의 통제가 미치지 못하던 50여 개의 주
12 凌烟閣(능연각) : 唐 太宗 때 이곳에 功臣 24명의 초상을 걸어 놓았다.
13 若個(약개) : 어느

고향의 대나무 昌谷北園新笋四首[14]

2

푸른 대나무 껍질을 벗겨 시를 적는데	斫取青光寫楚辭[15]
대 향기 진동하는 하얀 가루 위에 검은색 글자	膩香春粉黑離離[16]
글은 무정한 듯하나 한이 끝없는 것을 누가 알아줄까	無情有恨何人見
안개에 싸인 무수한 가지는 이슬을 떨구네	露壓煙啼千萬枝

■ 해설

이 시는 작자가 벼슬을 그만두고 창곡昌谷에 돌아와서 지은 시이다. 무성한 고향
의 대나무를 통해 자신의 감회를 피력하고 있다.

소소소의 묘 題蘇小小墓

그윽한 난초 위의 이슬은	幽蘭露
눈물 머금은 그녀의 눈 같네	如啼眼
우리의 마음 맺을 아무것도 없고	無物結同心
안갯속에 핀 꽃마저 감히 꺾지 못하네	煙花不堪剪
무덤가 보드라운 풀은 그녀의 방석 같고	草如茵
우뚝 솟은 소나무는 그녀의 수레 포장 같도다	松如蓋
산들 봄바람은 그녀의 펄럭이는 치맛자락 같고	風爲裳
흐르는 물소리는 그녀의 노리개 소리 같도다	水爲佩
그녀가 생전에 타고 다녔던 수레는	油壁車

---

14 昌谷(창곡) : 작자의 고향
15 斫(작) : 껍질을 벗기다.
　　青光(청광) : 대나무의 푸른 겉껍질
　　楚辭(초사) : 여기에서는 자신의 시
16 春粉(춘분) : 여린 대나무 껍질의 흰 가루
　　膩香(이향) : 짙은 향기

오늘 저녁에도 그녀가 오길 기다리고 있네 夕相待
사랑하는 이 위해 밝혀놓은 촛불은 冷翠燭
헛되이 차가운 불꽃만 비출 뿐이네 勞光彩
생전 그녀가 살았던 서릉의 아래엔 西陵下
빗방울만 바람에 휘날릴 뿐이네 風吹雨

■ 해설

위 시는 기이한 구법을 운용하여 이하가 소소소의 무덤 앞을 지나며 무덤의 모습과 자신의 감상을 적은 것이다. 이슬, 꽃, 풀, 소나무, 봄바람 등 눈에 보이는 모든 것이 그녀를 떠올리게 한다. 구절마다 사랑을 꽃피우지 못하고 세상을 떠난 소소소에 대한 아쉬움과 서글픔이 교차하고 있다.

소소소는 남조(南朝) 제나라(479~502) 때 항주의 유명한 가기(歌妓)였다. 용모가 출중한데다가 문학적 재능 또한 뛰어난 여인이었다. 소소소의 집안은 동진(東晉) 때의 관료 집안이었는데, 동진이 멸망한 후 가세가 기울며 항주로 흘러들게 되었다. 소소소의 선조는 마침 지니고 있던 금은보화를 밑천으로 항주에서 장사를 하기 시작하였고 아버지 대에 이르러서는 이미 상당한 부호가 되었다. 그녀의 부친은 외동딸인 그녀를 금지옥엽으로 키웠고, 작고 깜찍하게 생긴 딸에게 소소라는 이름을 지어 주었다. 소소소의 집안은 장사꾼 집안이지만, 학문을 사랑하는 집안 내력 덕분에 그녀는 시서에 능하였고 얼마 안 가 그녀의 명성이 온 장안에 자자하게 되었다. 그러나 소소소가 15세 때 부모가 연이어 세상을 뜨게 되자, 기탁할 곳이 없어진 그녀는 집안의 재산을 정리한 후 유모를 데리고 항주의 서령교(西泠橋) 가에 자리를 잡고 가기가 되었다. 소소소의 사정이 온 성내에 전해지자, 항주의 관료들과 명사들이 그녀의 주위에 몰려들기 시작하였다. 하지만 그녀는 명문 집안의 자제였던 완욱(阮郁)을 만나 첫눈에 반해 오직 그만을 열렬히 사랑하였다. 그러나 이 사랑은 6개월을 가지 못했다. 남경(南京)에 있던 완욱의 아버지가 아들이 기생과 사랑에 빠졌다는 이야기를 전해 듣고는 사람을 보내 아들을 즉각 남경으로 돌아오도록 하였다. 그리고 집에 돌아온 아들이 집안에서 한 걸음도 밖으로 나가지 못하도록 감시하였다. 완욱이 자신의 곁을 떠난 후 소소소는 항주에서 그가 돌아오기를 학수고대하였지만, 1년이 넘도록 사랑하는 이의 소식은 알 길이 없었다. 절망의 나락에 떨어진 소소소는 급기야 병이 나서 몸져눕게 되었다. 이때 우연히 포인(鮑仁)이라는 가난한 서생을 알게 되었다. 포인을 보고 그녀는 옛날 사랑했던 완욱을 떠올린 것이었다. 그녀는 완욱에 대한 기대와 관심을 포인에게 쏟았다. 그녀는 자신이 가지고 있던 패물을 모두 팔아 그로 하여금 서울로 올라가 학문에 매진하고 과거를 보도록 격려하였다. 포인을 격려해 떠나 보낸 소소는 이듬해 봄에 병으로 세상을 뜬다. 그녀의 나이 겨우 19세 때였다. 포인은 과거에 급제하여 임지로 부임하는 도중 소소소가 세상을 떴다는 소식을 접하고는, 항주로 달려와 소소소의 관을 어루만지며 대성통곡을 하였다. 후에 그는 소소소의 덕을 기려 그녀의 묘 앞에 '전당소소소지묘(錢塘蘇小小之墓)'라는 비석을 세웠다.

명대 화가가 그린 소소소　그녀는 지고지순한 사랑의 표상이었다.『중국역대명인화상보(中國歷代名人畫像譜)』(海峽文藝出版社, 2003)

항주 서호가 서령교 옆 육각형 정자인 모재정(慕才亭)과 소소소의 무덤

'전당소소소지묘(錢塘蘇小小之墓)'라 쓰인 비석

52.

장호 — 張祜

■ **장호**(792?~853?)

자는 승길承吉로 지금의 하남성 남양南陽사람이다. 장우張祐라고 되어 있는 곳도
있는데 이는 잘못된 것이다. 그는 벼슬살이에는 관심이 없고 얽매이기를 싫어하
여 강호를 떠돌았다. 장경長慶 3년(823) 항주자사杭州刺史이던 백거이를 찾아가 향
시를 보았으나 실패하였고, 이후로도 여러 차례 진사시에 응시하였지만 거듭 낙
방하였다. 대화大和 5년(831) 영호초令狐楚가 태평군절도사太平軍節度使가 되어 그를
조정에 추천하여 300여 수의 시를 조정에 헌상하였지만 끝내 부름을 받지 못하
였다. 이후로도 벼슬길에 나아가지 못하고 단양(丹陽 : 지금의 강소성 鎭江市 단양시)에
은거하여 만년을 보냈다.

그는 벽자와 편벽한 전고는 애써 피하여 시가 자연스럽고 평이했지만 천박한 곳
으로는 빠지지 않았다. 『전당시』에 그의 시 350수가 전해진다.

하만자 何滿子

삼천리 밖 고향 떠나	故國三千里[1]
깊은 궁궐에서 이십 년을 보냈네	深宮二十年
갑자기 들려오는 하만자 곡조에	一聲何滿子
그대 앞에서 두 줄기 눈물 떨구네	雙淚落君前

■ 해설

하만자何滿子는 개원 연간에 하만자라 불리는 죄수가 만든 곡조명으로, 작자는 이 곡을 빌어 궁녀들의 서러움을 노래하고 있다.

궁녀에게 贈內人[2]

궁궐문 안 나무에 달 그림자 지나는데	禁門宮樹月痕過[3]
아름다운 눈매로 백로 둥지만 바라보네	媚眼惟看宿鷺窠
등불 그림자 옆에서 옥비녀 비껴 뽑아	斜拔玉釵燈影畔
불꽃에서 불나방 꺼내 구해주네	剔開紅焰救飛蛾[4]

■ 해설

이 시는 궁녀가 입궁하여 깊은 궁궐에 갇히는 신세가 된 것이 마치 불나방이 불꽃 속으로 뛰어드는 것과 매한가지라는 암시를 하고 있다.

1 故國(고국) : 고향
2 內人(나인) : 궁녀
3 禁門(금문) : 宮門. 天子가 사는 곳을 禁이라 했다.
4 剔開紅焰(척개홍염) : 붉은 불꽃을 젖히다.

집령대 集靈臺 二首

1

아침 햇살 집령대를 비껴 비추는데   日光斜照集靈臺[5]

붉은 꽃은 새벽이슬 맞아 피어오르네   紅樹花迎曉露開

어제 저녁 현종이 새로 도사증명서를 주니   昨夜上皇新授籙[6]

태진은 미소를 머금고 주렴 안으로 들어오네   太眞含笑入簾來

■ **해설**

이 시는 천보天寶 4년 현종玄宗이 양옥환楊玉環에게 도록道籙을 수여하는 역사적 사건을 읊고 있다.

2

괵국부인 황제의 은총 입어   虢國夫人承主恩[7]

날 밝자 말 탄 채로 궁궐로 들어가네   平明騎馬入宮門

화장 분이 얼굴 상하게 할까 봐   却嫌脂粉汚顔色

흐릿하게 눈썹만 칠하고 황제에게 나아가네   淡掃蛾眉朝至尊[8]

■ **해설**

이 시는 괵국부인의 교만한 행동을 묘사함으로써 양씨 가문의 발호를 풍자하고 있다.

---

5 集靈臺(집령대) : 현종은 驪山에 長生殿을 지어 天神에게 제사를 지냈는데, 이곳을 집령대라 부르기도 했다.
6 上皇(상황) : 현종
     授籙(수록) : 道籙을 수여하다. 도록은 비단 위에 붉은 색으로 괴이한 문자를 그려 넣은 것으로 도교도들은 이 도록을 받아야 진정한 도사가 될 수 있었다.
7 虢國夫人(괵국부인) : 천보 7년, 양귀비의 자매 중 첫째는 韓國夫人에, 셋째는 虢國夫人에, 여덟째는 秦國夫人에 봉해졌다.
8 淡掃(담소) : 흐릿하게 그리다.

〈화청지에서 목욕하고 나온 양귀비(華淸出浴圖)〉 청대 화가 강도(康濤: 생
졸년 미상)가 그린, 방금 화청지 목욕을 끝내고 나온 양귀비. 120×66cm, 톈
진시 예술박물관 소장

〈봄나들이 가는 괵국부인(虢國夫人游春圖)〉일부 당대 장훤(張萱)이 그린 여러 사람의 호위를 받으며 나들이하는 괵국부인, 괵국부인은 양귀비의 셋째 언니였다. 51.8×148cm, 랴오닝성(遼寧省) 박물관 소장

금릉의 나루터 題金陵渡

금릉 나루터에 있는 소산루에서	金陵津渡小山樓[9]
하룻밤 나그네 되니 서글프기 짝이 없네	一宿行人自可愁
조수물 빠지자 밤 강물 위엔 달 비껴 떠 있는데	潮落夜江斜月里
별빛 같은 희미한 등불 비치는 곳은 과주이리라	兩三星火是瓜州[10]

■ 해설

이 시는 작자가 금릉의 나루터에서 밤에 본 야경을 적으면서 자신의 끝없는 향수를 드러내고 있다.

---

9 金陵(금릉) : 지금의 江蘇省 鎭江市
　　津渡(진도) : 나루터
10 瓜州(과주) : 長江을 가운데 두고 金陵과 마주하고 있는 곳으로 원래는 모래톱이었다. 오이처럼 생겼다 하여 붙여진 이름이다.

53.

허혼 ─ 許渾

■ **허혼(791?~?)**

자는 용회用誨로 윤주潤州 단양(丹陽 : 지금의 강소성 鎭江市) 출신이다. 무후武后 때 재상이었던 허어사許圉師의 후예이다. 대화大和 6년(832)에 진사에 급제하여 당도當塗와 태평太平의 현령縣令이 되었다. 대중大中 3년(849) 감찰어사監察御史에 임명되었으나 병으로 사양하고 경구(京口 : 지금의 강소성 鎭江市)로 돌아왔다. 후에 다시 윤주사마潤州司馬로 부임한 후로 감찰어사監察御史, 우부원외랑虞部員外郞, 목주자사睦州刺史, 영주자사郢州刺史등을 역임하다가 신병으로 관직에서 물러났다. 윤주의 정묘교丁卯橋 근처에 살았기에 자신의 문집을『정묘집』이라 했다.

그는 평생 고체시는 전혀 짓지 않고 율시만을 창작했는데, 7언율시가 특히 뛰어났다. 그의 시는 회고시와 전원시가 훌륭했으며, 대우가 정밀하고 시율이 완정한 특색을 지니고 있다.

가을날 장안으로 부임하며 秋日赴闕題潼關驛樓[1]

붉은 잎사귀에 저녁 바람 솔솔 부는데	紅葉晚蕭蕭[2]
정자에 앉아 술 한 바가지를 들이키네	長亭酒一瓢[3]
남은 구름은 화산으로 몰려오고	殘雲歸太華[4]
성근 비는 중조산을 넘어가네	疏雨過中條[5]
나무의 푸른 빛은 산 따라 멀리 뻗어 있고	樹色隨山迥
황하의 물소리는 멀리 바다로 흘러드네	河聲入海遙
장안은 내일이면 다다를 듯한데	帝鄉明日到[6]
아직도 홀로 어부와 나무꾼의 생활을 꿈꾸노라	猶自夢漁樵[7]

■ 해설

이 시는 작자가 가을에 장안으로 부임하는 도중 동관潼關의 역참에 묵으면서 은
거하고자 하는 미련을 떨쳐버리지 못하는 마음을 서술한 것이다.

초가을 早秋

기나긴 밤 온통 맑은 비파소리	遙夜泛淸瑟[8]
서풍은 푸른 담쟁이덩굴에서 이네	西風生翠蘿
희미해지는 반딧불은 이슬에서 잠을 자고	殘螢棲玉露
철 이른 기러기는 은하수를 건너가네	早雁拂金河[9]

1 潼關(동관) : 지금의 陝西省 潼關縣 동남쪽
2 蕭蕭(소소) : 바람소리
3 長亭(장정) : 행인이 쉬어 갈 수 있게 길가에 만들어 놓은 정자. 여기에서는 潼關驛을 가리킨다.
4 太華(태화) : 西嶽인 華山. 지금의 陝西省 潼關縣 서남쪽에 있다.
5 中條(중조) : 中條山. 지금의 山西省 永濟縣에 있다.
6 帝鄉(제향) : 長安
7 漁樵(어초) : 고기 잡고 나무하는 생활
8 遙夜(요야) : 기나긴 밤
  泛(범) : 들려오다.
9 金河(금하) : 가을철의 은하수

높디높은 나무들은 새벽녘에 더욱 무성해 보이고 　高樹曉還密

먼 산은 비 개자 더욱 또렷해지네 　遠山晴更多

회남 땅에는 잎사귀 지기 시작하니 　淮南一葉下

동정호에는 물결 일겠지 　自覺洞庭波[10]

■ 해설

이 시는 초가을의 풍경을 읊은 사경시이다.

진시황릉을 지나며　途經秦始皇墓[11]

분묘의 형세는 험준하고 나무들은 빽빽하여 　龍蟠虎踞樹層層[12]

그 기세가 구름을 찌를 듯하지만 그 역시 죽었네 　勢入浮雲亦是崩

푸른 산 가을 풀 속에 같이 누워 있건만 　一種青山秋草里

길손들은 한문제의 능에만 절하네 　路人唯拜漢文陵[13]

■ 해설

진시황의 묘를 지나며 지은 시로, 진시황의 묘와 한문제의 묘에 애증을 드러내고
있다.

10 洞庭波(동정파) : 屈原 〈九歌, 湘夫人〉, "산들산들 가을바람에 동정호 물결치고 나뭇잎 떨어지도
　다.(嫋嫋兮秋風, 洞庭波兮木葉下.)"

11 秦始皇墓(진시황묘) : 지금의 陝西省 臨潼縣 驪山에 있다. 여산과 혼연일체로 만들어졌는데, 현재
　능의 봉토 높이는 76미터에 달한다.

12 龍蟠虎踞(용반호거) : 험준한 지형

13 漢文陵(한문릉) : 漢 文帝 劉桓의 陵

한문제 고조의 아들인 그는 여후(呂后)가 죽자 대신들에 의해 황제로 추대되었다. 황제가 된 후 그는 덕으로 백성을 감싸는 한편, 사회와 경제 체제의 안정에 힘을 쏟아 국가의 발전을 도모했다. 『중국역대명인화상보(中國歷代名人畵像譜)』(海峽文藝出版社, 2003)

54.

두목 ― 杜牧

■ 두목(803~852)

字는 목지牧之이고 號는 번천樊川이다. 경조부京兆府 만년현(萬年縣 : 지금의 섬서성 서안) 출신으로 두우杜佑의 손자이다. 이상은李商隱과 더불어 이두李杜로 불렸고, 또 작품이 두보杜甫와 비슷하다 하여 소두小杜로도 불렸다. 대화大和 2년(828) 진사에 급제하여 홍문관교서랑弘文館校書郎이 된 후로 황주黃州, 지주池州, 목주睦州 등의 자사刺史를 역임했고 중서사인中書舍人을 끝으로 은퇴하였다. 그는 포부가 컸고 매사에 구애받지 않는 강직한 성품의 소유자로, 쇠락하는 당 왕조를 되돌리고자 부단히 노력하였다.

그는 산문과 시 양 방면에 모두 뛰어났는데, 그의 대표적인 산문 작품인 〈아방궁부阿房宮賦〉는 웅장하고 화려한 아방궁을 묘사하여, 당시 조정이 백성을 혹사하고 물자를 낭비하며 궁전을 개축하는 것에 충고와 비판을 가하고 있다. 시 방면에서는 영사시와 서경시에 뛰어났다. 그는 역사에서 소재를 빌려 봉건 통치자들의 황음무도함을 풍자하고 자신의 독특한 역사관을 피력하기도 하였는데, 〈적벽赤壁〉, 〈오강烏江〉 등의 작품이 그러하다. 그리고 자연의 아름다운 풍경을 묘사한 〈강남의 봄江南春〉, 〈산행山行〉, 〈청명절淸明〉, 〈진회에 배를 대고泊秦淮〉 등 7언절구 시들은 예술성이 대단히 높아 인구에 회자하는 명작들이다.

두목 그는 영사시와 서경시에 뛰어났는데, 역사에서 소재를 빌려 봉건 통치자들의 황음무도함을 풍자하고 자신의 독특한 역사관을 피력하는 데 능했다. 『중국역대명인화상보(中國歷代名人畵像譜)』(海峽文藝出版社, 2003)

적벽 赤壁

모래 속에 파묻힌 부러진 창은 아직 삭지 않아	折戟沈沙鐵未銷[1]
닦고 씻어내니 옛것임을 알겠네	自將磨洗認前朝
동풍이 주유를 돕지 않았던들	東風不與周郎便[2]
늦은 봄 동작대에 이교는 갇혔으리라	銅雀春深鎖二喬[3]

■ 해설

이 시는 무종武宗 회창會昌 2년(842) 두목이 황주자사였을 당시 적벽을 노닐며 느낀 바를 적은 영사시로 한 나라의 흥망성쇠를 강개하게 읊고 있다.

적벽赤壁은 지금의 호북성湖北省 무창현武昌縣 서쪽에 있다. 한漢 헌제獻帝 건안建安 13년(208), 조조曹操가 형주荊州를 점령한 후에 동쪽으로 오吳를 치려고 했을 때 오의 장수인 주유周瑜는 촉과 연합하여 이곳에서 조조의 군사를 대파하고 삼국정립의 국면을 열었다.

1 銷(소) : 삭다.
2 東風(동풍) : 당시 周瑜는 黃蓋의 계책을 받아들여 火攻을 계획하고 있었는데, 마침 동남풍이 불어와서 曹操의 戰船을 궤멸시킬 수 있었다.
  周郎(주랑) : 周瑜. 자는 公瑾으로 赤壁大戰 당시 그는 겨우 24세로 吳나라 사람들은 그를 '周郎'이라 불렀다. 孫策과 같은 나이로 어렸을 때부터 그와는 둘도 없는 친구였다. 또 손책이 부친 孫堅을 잃은 뒤부터는 張昭와 함께 손책을 보좌하여 오나라의 기초를 공고히 했다. 200년에 손책이 죽고 19세의 孫權이 뒤를 이었을 때, 그는 장소, 程普 등 문무관과 함께 손권을 보좌했다. 208년에 조조가 형주를 공략하고 오를 치려고 하자 강화를 주장하는 사람이 압도적으로 많았지만 魯肅과 함께 단호히 싸울 것을 주장하여 赤壁大戰에서 대승을 거두었다.
3 銅雀(동작) : 銅雀臺. 建安 15년(210) 曹操가 鄴 일대에서 銅으로 만든 공작을 발견한 것을 기념하여 지은 누대이다.
  鎖(쇄) : 자물쇠로 잠그다.
  二喬(이교) : 吳나라 橋公의 두 딸인 大喬와 小喬. 대교는 孫策의 아내가 되었고 소교는 周瑜의 아내가 되었다.

조조 『중국역대명인화상보(中國歷代名人畵像譜)』(海峽文藝出版社, 2003)

손권 『중국역대명인화상보(中國歷代名人畵像譜)』(海峽文藝出版社, 2003)

유비 『중국역대명인화상보(中國歷代名人畵像譜)』(海峽文藝出版社, 2003)

청대 비단욱(費丹旭: 1802~1850)이 그린 〈적벽〉 시의도 속의 이교

明대 화가가 그린 〈적벽〉 시의도 속의 대교와 소교

진회에 배를 대고 泊秦淮[4]

안개는 차가운 물 감싸고 달은 모래밭 어루만지는데	煙籠寒水月籠沙[5]
밤에 진회에 배를 대니 술집이 가깝네	夜泊秦淮近酒家
기녀들은 망국의 한을 알지 못하는 듯	商女不知亡國恨
강 건너편에서 아직도 후정화를 부르네	隔江猶唱後庭花[6]

■ 해설

이 시는 남조南朝 통치자들의 멸망을 통해 당시 황제가 국가의 존망에는 관심 없이 개인의 향락만을 일삼는 것을 풍자하고 있다. 청대 심덕잠沈德潛은 이 작품을 7 언절구 중 절창으로 평가한 바 있는데, 경물과 역사적 사건을 절묘하게 배합하고 있다.[7]

양주의 친구에게 寄揚州韓綽判官

가물가물 보이는 푸른 산과 멀리 흘러가는 맑은 강	青山隱隱水迢迢[8]
가을 다 갔건만 강남 땅 풀은 아직 시들지 않았으리	秋盡江南草未凋
이십사교는 휘영청 달 밝아 너무도 좋은데	二十四橋明月夜
그대는 어디서 피리를 불게 하는가?	玉人何處教吹簫

■ 해설

이 시는 작자가 양주揚州를 떠난 후, 양주에 남아있는 친구에 대한 무한한 상념을 드러내고 있다.

---

4 秦淮(진회) : 秦淮河. 金陵(지금의 南京)을 가로질러 장강으로 흘러 들어간다.
5 籠(롱) : 감싸다.
6 後庭花(후정화) : 南朝 晉의 말대 황제인 後主 陳叔寶의 작품으로 궁정의 음란한 생활을 그린 작품이다. 진후주는 날마다 寵臣, 妃嬪들과 음주와 가무로 날을 지새다가 隋에 의해 멸망당하였다.
7 李瑛, 『詩法易簡錄』 : 通首音節神韻, 無不入妙. 宜沈歸愚嘆爲絕唱.
8 隱隱(은은) : 가물가물한 모양
  迢迢(초초) : 먼 모양

젊은 시절 遣懷

실의하여 강호를 떠돌며 술 마실 때   落魄江湖載酒行
이곳 여자들 허리 가늘어 손 위에서 춤출 수 있었네   楚腰纖細掌中輕
십 년 만에 양주 환락가에서 꿈꾸다 깨어나니   十年一覺揚州夢
기생집의 경박한 명성만 얻었을 뿐이네   贏得青樓薄幸名

■ 해설

자신의 방탕한 생활과 절도 없는 생활에 대한 반성을 담고 있는 시이다.

청명절 清明

청명절에 비 어지러이 내려   清明時節雨紛紛
길손의 마음을 흔들어 놓네   路上行人欲斷魂
주막이 어디인가 물으니   借問酒家何處有
목동은 멀리 살구꽃 핀 마을을 가리키네   牧童遙指杏花村

■ 해설

작자가 지주자사池州刺史일 때 지은 시로, 길손과 목동의 질문과 대답이 그윽한 정
취를 느끼게 하는 명시이다.

강남의 봄 江南春

꾀꼬리 우는 천 리 길 푸른 풀과 붉은 꽃 흐드러지고   千里鶯啼綠映紅
강촌에도 산촌에도 나부끼는 주점 깃발   水村山郭酒旗風
남조의 사백 여든 개 사찰   南朝四百八十寺
많고 많은 누대가 안개비 속에 잠겨 있네   多少樓臺煙雨中

봄이 도래한 강남의 풍광을 찬미함과 동시에 남조의 멸망이 주는 교훈으로 군신
들을 경계하고자 하는 의도가 숨어 있다.

산행 山行

멀리 늦가을 산을 오르는 돌길은 비스듬한데	遠上寒山石徑斜
흰 구름 피어오르는 깊은 산에 인가가 있네	白雲生處有人家
수레를 멈추고 저녁 단풍을 즐기니	停車坐愛楓林晚[9]
서리 맞은 이파리는 2월의 꽃보다도 붉네	霜葉紅於二月花

■ 해설

이 시는 산행 중에 본 경치를 묘사하고 있는데, 가을 산의 소슬함만을 읊은 일반
시인들과는 달리 단풍을 매우 긍정적이고도 적극적인 자세로 묘사하고 있는 것
이 매우 신선하게 다가온다. 호남성湖南省 장사長沙 악록산岳麓山의 정자 '애만정愛
晚亭'은 이 시의 뜻을 차용하여 명명한 것으로 유명하고, 제4구는 고래의 명구로
이름 높다.[10]

---

9 坐(좌) : …때문에
10 黃叔燦, 『唐詩箋注』: 霜葉紅於二月花, 眞名句. 詩寫山行, 景色幽邃, 而致也豪蕩.

명대 화가 주신(周臣: 생졸년 미상)이 그린 〈산행〉 시의도 늦가을 붉은 단풍을
매우 긍정적이고도 적극적인 자세로 묘사한 시인의 의도를 잘 파악한 그림이다.

명대 화가 육치(陸治: 1496~1576)가 그린 〈산행〉 시의도

55.

이상은 — 李商隱

■ **이상은**(812~858)

자는 의산義山이고, 호는 옥계생玉谿生이다. 지금의 하남성 형양滎陽 출신이다. 대화大和 3년(829) 천평절도사天平節度使 영호초令狐楚의 초빙으로 막부의 순관巡官이 되었는데, 영호초는 그의 재능을 아껴 문하에서 자신의 아들인 영호도令狐綯와 함께 공부하도록 하고 친히 변문을 가르치기도 했다. 개성開成 2년(837) 영호도의 추천으로 진사에 급제하여 이듬해 경원절도사涇原節度使 왕무원王茂元의 막부에 들어가자 왕무원이 재능을 알아보고 그를 사위로 삼았다. 당시는 우당牛黨과 이당李黨의 당쟁이 극렬했던 시기였는데, 이상은은 처음에 우당인 영호초의 막료가 되었다가 후에 반대당인 이당 왕무원의 서기가 되어 그의 딸을 아내로 맞았기 때문에 우이당쟁牛李黨爭의 회오리에 휩쓸리는 결과가 되었다. 이 때문에 그는 평생 자신의 뜻을 펴보지도 못하고 장기간 외직으로만 돌아야 했다. 그의 유미주의적 시 경향은 이 소외감에서 비롯된 바가 크다 하겠다.

그는 근체시에 주의를 기울여 7언율시에서 뛰어난 성과를 거두었다. 그의 시는 구상이 새롭고도 기이했으며, 상상이 풍부하고 시어가 우아했다. 그리고 비흥 수법과 상징 수법을 잘 운용했으며, 또한 전고를 자주 인용하고 함축적인 자구를 구사하여 당대 수사주의 문학의 극치를 보여주었다. 특히 사랑을 주제로 한 〈무제無題〉시에서 그의 창작력은 유감없이 발휘되었는데, 함축적인 시어에 정감은 참신하고 독특하지만, 시의가 감추어져 있어 역대로 여러 가지 설이 분분하다.

이상은 시비 그의 고향인 하남성(河南省) 형양(滎陽)의 이상은공원 내에 있는 시비다. 〈낙유원(樂游原)〉시가 조각되어 있다.

李文饒像

이덕유(787~849) 당의 대신으로 우이당쟁 중 이파의 영수였다. 공경 자제를 대신으로 임명하여 번진의 세력을 약화시킬 것을 주장하였다. 明『삼재도회(三才圖繪)』刻本

매미 蟬

그대는 본성이 고상하여 배부르기 어렵고	本以高難飽
부질없이 한스러워 노래 부르네	徒勞恨費聲
오경 되니 그 소리 잦아들어 끊어질 듯한데	五更疏欲斷
나무는 무정하게 푸르기만 하네	一樹碧無情
이 몸 말단 관리로 물에 뜬 나무 인형처럼 떠도니	薄宦梗猶泛[1]
고향의 전원은 이미 황폐해졌도다	故園蕪已平
나를 항상 일깨우는 고마운 그대여	煩君最相警
나 또한 그대처럼 온 집안이 청빈하네	我亦擧家清

■ 해설

작자는 대중大中 5년(851)부터 동천절도사東川節度使 유중영柳仲郢의 막료가 되어 재주(梓州 : 지금의 四川省 三臺縣)에서 4년여를 기거했는데, 이 시는 그때 지은 것이다. 매미에 자신을 비유하여 고결한 품격을 잃지 않으려는 작자의 의지가 시에서 묻어나고 있다.

그리움은 설움 되어 凉思

손님 떠나가고 파도는 난간 높이까지 치는데	客去波平檻
매미는 울지 않고 이슬은 가지에 가득하다	蟬休露滿枝
이 절기를 당하여 길이 그대 그리나니	永懷當此節
난간에 기대서니 시간은 절로 간다	倚立自移時
북두성은 이미 가버린 봄처럼 아득하고	北斗兼春遠
남릉 땅엔 편지 심부름꾼도 더디네	南陵寓使遲
하늘 끝에서 꿈 점치기를 여러 번	天涯占夢數
새 친구가 생긴 것은 아닐까	疑誤有新知

1 薄宦(박환) : 말단 관리

남국에서 오랫동안 고향으로 돌아가지 못하여 사랑하는 사람을 만나지 못하는
작자의 초조감과 불안감을 느낄 수 있다.

어찌 사랑하고 미워하리 北青蘿[2]

지는 해는 서쪽 산으로 들어가는데	殘陽西入崦[3]
초막으로 외로운 스님 찾았네	茅屋訪孤僧
낙엽만 어지러이 날리는데 스님은 어디 가고	落葉人何在
길 위로 차가운 구름은 몇 겹인가	寒雲路幾層
스님 홀로 황혼녘에 경쇠 치는데	獨敲初夜磬[4]
나는 한가히 지팡이에 의지해 서 있노라	閑倚一枝藤[5]
이 세상 한낱 티끌에 지나지 않거늘	世界微塵裏
내 어찌 사랑하고 미워하리?	吾寧愛與憎

외로운 스님을 방문하며 보고 느낀 것을 묘사한 시로, 삶에 대한 초연한 관조가
돋보인다.

아름다운 비파 錦瑟

아름다운 비파는 공교롭게 오십 줄로	錦瑟無端五十弦
줄과 기러기발 하나하나가 지난날 생각나게 하네	一弦一柱思華年[6]

---

2 北青蘿(북청라) : 시 속의 고승이 기거하는 곳인 듯하다.
3 崦(엄) : 해가 지는 곳
4 初夜(초야) : 황혼
5 藤(등) : 등나무 지팡이
6 柱(주) : 雁足. 단단한 나무로 기러기 발 모양으로 만들어 줄을 괴는 데 사용한다.

장자는 새벽 꿈속에서 나비 되어 헤매고	莊生曉夢迷蝴蝶[7]
망제는 봄 마음을 두견새에 의탁하여 피를 토하였네	望帝春心托杜鵑[8]
창해의 밝은 달 아래에서 인어는 옥 눈물 흘리고	滄海月明珠有淚
남전에 날 따뜻해지자 옥은 연기되어 흩어지네	藍田日暖玉生煙
이러한 감정은 추억으로 머물 뿐	此情可待成追憶
다만 그때 그날들은 이미 아득하여라	只是當時已惘然

■ 해설

이 시는 회고시로, 작자가 만년에 자신이 걸어왔던 길과 지내온 생활 등을 창망하게 되돌아보며 지은 시이다. 이 〈금슬〉시는 금슬에 대해서 읊은 시가 아니다. 다만 시의 첫 구절의 두 글자를 시의 제목으로 삼은 것일 뿐 실제로는 무제시라 할 수 있다.

華年(화년) : 한창때, 좋은 시절
7 이 구절은 지난 일들이 모두 꿈과 같았음을 말하고자 한 것이다.
8 이 구절은 지난 과거가 슬픔이었음을 말하고자 한 것이다.

원의 유관도(劉貫道: 1258?~1336)가 그린 〈나비의 꿈(夢蝶圖)〉　장자가 새벽 꿈속에서 나비가 되어 헤매는 형상을 묘사하였다. 30×65cm, 미국 개인 소장

꽃은 떨어지건만 落花

높은 누각에 객은 끝내 떠나고	高閣客竟去
작은 동산에 꽃만 어지러이 날리네	小園花亂飛
들쑥날쑥하게 날려서 굽이진 길까지 이어지고	參差連曲陌⁹
아득히 저녁 석양 깔릴 때까지 흩어지네	迢遞送斜暉¹⁰
애끊는 듯하여 차마 쓸어내지 못하고	腸斷未忍掃
뚫어지게 바라보아도 나뭇가지는 앙상해지네	眼穿仍欲稀
봄을 향한 꽃다운 마음 사그라지고	芳心向春盡
얻은 것은 눈물 젖은 옷뿐이네	所得是霑衣

■ 해설

이 시는 어머니 상을 치르고 난 후의 서글픔과 인생무상에 대한 감개를 꽃이 지는 것에 비유하여 표현한 것이다.

사랑 無題

그대와 만나기도 어려웠지만 이별은 더욱 어려운데	相見時難別亦難
봄바람도 힘이 없어 온갖 꽃 다 시드네	東風無力百花殘
봄 누에는 죽어서야 실 뽑기를 그치고	春蠶到死絲方盡
촛불은 재가 되어서야 눈물이 마르네	蠟炬成灰淚始乾
새벽 거울에 구름 같던 머리 희어짐을 설워하고	曉鏡但愁雲鬢改
밤잠 들지 못하고 시 읊조리매 달빛 차가움을 느끼리라	夜吟應覺月光寒
그녀 있는 봉래산이 이곳에서 멀지 않으니	蓬山此去無多路
파랑새야 살며시 나를 위해 알아봐 주려무나	青鳥殷勤爲探看

9 參差(참치) : 가지런하지 않은 모양
10 迢遞(초체) : 아득한 모양

영원히 사랑하리라는 다짐을 누에가 죽을 때까지 실을 뽑는 것과 촛불이 재가 될 때까지 타는 것으로 표현하고 있는데, 피를 토해내는 듯한 외침이다. 이상은에게 〈무제〉라는 제목의 시가 20수 가까이 있는데, 그중 가장 대표적인 시라 할 수 있다.

아쉬움 無題

어젯밤 별 빛나고 바람 불 제	昨夜星辰昨夜風
단청 누각 서쪽의 계당 동쪽에서 그대 만났네	畫樓西畔桂堂東[11]
짝지어 날 채색 봉황 날개 없을지라도	身無彩鳳雙飛翼
우리의 마음은 무소의 뿔처럼 하나로 통했네	心有靈犀一點通
마주 앉아 장구 놀이할 때 봄 술 따뜻했고	隔座送鉤春酒暖[12]
편 갈라 사복놀이 할 때 촛불은 붉었었지	分曹射覆蠟燈紅
아, 새벽 알리는 북소리에 조회에 나가야 하니	嗟余聽鼓應官去
바람에 날리는 쑥대처럼 말 달려 난대로 향하노라	走馬蘭臺類轉蓬[13]

■ 해설

이 시는 사랑하는 사람과 늘 함께 할 수 없는 상황을 탄식하고 있다.

---

11 桂堂(계당) : 香木으로 지은 집
12 送鉤(송구) : 술자리에서 하는 놀이
13 蘭臺(난대) : 御史臺

그대 떠나가신 뒤 無題二首

1

그대 온다던 말 빈말인지 떠난 후로는 발길 끊고	來是空言去絶蹤
달 기우는 누대 위에는 벌써 오경을 알리는 종소리	月斜樓上五更鐘
꿈속에서 이별할 때 그대 소리쳐 불러도 소용없고	夢爲遠別啼難喚
급하게 편지 쓰려 하니 먹조차 짙게 갈아지지 않네	書被催成墨未濃
촛불은 비취 수놓은 이불 위 반을 비추고	蠟照半籠金翡翠
사향 향기는 연꽃 수놓은 휘장에 은은하네	麝熏微度繡芙蓉
한무제는 이미 봉래산이 멀다고 탄식했었는데	劉郎已恨蓬山遠[14]
그대와는 봉래산보다 만 겹이나 멀리 떨어져 있도다	更隔蓬山一萬重

■ 해설

사랑하는 사람과 헤어진 후 다시 만날 수 없는 불가항력적인 상황을 한탄하고 있다.

2

산들산들 봄바람 불어오자 이슬비 내리는데	颯颯東風細雨來[15]
연꽃 핀 연못 밖에서 들려오는 우렛소리	芙蓉塘外有輕雷[16]
금 두꺼비 향로 열고 향 넣어 불 피우고	金蟾齧鏁燒香入
옥호 장식 도르래 줄 당겨 물 길어 돌아오네	玉虎牽絲汲井回
가씨 집 딸 주렴 사이로 젊은 아전 한수를 훔쳐보고	賈氏窺簾韓掾少[17]

---

14 劉郎(유랑) : 漢 武帝 劉徹
    蓬山(봉산) : 봉래산
    이 구절은 한 무제가 봉래산의 西王母와 왕래하던 일을 말한다.
15 颯颯(삽삽) : 바람 소리
16 芙蓉塘(부용당) : 연꽃 핀 연못으로 남녀의 밀회 장소
17 賈充의 딸 賈午가 몰래 아전인 韓壽를 사랑하여 그와 부부의 연을 맺은 일

복비는 조식의 재주에 마음 빼앗겨 베개를 남겼네　　　宓妃留枕魏王才[18]
사랑하는 마음이여 꽃과 다투어 피어나지 마라　　　　春心莫共花爭發
한 마디 뜨거운 사랑도 한 마디 차가운 재가 되리니　一寸想思一寸灰

■ 해설

이 시는 규방 아낙네의 애정에 대한 추구와 자신의 감정이 이미 깊어 주체할 수
없음을 토로하고 있다.

18 宓妃(복비) : 전설에 伏羲氏의 딸로 洛水에 빠져 洛神이 되었다고 한다.
　　曹植은 꿈속에서 자신이 사랑했던 甄부인이 자신에게 베개를 선물한 일을 잊지 못해 〈洛神賦〉를
　　지었다.

낙신부도(洛神賦圖) 동진의 화가 고개지(顧愷之: 348~409)는 조식(曹植)의 〈낙신부〉를 그림으로 옮겼는데, 중국 역대 10대 명화 중 하나로 꼽히고 있다. 27.1×572.8cm, 베이징 고궁박물원 소장

낙유원 樂游原

저녁 무렵 마음 편치 않아	向晚意不適[19]
수레 몰아 고원에 오르노라	驅車登古原
석양은 한없이 아름다운데	夕陽無限好
아쉽게도 벌써 황혼녘이	只是近黃昏

■ 해설

정치적으로 여의치 않은 자신의 상황 인식이 결코 부정적이거나 소극적이지 않다.

비 내리는 밤 夜雨寄北

그대는 돌아올 날 묻지만 나는 돌아갈 기약 없는데	君問歸期未有期
파산에는 밤비 내려 가을 연못이 넘치네	巴山夜雨漲秋池[20]
언제에나 서쪽 창문에 나란히 앉아 촛불 심지 자르며	何當共剪西窗燭
파산에 밤비 내리던 때를 얘기할 수 있을까?	却話巴山夜雨時

■ 해설

작자가 대중大中 5년(851) 재주梓州의 동천절도사東川節度使 유중영柳仲郢의 막부에서 막료 생활을 할 때 북쪽에 있는 가족에게 보낸 시이다. 시어가 작자의 다른 시에 비해 평이하고 꾸밈이 없으며, 표현이 매우 진지하여 읽는 이를 감동하게 하는 힘이 커서 이상은의 시 중 최고라는 평가를 받고 있기도 하다.

19 向晚(향만) : 저녁
20 巴山(파산) : 지금의 四川省 南江縣 북쪽의 산
　漲(창) : 물이 불다.

이상은 一 李商隱

외로움 爲有

운모 병풍 두른 방의 아름다운 아낙네　　　　　爲有雲屛無限嬌
봉성에 추위 가고 봄 되니 밤 오는 것 두려워라　　鳳城寒盡怕春宵²¹
부질없이 금구 띤 낭군에게 시집왔는가　　　　無端嫁得金龜婿²²
낭군은 비단 이불 외면하고 새벽 조회에 가네　　辜負香衾事早朝²³

■ 해설

젊은 아낙네의 외로움을 읊은 시이다.

수나라 양제 隋宮

양제 흥이 나서 강남 순유할 때 계엄도 내리지 않고　　乘興南游不戒嚴²⁴
구중궁궐에서는 아무도 상소문에 귀 기울이지 않네　　九重誰省諫書函²⁵
봄바람 불 제 온 나라는 황제가 쓸 비단 짜지만　　春風擧國裁宮錦²⁶
반은 말다래로 반은 돛을 만드는 데 사용되네　　半作障泥半作帆²⁷

■ 해설

충신들의 간언을 듣지 않고 백성을 포학하게 대한 수나라 양제의 우둔함과 흉포
함을 폭로한 이상은의 대표적인 영사시다.

21　鳳城(봉성) : 唐代 大明宮의 정문. 여기에서는 長安을 가리킨다.
　　宵(소) : 밤
22　金龜(금구) : 당대 관리들의 품급을 표시하는 장식으로 3품 이상은 금, 4품은 은, 5품은 동으로 장
　　식하였다.
23　辜負(고부) : 저버리다.
24　南游(남유) : 隋 煬帝가 남방 지역인 揚州를 순유한 일
25　諫書函(간서함) : 大業 12년(616) 隋 煬帝가 남방 지역을 순유하려 할 때 奉信郎이던 崔民象이 이를
　　막으려고 올린 上書
26　宮錦(궁금) : 황제만 사용할 수 있는 고급 비단
27　障泥(장니) : 말다래. 말을 탄 사람의 옷에 흙이 튀지 않도록 말의 안장 양쪽에 늘어뜨려 놓은 물건

수 양제 수 양제에 대한 평가는 방탕한 생활을 하고 무리한 토목 공사를 벌이는 등 무절제한 행동을 한 끝에 건국한 지 불과 40여 년 만에 왕조를 멸망시킨 황제라는 평가가 일반적이다. 그러나 대운하를 건설한 공로로 그를 중국 역사상 창의력과 상상력이 가장 풍부했으며 실험정신이 강했던 황제였다고 평가하기도 한다. 염립본(閻立本: 601?~673)이 그린 〈역대제왕도〉 중 수 양제 부분.

요지 瑤池

서왕모가 사는 요지의 비단 창문 활짝 열리고	瑤池阿母綺窗開[28]
황죽가만 울려 퍼져 백성들을 서글프게 하네	黃竹歌聲動地哀[29]
팔준마는 하루 삼만 리를 갈 수 있다 하는데	八駿日行三萬里[30]
주목왕은 어찌하여 다시 오지 않는가?	穆王何事不重來

■ 해설

중국의 역대 제왕들 가운데 많은 수가 신선술과 장생술에 미혹되었는데, 당대唐代의 헌종憲宗과 목종穆宗은 방사에게 우롱을 당했었고, 무종武宗은 금석金石을 복용하다 병이 나서 죽었다. 이 시는 주목왕의 전설을 빌어 봉건 통치자들이 백성들의 생사에는 관심이 없이 신선과 장생술에 탐닉하고 여색에 빠지는 황음무도함을 풍자하고 있다.

항아 嫦娥

운모 병풍에 촛불 그림자 깊어가고	雲母屏風燭影深
은하는 점점 기울고 샛별도 희미하네	長河漸落曉星沈
항아는 영약 훔친 것을 후회하여	嫦娥應悔偸靈藥[31]
푸른 바다와 파란 하늘 바라보며 밤마다 애태우리라	碧海青天夜夜心

■ 해설

이 시는 당시 지위 고하를 막론하고 모든 사람이 신선술에 빠져 있는 현상을 풍자하고 있다.

28 瑤池(요지) : 神話 속의 西王母가 살던 곳
　阿母(아모) : 〈漢武帝內傳〉에서 西王母를 玄都阿母라 칭했다.
29 黃竹歌(황죽가) : 周穆王이 사냥을 하던 중 길가에서 추위에 떨고 있는 노인을 보고 지은 시
30 八駿(팔준) : 穆天子가 타고 다니던 여덟 필의 준마
31 嫦娥는 남편 后羿와 함께 신에서 인간으로 격하되어 인간 세상으로 귀양 온다. 어느 날 후예는 崑崙山 서쪽에 사는 西王母라는 여신이 불사약을 지니고 있다는 말을 듣고 그녀에게 약을 얻어와 아내에게 맡겼다. 약을 맡은 아내 항아는 후예가 없는 사이에 몰래 그 약을 혼자서 삼켜 버렸는데, 이상하게도 그녀의 몸이 아주 가볍게 둥둥 공중에 뜨고 차츰 하늘로 올라가기 시작했다. 그러나 천계에서 추방당한 신세로 다시 천계로 돌아갈 수 없다고 생각한 항아는 우선 月宮에 들어가 잠시 몸을 숨기고자 했다. 그러나 월궁에 도착하자마자 그녀의 몸이 이상스럽게도 두꺼비로 변하고 말았다.

명대 화가 당인(唐寅: 1470~1523)이 그린 〈계수나무 가지를 손에 든 항아
(嫦娥執桂圖)〉의 일부   135.3×58.4cm, 미국 Metropolitan Museum of Art 소
장

청대 화가 고기패(高其佩: 1672~1734)가 그린 〈달나라의 항아(月宮嫦娥)〉
97×52cm, 개인 소장

56.

온정균 ─ 溫庭筠

■ **온정균**(812~870)

자는 비경飛卿이고 본명은 기岐이다. 병주(幷州 : 지금의 산서성 太原) 출신이다. 외모가 추해 전설 속 신의 이름을 본따 온종규溫鍾馗라 불리기도 했고, 문학적 재능이 뛰어나 과거시험장에서 8번 손가락을 깍지 끼면 팔운시八韻詩가 완성되었다 하여 온팔차溫八叉라 불리기도 했다. 그는 성격이 호탕하고 권문세가들을 풍자하기를 좋아하여 관리들은 그를 싫어했다. 벼슬은 현위縣尉, 국자조교國子助敎 등 말직에 그쳤다.

그의 시는 당시의 이상은과 함께 '온이溫李'라고 병칭되었지만, 시의 성취도는 이상은의 시에 크게 못 미쳤다. 개인의 신세를 한탄하고 있는 것이 대부분이며 정치적인 내용을 반영한 시는 극히 적다. 수식을 중시하여 시어가 화려하고 풍격은 농염하다. 현재 330여 수가 전한다.

초가을 산 早秋山居

산기슭이라 추위가 일찍 느껴지고	山近覺寒早
초가집에는 산 기운 맑네	草堂山氣晴
나뭇잎 떨어지니 창에 햇살이 들고	樹彫窓有日
연못에 물 가득하니 물소리도 나지 않네	池滿水無聲
나무 열매 떨어지니 지나가는 원숭이가 보이고	果落見猿過
잎사귀 마르니 사슴 걸음 소리 들리네	葉乾聞鹿行
거문고 소리에 근심 가라앉고	素琴機慮靜
부질없이 이 밤 맑은 샘물 소리를 벗하네	空伴夜泉淸

■ 해설

초가을 산의 풍경과 그것을 대하는 작자의 정회를 읊고 있다.

잠 못 이루는 밤 瑤瑟怨

시원한 대자리와 은 침대에서도 잠 이룰 수 없는데	冰簟銀床夢不成[1]
물같이 푸른 밤하늘에 떠도는 가벼운 구름	碧天如水夜雲輕
기러기 소리 멀리 소상강을 지나는데	雁聲遠過瀟湘去[2]
12층 높은 누각에는 달만 절로 밝네	十二樓中月自明[3]

■ 해설

헤어진 사람을 그리워하는 마음을 표현한 시로, 묘사가 매우 함축적이며 형상이 눈에 보일 듯 뚜렷하다.

---

1 冰簟(빙점) : 시원한 대자리
2 瀟湘(소상) : 瀟水와 湘江
3 十二樓(십이루) : 신화와 전설에 따르면, 崑崙山 5城 12樓에 신선들이 살고 있다고 한다.

수양버들 楊柳

비단 짜는 베틀 옆에서 앵무새 울어대니	織錦機邊鶯語頻
비단 짜다 눈물 흘리며 전쟁 나간 낭군 생각하네	停梭垂淚憶征人[4]
변방은 삼월인데도 춥고 스산하여	塞門三月猶蕭索[5]
수양버들조차도 봄을 느끼지 못하리라	縱有垂楊未覺春

■ **해설**

아내가 변방에 종군한 남편을 그리워하는 시로, 만물이 생동하는 봄과 대비가 되어 아내의 고통이 더욱 마음을 도려낸다.

---

4 停梭(정사) : 비단 짜는 일을 잠시 멈추다.
5 蕭索(소삭) : 춥고 스산하다.

57.

나은 羅隱

■ 나은(833~910)

본명은 횡橫, 字는 소간昭諫으로 신성(新城 : 지금의 절강성 富陽市[1] 新登鎭) 사람이다. 어려서부터 영민하여 문장에 뛰어났다. 권문세가들을 풍자하기 좋아하여 여러 차례 과거에서 낙방하였다. 이 때문에 이름을 횡橫에서 은隱으로 바꾸었다. 광계光啓 3년(887) 항주자사杭州刺史이던 전류錢鏐에게 인정을 받아 전당錢塘의 현령으로 임명된 후, 비서성 저작랑秘書省 著作郞을 역임하였다. 경복景福 2년(893) 전류가 진해절도사鎭海節度使가 되었을 때 장서기掌書記로 임명받았고, 천우天祐 3년(906)에는 절도판관節度判官에, 후량後梁 개평開平 2년(908)에는 급사중給事中이 되었다. 이듬해 염철발운부사鹽鐵發運副使를 끝으로 절강성 소산蕭山으로 은퇴했다가 77세의 나이로 세상을 떴다.

그의 시는 사회 동란이 극심했던 시기에 벼슬길에서 여의치 못했던 관계로 주로 회재불우의 감정을 묘사한 것이 많지만, 간혹 세상을 풍자한 시도 보인다.

---

1 부양(富陽) : 기원전 221년 秦은 이곳에 富春縣을 설치하였는데, 경내에 부춘강이 흐르기 때문이었다. 東晉에 이르러 황제 태후의 이름을 휘하기 위해 이름을 부양현으로 바꾸어 오늘에 이르렀다. 부양은 예로부터 인걸이 많이 배출된 지역으로 이름이 높은데, 三國시대의 孫權을 비롯하여 당대의 羅隱, 원대의 黃公望, 현대의 郁達夫가 대표적인 인물들이다.

〈**부춘산거도(富春山居圖)**〉 **일부**　나은의 고향인 부양의 가을 경치를 그린 원대 황공망(黃公望: 1269~1354)의 그림 중 일부이다. 33×639.9cm, 타이베이 고궁박물원 소장

눈 雪

모두 눈이 풍년을 알리는 길조라고 말하지만	盡道豊年瑞[2]
설사 풍년이 든다 해도 사정은 어떠한가?	豊年事若何
장안의 가난한 사람들에게는	長安有貧者
서설이라 하지만 많이 내리는 것 좋지 않네	爲瑞不宜多

■ 해설

백성들의 궁핍한 현실을 고발한 시로, 눈이 내리는 정경을 직접적으로 묘사하지 않으면서도 독자로 하여금 흰 눈이 날리는 정경을 상상하게 한다.

2 道(도) : 말하다.
　瑞(서) : 길조

58.

피일휴 — 皮日休

■ **피일휴**(834?~883?)

자는 일소逸少로, 후에 습미襲美로 바꿨다. 양양襄陽의 경릉(竟陵 : 지금의 호북성 天門) 사람이다. 출신이 빈한하여 양양의 녹문산鹿門山에 은거하여 자칭 '녹문자鹿門子'라 칭했으며, 시와 술을 벗 삼아 스스로 호를 취음선생醉吟先生이라 했다. 함통咸通 7년(866) 장안으로 가서 과거를 보았으나 낙방하자, 수주(壽州 : 지금의 안휘성 壽縣)에 은거하여 자신의 시문을 정리하여 『피자문수皮子文藪』를 편찬하였다. 이듬해 진사시험에 합격하여 소주자사蘇州刺史 최박崔璞의 초빙으로 군사판관軍事判官이 되었는데, 이 무렵 육구몽陸龜蒙과 교우 관계를 맺고 창화한 시를 많이 남겼다. 광명光明 원년(880) 황소黃巢가 자신을 황제라 칭하자 여기에 가담하여 한림학사翰林學士가 되었고, 중화中和 3년(883) 황소군이 장안에서 패퇴할 즈음에 세상을 떠난 것으로 알려진다.

그는 백거이의 신악부 운동을 계승하여 백성들의 비참한 생활을 진실하게 묘사할 것을 주장하고, 〈정악부正樂府〉 10편을 창작하였다.

대운하 회고 汴河懷古[1]

1

버드나무 우거진 양 언덕 사이로 만 척의 용주　　　　萬艘龍舸綠絲間[2]
양주까지 갔다가 끝내 돌아오지 못하였네　　　　　　載到揚州盡不還[3]
운하를 개통하게 한 것은 하늘이 뜻한 바가 있어서일까　應是天教開汴水
천 여리가 평원이라 운하 만들기 쉬웠기 때문이라네　　一千餘里地無山

2

모든 사람들 수나라는 이 운하 때문에 망했다고 말하나　盡道隋亡爲此河[4]
지금은 천 리가 운하로 통하네　　　　　　　　　　至今千里賴通波
수나라 양제에게 호화로운 배의 일만 없었던들　　　若無水殿龍舟事[5]
우임금과 공적을 논해도 뒤지지 않을 것을　　　　共禹論功不較多[6]

■ **해설**

수나라 양제의 대운하 건설의 공과를 새로운 시각으로 평가하고 있다.

---

1 汴河(변하) : 장강과 황하를 연결하는 운하
2 萬艘(만소) : 만 척
　舸(가) : 거대한 배
3 載到揚州盡不還(재도양주진불환) : 大業 14년(618) 隋煬帝가 揚州에서 피살되어 돌아오지 못한 일
　을 말하는 것이다. 그는 양주에서 그의 부하 宇文化及에게 피살된 후 그곳에 묻혔다.
4 道(도) : 말하다.
5 水殿龍舟(수전용주) : 수나라 양제가 揚州를 순유할 때 龍舟를 만들게 했는데, 4층 높이의 배 안에
　는 正殿, 內殿, 水殿 등을 갖추고 있었다.
6 不較多(불교다) : 차이가 없다.

59.

육구몽 — 陸龜蒙

■ **육구몽(?~881?)**

자는 노망魯望이고 호는 강호산인江湖散人, 천수자天隨子, 보리선생甫里先生이라 했다. 소주蘇州의 명문 출신으로 어렸을 때 이미 육경六經에 능통하였으며, 특히『춘추春秋』에 조예가 깊었다. 함통咸通 연간에 진사시험에 낙방한 후 다시 응시하지 않고 고향인 송강(松江 : 현재의 강소성 소주시 吳江市)의 보리甫里에 은거하여 농경 생활에 힘쓰는 한편 시를 즐기며 유유자적한 생활을 하였다. 평소 이울李蔚과 노휴盧携와 교유하였는데, 이들이 육구몽을 조정에 추천하여 조정에서는 좌습유左拾遺 관직을 내리고 그를 불렀으나 그가 이미 죽은 후였다.

그는 문학사상에서는 백거이白居易의 현실주의 문학사상에 대한 충실한 계승자였으며, 근체시는 온정균溫庭筠과 이상은李商隱의 영향을 많이 받아 염려艶麗했고, 고체시는 한유韓愈의 영향을 많이 받아 기이奇異하였다.

오궁 회고 吳宮懷古[1]

향경과 장주에는 온통 가시덤불	香徑長洲盡棘叢[2]
사치와 호색의 오왕은 간데없고 슬픈 바람뿐	奢雲艷雨只悲風
나라를 망친 것은 모두 오왕 때문이지	吳王事事堪亡國
서시가 다른 비보다 예뻐서가 아니라네	未必西施勝六宮[3]

■ 해설

이 시는 일반적인 인식과는 달리 오나라의 멸망이 서시 때문이 아니라 오나라 왕
개인의 사치와 호색 때문이라고 주장하고 있다.

---

1 吳宮(오궁) : 춘추 시대 오나라 왕 夫差가 서시를 위해 만들어 준 궁전
2 長洲(장주) : 長洲苑. 오나라 왕 부차의 사냥터
3 六宮(육궁) : 황후와 비가 거주하던 곳

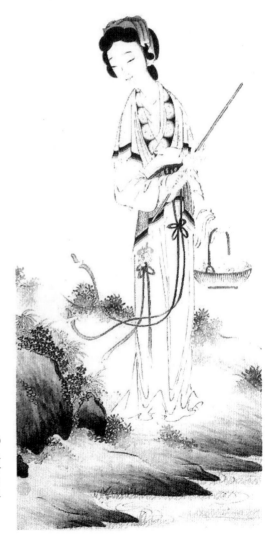

빨래터의 서시 화가 제백석(齊白石: 1864~1957)
이 젊은 시절 그린 〈빨래하는 서시(西施浣沙圖)〉.
서시가 빨래하러 가는 그림으로 왼손에는 빨래 바
구니가, 오른손에는 비단이 들려 있다. 묘사가 섬
세하고도 우아하다. 『감식제백석(鑑識齊白石)』(푸
젠미술출판사, 2001)

범려(范蠡) 춘추 말기 월나라 대부로 지금의 하남성 남양(南陽) 사람이다. 월왕 구천(勾踐)이 오왕 부차에게 패하였을 때, 오나라에 대한 복수를 결심한 후 남의 빨래를 해주며 생계를 이어가던 서시를 발탁하여 오나라를 함락시키고 복수를 하였다. 『중국역대명인화상보(中國歷代名人畵像譜)』(海峽文藝出版社, 2003)

새로 생긴 모래톱 新沙

바닷물 밀려오는 소리에 모래톱 생기면	渤澥聲中漲小堤
세금 걷는 관리들 갈매기보다 먼저 아네	官家知後海鷗知
봉래산 길 그들에게 가르쳐주면	蓬萊有路教人到[4]
해마다 그곳의 영지초에도 세금을 매기리라	亦應年年稅紫芝[5]

■ 해설

가렴주구에 시달리는 백성들의 현실을 기묘한 구상으로 풍자하고 있다.

4 蓬萊(봉래) : 신화와 전설 속의 산
5 稅(세) : 세금을 거두다.
  紫芝(자지) : 자색 영지초

60.

섭이중 — 聶夷中

■ **섭이중**(837~884?)

자는 탄지坦之로 하동(河東 : 지금의 산서성 永濟) 출신이다. 하남河南 사람이라고도 한다. 함통咸通 12년(871) 진사에 급제하여 장안에 왔으나 당시 전란이 휩쓰는 바람에 조정에서는 그를 관직에 임명할 겨를이 없어, 의식을 제대로 해결할 방도도 없이 장안에 무작정 체류하며 발령을 기다리는 수밖에 없었다. 한참 후 화음현위華陰縣尉에 임명되었으나, 임지에서 그는 시와 음악에 열중하며 풍류 생활에 빠져 세월을 보냈다.

그의 시는 대부분 5언으로 백성의 고통에 대한 동정심과 권문세가들의 횡포에 대한 비난, 전란으로 말미암은 황폐한 농촌 풍경 등을 사실적으로 묘사하고 있다.

농가 田家

아버지는 밭에서 밭 갈고	父耕原上田
아들은 산 아래 황무지 일구네	子劚山下荒[1]
유월이라 벼는 아직 패지 않았으나	六月禾未秀
관리들은 벌써 창고를 수리해 놓았네	官家已修倉

■ 해설

이 시는 봉건 통치자들의 잔혹한 수탈을 폭로하고 있다. 언어는 지극히 간단하나 그 속에 담긴 뜻은 무겁고 심각하다.

귀공자 집 公子家

서쪽 정원에 꽃씨 가득 뿌려	種花滿西園
파란 누각 길에 꽃 만발하였네	花發青樓道
꽃 아래 벼 하나 돋아나자	花下一禾生
잡초라고 뽑아버리네	去之為惡草

■ 해설

귀공자들의 호사스런 생활에 대한 풍자와 농민에 대한 동정을 드러내고 있다.

---

1 劚(촉) : 깎다, 베다.

61.

황소 ─ 黃巢

■ 황소(?~884)

　산동성 하택荷澤 출신으로, 대대로 소금을 팔아서 많은 재산을 모은 부유한 가문 출신이다. 그는 한나라 말 황건적의 난 이래로 가장 큰 농민 봉기의 지도자였다. 그는 농민 봉기를 일으키기 전에는 학문에 정진하여 과거시험에 응시한 적도 있었으며, 봉기를 일으키며 봉기의 이유를 적은 그의 문장은 일반인의 경지를 넘어섰다는 평가를 받았던 것으로 보아, 문학적 재능이 뛰어난 지식인이었음을 알 수 있다.

　당 말기는 황제들의 무능과 환관들의 발호에 더하여 계속되는 가뭄으로 인해 농민들의 삶은 더 피폐해지려야 피폐해질 수 없는 상황이었다. 희종僖宗 건부乾符 원년(874), 지금의 하남성 활현滑縣에서 가장 먼저 왕선지王仙芝를 영수로 하여 농민 반란이 발발하자, 이듬해인 875년 산동성 하택의 농민들이 황소를 영수로 추대하면서 반란에 호응하였다. 878년 왕선지가 관군에 의해 목이 잘리는 사건이 발생하여 왕선지 휘하의 농민과 황소 휘하의 농민이 합병되면서, 농민 반란은 거센 파도가 되어 당조 전체를 휘몰아치기 시작했다. 황소는 활현으로부터 남하하기 시작하여 황하를 넘고, 장강을 건너 강서, 절강, 복건을 접수한 후 광주까지 기세 등등하게 점령하였다. 광주로부터 다시 북상하기 시작한 농민군은 가는 곳마다 호응을 얻어 병력이 60만까지 되었고, 880년 12월, 마침내 장안까지 손에 넣게 되었다. 장안에 들어온 황소는 국호를 대제大齊라 바꾸고 자신은 황제에 즉위하였다. 그러나 그의 부하 주온朱溫이 당에 항복하고, 당 조정이 사타족沙陀族의 힘을 빌려 장안을 수복하자 황소는 곧바로 도망하였고, 884년 여름 산동성 태안泰安의 호랑곡虎狼谷에서 패하여 자살하니 10년에 걸친 그의 반란은 막을 내리게 되었다. 그의 시는 『전당시』에 3수가 전해 오는데, 봉건 통치 계급에 맞서 싸우는 그의 드높은 기세와 호방한 풍격이 두드러진다.

후량(後梁) 태조 주온 당 희종 건부 4년(877) 황소 반란군에 가담하였다가 882년 당에 투항하고 전충(全忠)이라는 이름을 하사받은 후 이극용(李克用)과 함께 황소의 난을 진압하였다. 이후 변경(汴京)을 근거지로 하여 후량을 건국하여 6년간 재위하다가 아들 주우규(朱友珪)에게 피살당하였다. 『중국 역대명인화상보(中國歷代名人畵像譜)』(海峽文藝出版社, 2003)

국화에 부쳐 題菊花

정원 가득 국화꽃에 서풍 세차게 불어오니	颯颯西風滿院栽
꽃 차갑고 향기 또한 서늘하여 나비조차 날아들지 않네	蕊寒香冷蝶難來
훗날 내가 봄을 관장하는 신선이 된다면	他年我若爲靑帝
국화 너로 하여금 복숭아꽃과 함께 봄에 꽃 피우게 하리라	報與桃花一處開

■ 해설

위에서 황소는 싸늘한 가을 공기를 뚫고 꽃을 피우는 국화를 찬미하는 한편 좋은 계절을 만나 꽃을 피우지 못하는 국화를 애석하게 여기고 있다. 황소는 국화로 하여금 복숭아꽃처럼 봄에 꽃이 피게 하여 복숭아꽃과 아름다움을 뽐내도록 하겠다는 강한 의지를 피력하고 있다.

　　　紅霜瀧剪綵金蘂落
　　　寒英狄夜吟詩愛青
　　　燈酒一杯
　　　丁酉颷月旣望倣南田師筆
　　　蘭陵張同曾

〈국화도〉　청대 장동증(張同曾: 생졸년 미상)이 그린 국화로 기세 높은 절개를 느낄 수 있다.
40×55cm, 난징박물원 소장

62.

한악
— 韓偓

■ **한악**(842~923)

자는 치요致堯 혹은 치광致光, 자호는 옥산초인玉山樵人이며 장안 출신이다. 용기龍紀 원년(889) 진사에 등과하여 한림학사승지翰林學士承旨, 병부시랑兵部侍郎까지 승진 하였다. 소종昭宗의 신뢰가 두터웠고 멸망 직전의 당나라에 충성을 다하여, 주전 충(朱全忠 : 後梁의 太祖)의 미움을 받고 복주사마濮州司馬, 등주사마鄧州司馬로 폄적되 었다. 천우天祐 2년(905), 주전충에 의해 한림학사로 부름을 받았으나, 나아가지 않고 민(閩 : 현재의 복건성)의 왕심지王審知에게 기탁하여 살다 남안南安에서 죽은 후 그곳의 규산葵山 자락에 묻혔다.

그는 7언시에 뛰어났고 시어가 화려했는데 당시 혼란한 사회상을 묘사하거나 자신의 신세를 한탄한 작품들이 대부분이다. 그의 염정艷情 시집 『향렴집香奩集』 은 남조 궁체시를 본떠 전란 중의 봉건 문인들의 퇴폐적인 생활을 직설적으로 묘 사하여, 후대에 좋지 않은 영향을 끼쳤다는 평가를 받고 있다.

날은 추워지건만 已凉

푸른 난간에 비단 주렴 드리우고   碧欄干外繡簾垂

붉은색 병풍에는 꺾인 나뭇가지 그림   猩色屛風畵折枝

팔 척 용수자리에 단정한 비단 이불   八尺龍鬚方錦褥[1]

서늘하지만 아직 춥지 않은 이때 나만 혼자이어라   已凉天氣未寒時

■ 해설

이 시는 감정의 노출 없이 가을 규방의 모습만을 하나하나 자세히 묘사하는 방식
을 채택하여 쓸쓸한 분위기를 더욱 돋보이게 하고 있다.

농촌의 참상 自沙縣抵尤溪縣値泉州軍過後村落皆空因有一絶

시냇물 절로 졸졸 흐르고 해도 저 혼자 기우는데   水自潺湲日自斜[2]

개 짖는 소리 닭 우는 소리 없이 까마귀 소리만 들리네   盡無鷄犬有鳴鴉

마을마다 한식날인 양   千村萬落如寒食

밥 짓는 연기는 안 보이고 부질없이 꽃만 눈에 띠네   不見人煙空見花

■ 해설

이 시는 당이 멸망한 후인 후량後梁 개평開平 4년(910)에 쓰여진 작품으로, 군대의
약탈로 인한 농촌의 참상을 절망적으로 그리고 있다.

---

1 龍鬚(용수) : 자리를 짜는 재료가 되는 풀
2 潺湲(잔원) : 물 흐르는 소리

청대 화가 반진용(潘振鏞: 1852~1921)의 〈날은 추워지건만〉
시의도 홀로 규방을 지켜야 하는 아낙네의 내면적인 서글픔
이 느껴진다.

63.

두
순
학 — 杜
荀
鶴

■ **두순학**(846~904)

자는 언지彦之로 지주(池州 : 현재의 안휘성 지주시) 사람이다. 구화산九華山에 살았기에
스스로 구화산인이라고 했다. 두목杜牧의 첩의 자식으로 알려져 있다. 두목이 지
주자사池州刺史로 재임하고 있을 당시 그의 첩인 주씨周氏에게 태기가 있었는데,
두균杜筠에게 재가하여 두순학을 낳았다고 한다. 여악廬岳에 10년간 은거, 창작에
만 전념하여 명성을 날렸으나, 대순大順 2년(891) 46살이 되어서야 진사에 급제하
여 벼슬길에 나아갈 수 있었다. 그러나 곧 고향에 돌아와 선주절도사宣州節度使 전
군田頵의 막료가 되었다. 천우天祐 원년(904) 한림학사翰林學士에 부임한 지 5일 만
에 세상을 떴다.

그의 시는 두보와 백거이의 신악부新樂府 정신을 계승하여 당시의 정치 상황을 고
발하고 백성의 고통을 이해하고 동정하는 시가 대부분을 차지한다. 시어는 평이
하고 통속적이며 풍격은 소박하고 자연스럽다.

젊은 궁녀의 한 春宮怨

일찍이 아름다운 용모 때문에 길 잘못 들어	早被嬋娟誤[1]
거울 앞에서 느릿느릿 손 놀려 화장하네	欲妝臨鏡慵[2]
총애를 받는 것이 예쁜 얼굴에 달린 것 아니니	承恩不在貌
화장한들 무슨 소용이 있으리오?	敎妾若爲容
바람 따뜻해지자 새 소리 귀에 부서지고	風暖鳥聲碎
해 높이 비치자 꽃 그림자 짙어지네	日高花影重
해마다 월계에서 온 궁녀에게	年年越溪女[3]
연꽃 따던 시절 생각나게 하네	相憶採芙蓉

■ 해설

젊은 궁녀의 외로움을 표현하면서, 동시에 작자 자신이 벼슬길에서 중용되지 못하는 울분을 토하고 있다. 특히 5, 6구는 생전에 일반 백성의 사랑을 받은 명구이다.[4]

---

1 嬋娟(선연) : 아름다운 모양
2 慵(용) : 마음이 내키지 않아 동작이 굼뜨다.
3 越溪(월계) : 若耶溪. 西施는 본래 약야계에서 연꽃을 따는데, 후에 궁녀로 뽑혀 궁궐로 들어갔다. 여기에서는 宮女의 고향을 가리킨다.
4 晚唐, 五代 시기에 "두순학이 지은 삼백 수의 시를 한마디로 요약하면, 바람 따뜻해지자 새 소리 귀에 부서지고, 해 높이 비치자 꽃 그림자 짙어지네.(風暖鳥聲碎, 日高花影重.)라네"라는 속담이 유행할 정도였다.

청대 사람이 그린 〈빨래하는 서시〉

그대 소주에 가거들랑 送人游吳

그대 소주 가서 보게	君到姑蘇見[5]
사람들은 모두 운하를 베고 잔다네	人家盡枕河
옛 궁궐은 빈터 적고	古宮閑地少
물길마다 작은 다리 많이 있네	水港小橋多
야시장에서는 마름과 연뿌리 팔고	夜市賣菱藕
봄 배에는 비단 가득 실려 있네	春船載綺羅
달밤에 잠 못 이루고	遙知未眠月
어부 노랫소리에 고향 생각하겠지	鄕思在漁歌

■ 해설

소주에서만 볼 수 있는 풍경을 정감 어린 눈으로 바라보고 그림처럼 묘사하고
있다.

---

5 姑蘇(고소) : 강소성 소주

64.

위
장
韋莊

■ **위장**(836?~910)

장안 출신으로 위응물韋應物의 4세손이다. 어려서부터 빈궁한 생활을 하였으나 재능은 남다른 데가 있었다. 건녕建寧 원년(894) 과거에 급제한 후 교서랑校書郎을 제수받았으며, 천복天復 원년(901) 전촉前蜀 땅으로 들어가 왕건王建의 장서기掌書記가 되었다. 천우天祐 4년(907) 주전충朱全忠이 당을 멸망시키고 후량後梁을 세우자, 위장은 왕건에게 지금의 사천성 대부분 지역과 섬서성 남부, 감숙성 동부 지역을 근거지로 하여 전촉前蜀을 건국하고 황제로 즉위할 것을 건의하였다. 자신은 그 아래에서 좌산기상시左散騎常侍가 되어 전촉의 제도와 예제를 만드는 일에 전념했다.

그의 시는 당 말기의 혼란한 사회를 사실적으로 묘사하고 유랑생활의 감정을 읊은 감상적인 작품이 대부분으로 내용이 비교적 충실하였다. 특히 〈진부음秦婦吟〉이 유명한데, 황소黃巢의 난에 휩쓸린 어린 아낙네의 진술을 통해 당말의 사회를 사실적으로 묘사하고 있다.

영릉(永陵) 전촉 황제였던 왕건의 능묘로, 제갈량의 사당인 무후사와 두보가 살았던 초가집인 두보 초당과 함께 성도(成都)의 3대 문화유적지로 손꼽히고 있다.

장대에서의 친구 생각 章臺夜思[1]

기나긴 밤 비파 소리는 한탄하는 듯하고	清瑟怨遙夜
현의 소리 흩어지지 않고 비바람에 애절하네	繞弦風雨哀
외로운 등불 아래 초 땅의 호각 소리 들리고	孤燈聞楚角
달은 장대 너머로 지고 있네	殘月下章臺
세월 가니 향초 시드는데	芳草已雲暮
친구는 끝내 돌아오지 않네	故人殊未來
고향으로 보낼 편지 부칠 방법 없는데	鄉書不可寄
기러기는 벌써 남쪽으로 날아가네	秋雁又南廻

■ 해설

고향 친구에 대한 그리움을 묘사한 시이다.

보슬비 내리는 금릉 金陵圖[2]

강 위에 보슬비 내리니 언덕에 푸른 풀 무성하고	江雨霏霏江草齊
육조 때의 일은 꿈만 같은데 새는 괜스레 울고 있네	六朝如夢鳥空啼
무정하게 대성 궁궐의 버드나무만이	無情最是臺城柳[3]
여전히 안개처럼 십리 길 언덕을 안고 있네	依舊煙籠十里堤

■ 해설

금릉金陵의 고적을 마치 그림처럼 묘사하면서 강산은 의구하되 세상일은 덧없음을 탄식하고 있다.

1 章臺(장대) : 戰國時代 건축된 樓臺로 지금의 陝西省 西安市 서남쪽에 있었다.
2 金陵(금릉) : 지금의 남경시
3 臺城(대성) : 지금의 南京市 玄武湖 남쪽 연안에 있던 육조시대의 궁궐

그대와의 이별 離筵訴酒

그대와 정 깊어 헤어지기 정말 아쉬운데
나를 보내는 정 은근하지만 술은 잔에 넘치네
취한 뒤 깨어나지 못하는 것은 두렵지 않은데
오히려 술 깨어난 후 갈 길 걱정일세

感君情重惜分離
送我殷勤酒滿厄
不是不能判酩酊
卻憂前路酒醒時

■ 해설

이별 술자리의 아쉬움과 이별 후에 덮쳐 올 고통을 표현하고 있다.

수주에서 짓다 綏州作

아리따운 왕소군 떠나던 날엔 꽃도 활짝 웃었고
채염 돌아올 땐 귀밑머리 이미 서리가 앉았네
비파 연주 소리 봉화와 함께 피어오르고
부소성 위에 떠오른 달은 갈고리 같도다

明妃去日花應笑[4]
蔡琰歸時鬢已秋
一曲单于暮烽起
扶蘇城上月如鉤[5]

■ 해설

가을비가 추적추적 내리는 해 질 녘 수주 성루에 기대어 왕소군과 채염을 떠올리고, 아울러 자신의 고향에 대한 그리움을 기탁하고 있다.

---

4 明妃(명비) : 王昭君
5 扶蘇城(부소성) : 부소성은 수주에 있는 성으로, 진시황의 장자인 부소의 무덤이 이곳에 있기에 이렇게 불렸다.

명대 사람이 그린 채염　그녀는 일생의 온갖 고난과 역경을 〈비분시〉로 승화시켰다. 『중국역대명인화상보(中國歷代名人畵像譜)』(海峽文藝出版社, 2003)

금나라 장우(張瑀: 생졸년 미상)가 그린 〈한나라로 귀환하는 채염(文姬歸漢圖)〉 일부 채염의 한나라
귀환을 묘사한 그림이다. 147.4×107.7cm, 타이베이 고궁박물원 소장

진류군 사람인 동사의 아내요, 같은 군 출신 채옹의 딸이다. 이름은 염이고, 자는 문희. 박학하고 언변이 뛰어났으며, 음악에 정통했다. 하동군의 위중도에게 시집갔으나 남편이 죽고 자식이 없어 친정으로 되돌아왔다. 흥평 연간에 천하가 크게 어지러워졌을 때, 문희는 흉노의 기병에게 사로잡혀 남흉노 좌현왕의 수중에 들어가 흉노에서 12년을 살며 아들 둘을 낳았다. 조조는 평소 채옹과 관계가 돈독했는데, 그의 후손이 없는 것을 유감으로 여겨 사자를 보내 금과 벽옥을 주고 채염을 돌아오게 해서 다시 동사에게 시집보냈다. 동사는 둔전도위를 지냈는데 법을 어겨 사형에 처하게 되자, 문희는 조조에게 나아가 그의 용서를 빌었다. 그때 공경과 유명한 인사, 그리고 먼 지방에서 온 사신과 통역관들이 당을 가득 채워 앉아 있었는데, 조조는 빈객들에게 말하기를, "채옹의 여식이 지금 밖에 있소. 내 그대들에게 지금 보여드리리다." 채문희가 들어오는데, 머리를 산발한 채 걸어 들어왔다. 머리를 조아리고 사죄를 하는데, 말씨는 맑고 깨끗했으며 설득력이 있었고, 말의 내용은 가슴 아프고 애처로워서 좌중의 많은 사람들은 감동되어 얼굴빛을 바꿀 정도였다. 조조가 말하기를, "정말 처지가 안타깝지만 공문이 이미 발송되었으니 어쩌면 좋은가?" 채문희가 말하기를, "당신은 마구간에 말이 만 필이나 되고, 용맹스런 병사는 그 수를 헤아릴 수 없을 정도로 많은데, 왜 잘 달리는 말과 날랜 기병을 아껴서 죽음에 직면한 한 생명을 빨리 구하러 가게 하지 않으십니까?" 조조는 그의 말에 감동하여 사람을 보내 동사의 죄를 사면하게 했다. 당시 날씨는 매우 추웠는데 조조는 친히 채문희에게 두건과 신발, 버선을 하사했다. 조조는 이에 묻기를 "듣기에 부인의 집에는 옛 성현들의 책이 많다고 하던데, 지금도 다 기억하고 있는가?"

문희가 말하기를, "옛날 돌아가신 아버지께서 책 사천여 권을 남겨 주셨는데, 난리의 와중에 이리저리 떠돌고 곤궁한 처지에 빠지는 바람에 남아 있는 것이 하나도 없습니다. 지금 기억하고 있는 것은 겨우 사백여 편뿐입니다." 조조가 말하기를, "지금 관리 열 명을 부인에게 보내, 그것을 기록하도록 해야만 하겠다." 문희가 말하기를, "소첩이 듣기에, 남녀 사이에는 구별이 있어서 직접 주는 것은 예가 아니라고 했습니다. 저에게 종이와 필을 주시면, 해서체로 하든 초서체로 하든 분부대로 하겠습니다." 이에 글을 써 책으로 엮은 후 조조에게 보냈는데, 문장 중에 빠뜨리거나 잘못된 곳이 한 군데도 없었다. 이후 문희는 난리로 인한 비장한 감회를 술회하여 시 2수를 지었다.[6]

---

6 陳留董祀妻者, 同郡蔡邕之女也, 名琰, 字文姬. 博學有才辯, 右妙于音律. 適河東衛仲道. 夫亡無子, 歸寧于家. 興平中, 天下喪亂, 文姬爲胡騎所獲, 沒于南匈奴左賢王, 在胡中十二年, 生二子. 曹操素與邕善, 痛其無嗣, 乃遣使者以金璧贖之, 而重嫁于祀. 祀爲屯田都尉, 犯法當死, 文姬詣曹操請之. 時公卿名士及遠方使驛坐者滿堂, 操謂賓客曰, 蔡邕唁女在外, 今爲諸君見之. 及文姬進, 蓬首徒進. 叩頭請罪, 音辭清辯, 旨甚酸哀, 衆皆爲改容. 操曰, 誠實相矜, 然文狀已去, 奈何. 文姬曰, 明公廐馬萬匹, 虎士成林, 何惜疾足一騎, 而不濟垂死之命乎. 操感其言, 乃追原祀罪. 時且寒, 賜以頭巾履襪. 操因問曰, 聞夫人家先多墳籍, 猶能憶識之不. 文姬曰, 昔亡父賜書四千許卷, 流離塗炭, 罔有存者. 今所誦憶, 裁四百餘篇耳. 操曰, 今當使十吏就夫人寫之. 文姬曰, 妾聞男女之別, 禮不親授. 乞給紙筆, 眞草唯命. 于是繕書送之, 文無遺誤. 後感傷亂離, 追懷悲憤, 作詩二章.(『後漢書・烈女傳』)

■ 최 경 진

저자는 한국외국어대학교 중국어학과를 졸업하고, 서울대학교 중문과에서 문학석사 학위를, 연세대학교 중문과에서 문학박사 학위를 받았다. 한국외국어대학교와 연세대학교에 출강하였고, 현재는 백석대학교 어문학부에서 후학을 양성하고 있다. 당대(唐代) 시가와 당(唐) 왕조와 당시 주변 여러 왕조의 경쟁과 교류에 역점을 두고 연구를 진행 중인 저자는 KBS TV의〈신년스페셜 - 고선지〉프로그램의 자문위원으로 활동한 바 있으며, 당시를 일반 독자들에게 쉽게 이해시키고자 하는 작업을 꾸준히 하여, 홍콩 한인회가 발행하는『교민소식』의〈당시 한 소절〉코너를 맡아 당대 문학과 역사 관련 글을 5년간 연재한 바 있다. 대표 저서로는 한겨레신문의 '이 주일의 탐나는 책'으로 선정된 바 있는『그림과 함께하는 당시산책』(UCN)을 비롯하여,『두 딸과 함께한 중국문학기행』(인터북스),『성당 변새시 연구』(중국문화중심),『한문산책』(형설출판사) 등이 있다.

당대 유명 시인 64인의 삶과 문학

당시, 그림을 만나다

초 판 인 쇄	2013년 12월 20일
초 판 발 행	2013년 12월 31일
저 자	최 경 진
발 행 인	윤 석 현
발 행 처	제이앤씨
책 임 편 집	최인노 · 김선은
등 록 번 호	제7-220호
우 편 주 소	⑰ 132-702 서울시 도봉구 창동 624-1 북한산 현대홈시티 102-1106
대 표 전 화	02) 992 / 3253
전 송	02) 991 / 1285
홈 페 이 지	http://www.jncbms.co.kr
전 자 우 편	jncbook@hanmail.net

ISBN 978-89-5668-996-8 03820   정가 24,000원

* 이 책의 내용을 사전 허가 없이 전재하거나 복제할 경우 법적인 제재를 받게 됨을 알려드립니다.
** 잘못된 책은 구입하신 서점이나 본사에서 교환해 드립니다.

본서에 사용된 그림 및 사진들을 제공해 주시고 직접·간접적으로 게재를 허락해주신 분들께 감사를 표합니다.

부득이 저작권자와 연락이 닿지 않아 허가를 구하지 못한 그림에 있어서는 연락주시면 적법한 절차로 진행하여 드리도록 하겠습니다.